KB059058

언제나 놀라움의 연속이라

너와 함께한 나날은

전부 소중한 나의 보물——

마력 치트인 마녀가 되었습니다

창조 마법으로 자유로운 이세계 생활

a Witch with

Magical Cheat

③

목차

c o n t e n t s

0화 【나라의 역사와 마녀의 발자취】

"왕할머니? 마녀 왕할머니 계세요?"

정오를 조금 지났을 무렵, 메이드장 베르타가 준비해 준 차와 과자를 음미하는데 여자아이 하나가 책과 종이 다발을 품에 안고 나를 찾았다.

"무슨 일이야? 급해 보이는데…….'"

"우물우물……. 이리로 와서, 같이 차라도 한잔해요!"

나와 테토가 정자에서 손짓하니, 두 개의 낡은 반지를 체인에 걸어 목에 찬 여자아이가 우리를 보고 잰걸음으로 다가온다.

여자아이를 맞이하기 위해서 옆에서 대기하던 메이드장 베르타가 살며시 새로운 차를 내어 준다.

"왕할머니, 여쭤보고 싶은 게 있어요!"

"묻고 싶은 게 있다고? 질문하는 건 상관없는데 '왕할머니'라고는 안 부르면 안 돼?"

"아뇨, 마녀 왕할머니는 왕할머니예요!"

뭐, 내가 왕할머니라고 불릴 정도로 오래 살기는 했다.

하지만 외견상 누가 봐도 나보다 나이가 많아 보이는 소녀에게 듣기에는 약간의 거부감이 드는 게 있다.

"하아……. 그래, 그렇다 치고. 물어볼 게 뭔데?"

"아, 네! 실은 저희 집에 있는 역사서와 일지를 살펴보니, 왕할머니가 쓴 게 나왔어요!"

"어디 보자……. 아아, 지금으로부터 한 400년 전쯤에 쓴 거구나. 옛날 생각 나네."

그렇게 말하는 여자아이는 예전에 내가 구해서 기른 수양딸의 자손이다.

【허무의 황야】라고 불렸던 당시에는 아직 여신 리리엘이 친 결계가 남아 있었다.

현재는 여신의 대결계가 소멸하고 【창조의 마녀의 숲】으로 불린다.

그리고 내가 입양한 아이나 보호한 사람의 자손들은 나를 【마녀 왕할머니】라고 부른다.

"이 책에는 선조께서 왕할머니의 기록을 남기신 게 있는데, 왕할머니의 도서관에 있는 이스체어 왕국의 역사서에는 왕할머니에 관한 내용이 없어요. 그 대신에 【흑성녀】라는 성녀의 활약과 영웅담이 실려 있어요……."

"그렇구나, 그래서?"

"근데 그 【흑성녀】라고 불린 사람은 오대신 교회에 존재하지 않았대요! 게다가 검은 머리지만, 왕할머니와 다르게 아름다운 성모(聖母)처럼 성숙한 여성이었다고 쓰여 있었어요!"

수양딸의 자손이 그러면서 가슴이 풍만한 여성으로 보이는 표지의 책을 들어 올린다.

나는 열두 살에서 성장이 멈춘 내 가슴에 손을 얹고 깊이 심호

흡한다.

"마녀님, 괜찮아요?"

"응, 괜찮아, 테토. 이미 단념했으니까······."

나는 심호흡을 몇 번 더 반복하고 진정한 뒤, 당시의 일이 궁금해져서 온 여자아이를 뒤돌아본다.

"네 엄마와 할머니, 증조할머니도 너처럼 자신들의 뿌리를 조사했었어."

"엄마와 할머니들께서요?!"

내가 맨 처음에 키운 양녀의 자손들이 한 번씩은 본인의 선조에 관해서 알아보는 것에 그리움을 느낀다.

"그래. 뭐부터 얘기해 주는 게 좋을까?"

"마녀님, 가장 처음은 이곳의 호칭부터 얘기해야 해요!"

내가 여자아이의 뿌리인 선조에 관해 무엇부터 이야기하면 좋을까 고민하는데, 테토가 조언한다.

"그러게. 이곳──【창조의 마녀의 숲】은 이름 그대로, 내가 【창조 마법】을 사용할 수 있다는 건 알지? ──《크리에이션》!"

여자아이 눈앞에서 【창조 마법】을 써서, 만들어 낸 과자를 아이에게 건넨다.

"네. 왕할머니께서는 이 대륙에서 유명인이시니까요."

"근데 말이지. 500년 전의 나는, 아직 지금만큼의 힘이 없어서 우리를 지키기 위해 힘을 숨기고 모험가 생활을 했어. 성가신 일에 말려들거나 권력자에게 위협당하지 않으려고."

"그러셨군요······."

"그래서 그러다 주운…… 아니, 맡은 아기가 너희 선조란다."

"얼마나 사랑스러웠는지 몰라요~. 손이 말랑말랑했어요!"

나와 테토가 그렇게 말하니, 여자아이가 진지한 표정으로 자신의 선조에 관한 이야기에 귀를 기울인다.

나 같은 노인네가 해 주는 옛날이야기가 재미있을까 하는 생각을 하면서, 선조에 관해 얘기해 주기 전에 조금 전 아이가 깨달은 의문점에 대해 답하려고 한다.

"역사서는 그 시대의 권력자가 엮는 거야. 당시에는【창조 마법】을 알리기 싫은 나와【창조 마법】이 분쟁의 불씨가 되리라고 여긴 당시의 이스체어 왕국의 이해가 일치해, 내 공적과 존재를【흑성녀】라는 가공의 인물로 덮었어."

"……어, 네?! 그럼 왕할머니께서【흑성녀】본인이신 거예요?!"

"【흑성녀】의 근간인 셈이지. 이제 그 사실을 알기 위해서 선조의 옛이야기를 해 볼까."

그렇게 말하고 정오가 지난 한때, 나와 테토, 그리고 수양딸 셀레네와의 이야기를 시작했다.

나는 여신 리리엘에 의해서 전생된【허무의 황야】로 향하던 도중에, 부탁받은 갓난아기를 키워, 엄마가 되었다.

이건 돌보게 된 아이를 지키기 위해 싸우고, 지키기 위해 물러난 그런 엄마의 이야기다.

마력 치트인 마녀가 되었습니다

a Witch with Magical Cheat

창조 마법으로 자유로운 이세계 생활

a Witch with Magical Cheat
~ a Slowlife with Creative Magic in Another World ~ 3

1화 [사랑스러운 갓난아기를, 구했습니다, 주웠습니다]

초봄까지 머물렀던 던전 도시를 떠난 나와 테토는, 여신 리리엘에게 전생을 당한 장소인 [허무의 황야]를 목표로 여행 중이었다.

던전 도시로 갈 때는 도중에 들른 곳이 많아서 던전 도시에 도착하기까지 1년 가까운 기간이 걸렸다.

이제까지 왔던 길을 되돌아가던 나와 테토는 던전 도시를 떠난 지 두 달 만에 우리가 처음 방문했던 마을인 다릴에 근접해 있었다.

내 길드 카드에 기재된 나이는 이미 열네 살로 바뀌어, 다릴을 떠나온 지도 벌써 2년이나 되었다는 것에 감회가 깊다.

"마녀님, 얼마나 더 가야 마을에 도착해요?"

"어디 보자. 지도상으로는 걸어서 앞으로 일주일 정도지만, 우리 걸음으로는 사흘쯤 걸릴 것 같은데?"

딴 길로 새면서 여행하는 동안 만든 수제 지도를 확인하니, 목적지가 이제 얼마 남지 않았다.

그런데 우리는 성가신 상황을 맞닥뜨렸다.

"뭐지, 이 분위기……."

"마녀님~, 요 앞에서 피 냄새가 나요."

길가를 따라 걷던 나와 테토는 근처 숲속에서 이상한 냄새와 전투를 한 듯한 마력의 기척을 느낀다.

"단순 도적이 이런 수상쩍은 마력을 가지고 있을 리가 없어! 가자, 테토!"

"네!"

나와 테토가 【마력 감지】로 전투가 있었던 곳에 도착하니, 사람들이 여럿 쓰러져 있었다.

"인간끼리 싸운 건가……. 분쟁?"

척 보기에도 숙련된 전투원들이 쓰러져 있고, 우리가 갔을 때는 수상한 마력의 기척이 멀어지고 있었다.

일단 생각하는 건 뒤로 미룬 나와 테토는 부상자를 찾는다.

"괜찮아?! 의식 있는 사람 있어?!"

나는 곧바로 회복 마법인 《에리어 힐》을 광범위로 치고 생명 반응이 있는 사람을 찾았다.

날붙이와 마법, 공격용 마도구에 의해 크게 다친 두 세력의 사람들은 출혈과다로 땅에 쓰러져 죽어 있었다.

아직 살아 있는 사람이 있는지 찾는데, 조금 떨어진 곳에서 사람의 생명 반응을 느꼈다.

"테토, 저쪽에 사람이……."

"저도 느꼈어요."

나와 테토가 생명 반응이 있는 쪽으로 가니, 한 여성이 무언가를 끌어안고 나무에 등을 기대고 있었다.

"하아, 하아……. 누구, 세요?"

"여행하며 지나가던 모험가야. 바로, 치료해 줄게. ──《힐》."

내가 주저하지 않고 회복 마법을 쓰지만, 여성은 오히려 괴로운 듯 신음하면서 피를 토했다.

각혈하는 걸 보니, 내장을 크게 다친 모양이다.

회복 마법의 본질은 자가 치료 능력을 촉진하는 것이다.

출혈이 심하거나 본인에게 회복할 힘이 남아 있지 않으면, 효과가 별로 없다.

"하아, 하아……. 저, 는, 가망이 없어요."

"포기하면 안 돼. 살아."

내가 말을 걸면서 회복 마법을 계속 걸어 보지만, 그저 연명 치료에 지나지 않는다.

여성이 천천히 고개를 좌우로 젓는다.

"저도, 회복 마법, 쓸 수 있어서 알아요. 살 수 없다는 거……."

그렇게 말하고는 소중히 껴안고 있던 무언가를 내게 내민다.

"……하지만, 부디 셀레네를, 제 딸만이라도……."

내가 받아 든 건, 포대기에 싸인 아직 한 살도 채 안 된 갓난 아기였다.

"정신 똑바로 차려. 당신이 살아서 키워."

나는 회복 마법을 계속 걸었다.

그렇지만 이내 여성의 팔에서 힘이 빠져서, 황급히 갓난아기를 받쳤다.

그리고 회복 마법을 아무리 걸어도 돌아오는 생명 반응이 없고, 눈이 빛을 잃는 것을 보았다.

"마녀님……. 죽었어요."

"…………그러게, 늦었나 봐."

내가 그렇게 툭 중얼거리듯 내뱉자, 자신을 지켜 주던 모친이 죽은 게 느껴졌는지 아기가 울기 시작했다.

이세계에 전생하고 사람의 임종을 조우한 게 처음은 아니지만, 그래도 슬프다.

내 마력량이 좀 더 컸다면, 전설상으로 존재하는 소생 마법도 쓸 수 있었을지도 모른다.

하지만 이 모든 건 가정이다.

"마녀님, 괜찮으세요?"

"슬퍼. 그래도 괜찮아."

"응애애애애, 응애애애애애!"

"괜찮아, 괜찮아. 울지 마."

나는 모친의 품에서 갓난아기를 꺼내어 들고 달랜다.

"테토, 여기 땅을 대충 고르게 해 줄래? 시신을 옮겨 모으고, 오늘은 여기서 쉬자."

저들끼리 싸워서 죽었다고 해도 숲속에 방치해서 마물에게 들 쑤셔 먹히는 것은 두고 볼 수 없다.

그 자리에서 텐트를 치고 아기가 잠든 걸 확인하고 주변에 있는 시신과 유품을 모은다.

괴로운 표정으로 죽어 있는 시신 한 구마다 공손하게 마법을 왼다.

"──《엠버밍》, 《클린》."

시신을 복원하는 마법——《엠버밍》을 사용한다.

산 사람에게는 《힐》 등의 회복 마법이 효과가 있고, 죽은 사람에게는 물체로서의 【복원 마법】이 작용한다.

교회에서 사용하는 사화장(死化粧) 입관하기 전, 죽은 사람의 얼굴에 해 주는 화장.

마법을 써서 상처를 막은 후, 피나 오물을 닦고 뜬 눈에 손을 얹고 【창조 마법】으로 만든 하얀 천으로 한 사람씩 싼다.

"편히 잠들기를——."

얼마 전까지만 해도 신 같은 건 믿지 않았지만, 리리엘이나 다른 여신들이 이들의 영혼을 구제해 나처럼 어딘가에 전생시켜 주기를 빈다.

싸우던 두 세력의 시신들의 뒤처리를 마친 뒤, 마법 가방에 넣어 마을에 있는 묘지로 가서 묻어 달라고 할 생각이다.

그렇게 시신을 모두 수습한 후, 갓난아기를 지키려고 했던 아이 엄마의 유품을 확인한다.

"이건 은인가? 아니구나, 미스릴이네."

교회 마법서에서 습득한 감정 마법으로 살펴보니, 미스릴과 유니콘의 뿔로 만든 반지라는 걸 알았다.

반지 안쪽에는 귀족 집안으로 보이는 가문의 이름이 길게 새겨져 있었다.

"셀레네……. 셀레네리르가 이 아이의 이름인가. 이게 너희 엄마의 유품이구나. 소중하게 간직하자."

아기의 손바닥에 반지를 올리니, 반지가 은은하게 빛난다.

내가 가지고 있었을 때는 효과가 없지만, 아기의 몸에 닿으면 병과 독을 물리치는 효과를 발휘하는 마도구인 모양이다.

"아이를 지키기 위해서 귀중한 물건을 남기다니, 정말로 사랑을 듬뿍 받았구나."

나는 아기를 달래면서 몸 상태를 확인했다.

습격당한 아이 엄마와 호위들은 여행객으로 변장했지만, 여행객치고는 말쑥했다. 무엇보다 마법 가방을 소지했는데 가방 안에는 다양한 물자가 들어 있었다.

"어딘가에서 남몰래 이동하던 귀족인가? 아니면 도망쳐 나온 사람?"

그런 생각을 하는데 셀레네라고 불리던 아기의 기저귀가 묵직한 걸 알아차린 나는 테토에게 욕조를 준비해 달라고 한 뒤, 뜨뜻한 물을 채워 깨끗이 씻긴다.

그 후, 【창조 마법】으로 분유와 젖병을 창조해 사람 체온만큼 따뜻하게 덥힌 우유를 만들어 먹인다.

"못 말려, 졸리나 보구나. 자도 돼."

등을 살살 토닥여서 트림하게 한 뒤에 【창조 마법】으로 갈아입을 옷과 종이 기저귀를 만들어 큰 바구니에 수건을 깐 즉석 침대에 눕혀 재운다.

"테토, 우리가 먹을 식사를 차릴 테니까 아가 좀 봐 줘."

"알겠어요! 아가를 지킬게요!"

나는 시신을 정리한 후에 남아 있는 피 냄새를 바람의 마법으로 상공에 날려 버리고 여느 때처럼 튼튼한 결계를 친다.

"습격자가 우리가 접근하는 걸 알아차리고 도망친 이유는 눈에 띄면 문제가 있기 때문이려나?"

셀레네를 보호하려는 세력과 적대하던 습격자로 추정되는 사람들의 소지품 속에서 소속 조직을 증명하는 메달 같은 게 있었다.

"아무튼, 중요한 증거야."

그런 생각을 하며 식사를 다 차리고 텐트에 있는 테토를 부른다.

"테토, 저녁 다 됐어."

"마녀님, 어서 오세요! 아가는 새근새근 자는 중이에요!"

"그래 보이네. 근데 목소리가 크니까 좀 더 조용히 말하면서 밥 먹자."

"(네)."

내가 주의를 주자, 속삭이는 테토.

그러고는 아기가 신경 쓰이는지, 테토가 식사를 급하게 먹고 아기가 자는 텐트로 돌아간다.

"테토는 의외로 아기가 마음에 들었나 봐."

던전 도시에서 고아원 아이들을 잘 돌봐 주었던 걸 기억한다.

내가 식사한 자리를 정리하고 텐트로 돌아가니, 아기의 손을 간질이듯이 검지를 들이대는 테토와 테토의 손가락을 무의식중에 움켜쥐는 셀레네가 있었다.

"마녀님~."

"아~, 바아~."

손가락을 억지로 빼니 울먹거리는 셀레네를 보고 난감해하는 테토의 모습에 작게 웃는다.

"후후, 즐거워 보이네. 그럼, 앞으로 어떻게 할지 의논하자. 셀레네 말인데——."

"어떻게 하실 거예요? 같이 데려가나요?"

"……그래, 데려가서 우리가 키우자."

우리의 목적지는 아무것도 없는【허무의 황야】다.

그런 곳에 이런 갓난아기를 데려가서는 안 된다.

하지만 곧 가게 될 다릴 마을의 고아원에 맡겨도 셀레네를 습격한 사람들이 또다시 덮칠 가능성이 있다.

"마녀님 뜻은 그렇군요. 그럼 여행 친구네요. 잘 부탁합니다~."

"아——."

그렇게 아기에게 다정하게 말하는 테토.

원래대로라면 아기를 키우기에 적합한 곳에 맡기는 게 좋으리라.

그러나 우리의 눈앞에서 모친이 죽으면서 아이를 맡긴 것에 뭔가 의미가 있을 것 같다.

"자, 오늘은 여기서 쉬자."

"알겠어요!"

예상치 못한 곳에서 발이 묶인 나와 테토는 숲속에서 하룻밤을 보냈다.

아기가 밤중에 울어서 자다가 깨기도 했지만, 다음 날 아침에는 다릴 마을을 향해서 출발한다.

아기 띠를 찬 내 등에 업힌 셀레네가 기분이 좋은 듯이 발을 동동 구르고 있다. 셀레네에게 부담이 가지 않도록 보통 속도로

길을 나아간다.

"아~, 부~."

"참 예뻐. 모친에게는 머리 색을 물려받고, 눈동자는 부친에게 물려받은 걸까."

내게 셀레네를 맡긴 모친처럼 검은색으로도 보이는 짙은 녹색 머리칼에 밝은 푸른 눈을 가졌다.

그걸 보고 죽은 모친의 머리털 정도는 셀레네에게 남겨 줘도 되지 않을까 생각한다.

"그런데 그 모녀는 왜 쫓긴 걸까? 심지어 암살자 같은 사람들에게……."

상대가 조직적으로 습격한 것을 고려하면 왕후 귀족의 정쟁 탓인지, 정치적으로 태어나서는 안 될 아이인지 등의 생각이 떠오른다.

하지만 그보다 마음에 걸리는 건 수상쩍은 마력의 기척…….

그런 생각을 하는데 셀레네가 울음을 터트렸다.

"응애, 응애~."

"아, 그래, 그래. 배가 고프구나. 테토, 준비하자."

"네!"

나는 셀레네에게 분유를 타 먹이고 종이 기저귀도 더러워져 있어서 그 김에 벗겨서 갈아 주었다.

"일본의 아기용품, 정말 편리하다. 아기용품이 없었다면 모유가 나오는 사람이나 대용으로 산양유라도 찾아야 했을지도 몰라."

아기용품에 감사를 표하며 셀레네가 잠든 것을 확인하고 다시 다릴 마을을 향해 걷기 시작했다.

길가를 따라 나아가다 보니, 예정보다 상당히 늦었어도 다릴 마을에 도착했다.

오토시(市)에서 맡은 개척 사업과 중간중간의 샛길 여행, 던전 도시 순회를 거쳐 돌아왔다.

2년 가까운 시간이 흘러서 왠지 그리운 느낌이 든다.

나와 테토는 셀레네를 어르며 다릴 마을의 모험가 전용 줄에 선다.

아기를 안은 어린 나와 테토의 사연 있어 보이는 조합에 시선을 끄는 것을 느끼면서 차례를 기다리는데 전에 나를 응대한 문지기 위병이 있었다.

"이봐, 일반인용 줄은 저쪽이야. 잠깐만, 당신들…… 혹시 오거잡이 이인조?!"

"되게, 오랜만에 듣네. 오랜만이에요."

검은 망토에 아기 띠를 매고 갓난아기를 안은 나와 예전과 달라진 구석이 없는 테토를 문지기 위병이 번갈아 본다.

"설마, 두 사람 중 한 명이 아기를 낳은……."

"얼마 전에, 주웠어요."

"뭐, 이 일로 좀 의논하고 싶은 것도 있고 위병 대기소 같은 곳에 윗사람 없어요?"

아무래도 갓난아기를 안은 나와 테토를 본 위병이 곧바로 위병 대기소로 안내하고 상사를 불러 준다.

불려 온 위병의 상사에게 큰길에서 떨어진 숲속에서 벌어진 습격에 관해 설명하고 마법 가방으로 시신과 회수할 수 있는 물건을 가지고 돌아왔다고 얘기한다.

"그렇군, 습격에서 살아남은 아이라……."

"응, 그래서 가지고 온 시신은 정성껏 묻어 주고 싶어."

【죄업 판정 보옥】을 들고 내가 설명을 이어가지만, 반응이 없으므로 내가 살인과 아기 납치 등의 죄를 짓지 않았다고 판단한다.

"알겠어. 그런 건 우리가 수배하지. 그래서, 시신들의 소지품을 어떻게 할 텐가?"

"전부 다, 위병에게 맡길게. 그렇지만 이 아이의 모친이 남긴 소지품과 머리털 일부는 받고 싶은데 괜찮을까?"

"그런 거라면 안치소로 안내할게."

시체 안치소로 가서 깨끗하게 복원한 시신을 꺼내어 명복을 빈다.

그때, 증거인 소지품을 맡기고 셀레네 모친의 머리털을 한 떨기만 유발(遺髮)로서 잘라 낸다.

나중에 시신들을 조사한 결과 깜짝 놀랄 사실이 판명되었지만, 나와 테토는 이미 셀레네를 데리고 마을을 떠난 뒤의 일이다.

사건에 관해 여러 이야기를 주고받고 나니, 어느덧 해 질 녘이 되었다.

"아가씨들은 이제 어쩔 거야?"

"지난번에 묵었던 여관으로 가려고. 그리고 우리가 이 아이를 보살피려고 해."

"테토는, 밤에 깨서 우는 아가를 보는 데 익숙해졌어요!"

기운 넘치는 테토의 대답에 놀란 셀레네가 울음을 터트리고 나는 쓴웃음을 지으며 달랜다.

청취 조사가 끝나고 무사히 마을에 들어온 나와 테토가 전에 묵었던 여관으로 가니——.

"우리 마을 영웅이, 갓난아기를 데리고 돌아왔네?!"

활기차디활기찬 여관 딸내미의 환영에 간단히 사정을 설명하고 그날은 방에 묵으면서 쉬었다.

2 화【적어도 의자매라고 해 주세요】

여관방에서 쉬던 우리는 셀레네의 우는 소리로 잠에서 깬다.

"응애애애~! 응애애애애~!"

"음…… 그래, 그래. 조금만 기다려. 지금, 분유 타 줄게."

일어난 나와 테토는 요 며칠 사이 아기를 돌보는 데도 익숙해져서 능숙하게 분유를 타고 기저귀를 간다.

"【결계 마법】을 쓸 수 있어서 다행이야. 방음이 안 되면 다른 손님께 민폐니까."

나는 밤중에 울어 젖히는 셀레네에게 맞춰 방 전체에 방음 결계를 계속 쳐 왔다.

"마녀님~. 셀레네, 기저귀 갈아 줬어요."

"고마워, 테토."

그리고 셀레네가 밤에 울 때 가장 활약하는 건 테토다.

나는 【노화 지연】 스킬을 지녔지만, 신체 나이 열두 살인 내 몸은 잠을 원한다.

그런 나 대신, 테토가 셀레네를 돌봐 주는 것이다.

그래서 밤에는 편하게 자고 있다.

"누가 노리는 만큼 고아원에는 맡길 수가 없으니, 내가 보살핀다고 큰소리친 탓에 테토에게 부담을 지웠네. 미안해"

"왜 마녀님이 사과해요? 동료가 늘어서 기쁜걸요!"

즐거운 듯 웃는 테토를 보고 덩달아 웃으니, 그 분위기에 셀레네도 팔다리를 버둥거리며 기뻐한다.

그런 셀레네를 보며 더욱 웃음이 새어 나오는 와중, 앞으로 어떻게 할지 고민할 필요가 생긴 걸 깨닫는다.

"원래는 【허무의 황야】까지 가고 싶었는데 셀레네가 다 클 때까지는 힘들려나."

갓난아기를 데리고 토벌 의뢰를 나갈 마음도 없고, B등급 모험가라는 신분과 모아 둔 재산으로도 당분간은 생활할 수 있을 것 같다.

그리고 만약 셀레네 일행을 덮친 습격자가 또다시 습격해 올 가능성을 생각하면 셀레네 곁에서 떨어질 수 없다.

"마녀님. 테토에게 부탁하면 혼자서라도 모험하러 나가도 돼요. 마녀님 몫까지 벌어 올게요."

"그건 좀, 싫단 말이지. 그렇다고 반대로 나 혼자서 의뢰를 맡고 테토에게 셀레네를 맡기는 것도 좀 불안하고……."

이러니저러니 얘기하던 나와 테토는 여관에서 아침을 먹고 모험가 길드로 갔다.

길드 문을 열고 들어가니, 나와 테토를 아는 사람들이 몇 명 있었다. 그런 우리가 갓난아기를 품에 안고 나타나자, 이중적인 의미로 말문이 막혔다.

"안녕하세요."

"안녕하세요, 입니다!"

"치세 씨, 테토 씨, 돌아오신 거예요?!"

우리의 일을 아는 길드 여접수원이 일어나 환영해 주었다.

"네, 다른 마을도 좀 돌고 던전 도시에서 등급도 올리고 왔죠. 다릴에는 어제 도착했고 오늘은 길드에 인사하러 왔어요."

그렇게 말하며 길드 카드를 내미니, 접수원이 우리의 길드 카드를 확인하고는 축하한다는 말과 함께 걱정하는 말도 한다.

"B등급 되신 거, 축하드려요! 두 분이 오거 떼를 쓰러뜨렸다는 건 아는데 이렇게 단기간에 B등급으로 승급하시다니, 얼마나 무리하신 거예요?!"

"B등급 승급은 돈이 필요해서 던전 마물을 사냥하고 던전 스탬피드 때 전선에서 싸워서 얻은 결과예요."

2년 전에 다릴을 떠날 때는 D등급이었는데, 지금은 우리 둘 다 B등급으로 올랐다.

모험가가 B등급으로 승격하려면 보통은 5년 이상의 기간이 필요하다는데, 그보다도 짧은 시간에 승급한 것에 놀라는 것이다.

게다가──.

"거기다 치세 씨와 테토 씨 두 분 다 성장기인데 전혀 안 컸네요! 그리고 웬 갓난아기를 안고 계세요?!"

"키는……. 뭐라고 해야 하나, 체질이라고밖에 할 말이 없네요. 그리고 이 아이는 우리 애가 아니고 누가 맡긴 아이예요."

정체 모를 누군가에게 습격당했지만 살아남은 아이로, 나와 테토가 기르기로 했다고 간단하게 전하자, 몇 번째인지 모를 놀란 표정을 짓는다.

"미혼모가 되실 생각인가요? 대단한 각오네요. 아직 열네 살인데……."

"저기…… 적어도, 언니라고 해 줄래요?"

너무 인상이 강렬한 단어라 사고가 따라가지 못한다.

대화의 중심인 셀레네는 테토의 품에서 기분 좋은 듯 새근새근 낮잠을 자는 중이다.

특히 테토의 풍만한 가슴에 얼굴을 묻고 있는데, 기분 좋은 거 인정이다.

그리고 내 품에서는 저런 식으로 재울 수 없다는 게 조금 분하다.

"참, 그렇지. ……실은 상담할 게 있어요. 셀레네를 키우기로 해서 다릴에 집을 빌리고 싶거든요. 그리고 셀레네를 양육하면서 할 수 있는 일이 있을까요?"

내 형편만 중시하는 요구를 한다는 건 안다.

하지만 길드라면 어떻게든 될 것이다.

안 되면, 【창조 마법】으로 만든 잡화를 파는 잡화점이라도 열어서 셀레네를 키우는 것도 생각 중이다.

그리고 육아에 여유가 생기면, 내가 전생당한 【허무의 황야】에 대한 조사를 하러 나가면 된다.

"B등급으로 오르신 두 분께서 이 마을에서 정착하실 수 있도록, 길드도 최선을 다해 지원하겠습니다!"

접수원도 긍정적인 대답을 해 주어서 나와 테토가 할 수 있는 일을 전달한다.

나는 전반적인 공격 마법과 회복 마법, 가사, 포션 조합. 테토는 검과 땅의 마법이 특기라는 것 등.

"두 분께 알맞은 일이 있는지 알아보고 올게요. 잠시만 기다려 주세요."

그래서 길드의 술집 구석 자리에서 기다리는데 의뢰를 완수하고 돌아왔는지 삼인조 모험가가 길드로 들어왔다가 우리를 발견한다.

"아, 치세하고 테토다!"

"아…………. 라일 씨, 안나 씨, 존 씨."

"치세. 지금 순간, 우리 이름이 기억 안 났지?"

이름이 바로는 떠오르지 않았지만, 이들 C등급 파티【바람을 타는 매】── 통칭【바람 매】의 멤버라는 걸 기억해 냈다.

테토는 '누구지'하는 표정으로 고개를 갸웃하며 셀레네를 어르고 있다.

"어제, 뭔가 문제를 달고 돌아왔다는 소문을 들었는데 이 아기야?"

"응. 누가 맡겼는데 우리가 기르기로 했어."

"정말? 아직 어린데 대담하네……."

칭찬일까 생각하며 쓴웃음을 지으면서 우리가 다릴을 떠난 뒤에 있었던 일을 얘기한다.

라일 씨 일행과 이야기하는데 접수원이 돌아왔다.

"현재로서는 두 분의 요구와 맞는 일은 없었어요. 조금만 더 기다려 주시겠어요? 꼭 조건을 충족하는 일을 찾아드릴게요."

"알겠어요. 당분간은 여관에서 계속 지내든가 집을 빌려서 셀레네를 키우고 싶어요."

내가 인사하고 셀레네를 안으면서 모험가 길드를 나온다.

모험가 길드에서 나오기 전에 길드 카드에서 돈을 어느 정도 인출했으니, 얼마간은 괜찮을 것이다.

여관으로 돌아온 뒤에는 밤이 될 때까지 셀레네를 돌보며 시간을 보냈다.

식사는 방으로 가져다 달라고 했고 여관집 딸에게 팁을 몇 푼 쥐여 주며 셀레네의 존재는 눈을 감아 달라고 부탁했다.

그리고 나는 셀레네를 달래며 침대에서 잠들었다.

SIDE: ???

표적을 암살하고 납치하는 데 실패했다.

성공하기 직전이었는데 강력한 마력을 느껴, 상대측 원군이라 추측해 마무리 짓지 못하고 철수했다.

하지만 나타난 건 우연히 지나가던 모험가들이었고 그 여자는 그 모험가들에게 갓난쟁이를 맡기고 죽었다.

우리의 목적은 표적을 납치하는 것. 또는 표적을 살해하고 그 시신을 확보하는 것이었다.

그보다 성가신 일은 모험가가 대용량 마법 가방을 소지하고 있어, 그 자리에 남긴 시신과 유류품을 전부 회수해 갔다는 것이다.

적어도 그 여자의 시신만이라도 회수할 수 있기를 바랐지만, 그럴 수 없었다.

우리 동지의 시신도 포함해, 모든 것이 위병을 통해 이 마을의 영주인 변경백의 손에 들어가 버려서 손댈 수가 없다.

마지막으로 갓난쟁이를 납치하는 임무라도 해야 하는데——.

그래서 우리는 모두가 잠드는 한밤중에 여관에 침입해 암살과 납치를 시도하려 했다.

그러나——.

"무리야. 전혀 빈틈이 없어."

여관방에는 항상 결계가 쳐져 있었다.

방음·방어·경계 등의 다중 효과가 있는 결계다.

잠을 자면서 결계를 유지한다니, 어린 여자 쪽은 상당한 실력가로 보인다.

그리하여 실내 상황이라도 확인하려고 옆 건물로 살피러 간 우리에게——.

「마녀님과 셀레네의 잠을 방해할 셈이라면, 용서 안 해요.」

깨어 있던 나머지 한 여자가, 무슨 마법인지는 모르겠으나 지붕의 기와를 진동시켜 목소리를 전했다.

"괴물이냐고……!"

우리라고 마을에 도착할 때까지 느긋하게 구경만 한 건 아니다.

상대가 눈치채지 못하게 아이를 보호하는 모험가 일행을 암살할 기회를 엿보아 왔다.

그런데 한 사람은 잘 때도, 깨어 있을 때도 항상 결계를 치고 있다.

또 한 사람은 쉬는 척하면서 요 며칠 한숨도 안 자고 경계를 계속하고 있다.

모험가 길드에서 나누는 대화를 듣고 B등급 모험가에 오거잡이라는 걸 확인했지만, 그 이상으로 알 수 없는 두려움이 느껴졌다.

이미 일은 엎질러졌다. 이 이상 시간을 지체하면 우리 조직이 파멸하고 만다.

일면식도 없는 갓난쟁이를 지키고, 키우려는 사람 좋은 성격이니, 분명 틈을 보일 것이다.

"각오를, 해야겠군……."

중얼거리는 남자의 말소리가 어두운 밤에 녹아든다.

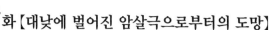

3화【대낮에 벌어진 암살극으로부터의 도망】

다릴 마을로 돌아온 우리의 생활은 길드와 여관을 왔다 갔다 하는 게 기본이었다.

여관방에서 일어나 셀레네를 데리고 장을 보고 길드에서 일과 새집을 찾아 달라고 한 뒤에 다시 여관으로 돌아온다.

그런 생활이 일주일쯤 계속되는 와중, 멀찍이서 우리를 감시하는 사람의 존재를 알아차렸다.

"——《센스 에너미》."

교회 마법서로 익힌, 파도처럼 마력의 파동을 퍼트려서 악의나 적의를 찾아내는 탐지 마법을 사용한다.

"마녀님, 어때요?"

"……안 돼. 막히고 있어."

멀리서 포위하고 보고 있는 건 알 수 있지만, 우리가 알아차리지 못하게끔 대책을 세운 모양이다.

그렇지만 《센스 에너미》로 희미하게 느껴지는 수상한 마력의 잔재는 셀레네를 습격한 녀석들로 봐도 무방할 듯하다.

"그 기분 나쁜 저주와 비슷한 마력의 주인이네."

"마녀님, 어떡할 거예요?"

"섣불리 마을 밖으로 도망치면, 금세 쫓아와 습격할 테니……."

그러니 이렇게 사람의 눈이 많은 곳을 이용하면, 암살자들도 우리에게 손대기가 어려울 것이다.

"아~, 바~, 부~."

"후후, 뭔가 기분이 좋은 일이라도 있었나."

셀레네를 안은 나는 우뚝 발길을 멈추고 살살 흔들며 어른다.

유동 인구가 많은 대로에는 통행인과 노점을 연 사람이 많다.

"마녀님~, 저 포장마차에서 파는 꼬치구이가 맛있어 보여요."

"아침 먹은 지 얼마 안 됐으면서……. 사도 돼."

"와아~!"

내게서 떨어져 포장마차 꼬치구이를 사러 가는 테토.

길가로 비켜서서 테토가 꼬치구이를 사 오는 걸 셀레네와 기다리는데 주위에서 그 저주 비슷한 마력이 급속하게 커지는 걸 느꼈다.

"어, 설마……."

'이런 대낮에 대놓고──'라며 놀라 주변을 둘러본다.

사람이 많이 지나다니는 이런 곳에서 마법을 사용하면 그 여파로 다치는 사람이 생기고 만다.

"──죽어라!"

인파와 지붕 위에서 뛰어내리며 암살자들이 마법과 마도구로 공격해 온다.

나는 나와 셀레네를 보호하듯 방어 결계를 치면서 저들이 쓰는 마법의 여파가 커지지 않도록 결계를 두른다.

"큭!"

순간적으로 쓴 익숙하지 않은 방어 방식에 신음이 새어 나온다.

작렬하는 마법과 그 마법을 막으려 감싸는 결계의 공방이 빛과 소리가 되어 대로에 퍼지고 공황 상태가 발생한다.

"이건——."

마법의 섬광과 주변에서 우왕좌왕 도망치는 사람들의 움직임 때문에 뛰어내린 암살자들의 모습을 놓쳤다.

"마녀님!"

"테토, 조심해! 습격이야!"

내가 소리치는 와중에도 나와 셀레네를 지키는 결계로 나이프가 날아왔다. 부딪히는 소리가 들린 쪽을 쳐다봤지만, 이미 도망치는 인파에 섞여 모습이 보이지 않는다.

"반격하고 싶지만, 일반인이 휘말리게 돼."

"마녀님, 괜찮아요?!"

"괜찮아——. 테토?! 옷이!"

"그냥 찢어진 거예요! 그 대신 흠씬 패 줬어요!"

아무래도 테토 쪽에도 암살자가 모습을 드러낸 모양이다.

그런데 테토의 한쪽 손에는 암살자의 단도가 들려 있고 땅에는 역습당한 암살자가 뻗어 있었다.

"그럼, 테토. 이대로 도망치자."

"네!"

오른쪽 팔로 셀레네를 끌어안고 왼쪽 손을 테토와 맞잡은 나는 비행 마법을 쓴다.

우리가 방어 결계를 치면서 공중으로 날아오르자, 암살자들이

다급히 공격 수위를 높였다. 하지만 오히려 그로 인해 내가 암살자의 존재를 인지할 수 있었다.

"——《어스 바인드》!"

마을에 깔린 돌바닥을 뚫고 거대한 흙손이 암살자들을 감싸며 구속해 나간다.

암살자들을 마법으로 잡기는 했지만, 마을 안에 암살자가 얼마나 섞여 있는지 알 수가 없다.

이번처럼 마을 사람들의 피해도 아랑곳하지 않고 습격해 오는 자들이라면, 다릴에 계속 머무를 수는 없다.

그래서 우리는 비행 마법으로 그대로 마을의 북쪽—— 내가 전생당한 【허무의 황야】가 있는 방향으로 날며 마을을 빠져나간다.

"응애애애, 응애애애애!"

"미안, 셀레네. 무서웠지. 무서운 사람들은 이제 없으니까 괜찮아."

마을에서 빠져나와 숲속에 착지한 나는 습격 시의 소리와 빛, 이상한 분위기를 느끼고 울기 시작한 셀레네를 달래면서 다릴 마을 쪽을 한 번 돌아본다.

"일반인이 있는데도 습격해 오다니……. 더는 마을에서 살 수도 없고, 평범한 생활을 하면서는 지켜 나갈 수 없어."

"마녀님, 기운 냈으면 좋겠어요. 꼬치구이 먹을래요?"

테토가 위로하려 했지만, 꼬치구이를 건네받은 직후에 습격당하고 그대로 날아서 마을을 빠져나와서 손에 꼬치구이가 없는 걸 깨닫고 오히려 어깨를 내려뜨린다.

"테토. 이대로【허무의 황야】로 가서 거기서 일단 자리를 잡자."

우리는 셀레네를 안고 마물이 배회하는 숲을 통해 북쪽으로 나아갔다.

그로부터 사흘을 들여 나와 테토가 공략했던 던전 터를 발견했고, 그리고 그다음 날, 내가 숲으로 나왔던 황무지──【허무의 황야】에 당도했다.

"여기가【허무의 황야】라는 건, 몰랐지만──."

【신체 강화】를 응용하여 눈에 마력을 집중하면 알 수 있다.

숲의 경계 부근에 돔 형상의 불가침 결계가 쳐져 있었다.

결계로 에워싸인【허무의 황야】의 가장자리 부분이 인간과 마물, 마력 등의 유입을 막고 있는 듯하다.

그 마른 대지는 2년 전과 똑같이 생명력이 강한 잡초 정도만 자라 있다.

주변을 둘러보니,【허무의 황야】의 안팎을 오갈 수 있는 생물은, 약소 마물로 유명한 슬라임이나 작은 동물 같은 잔챙이 마물뿐이었다.

"전생자 외에는, 들어갈 수 없다고 했는데……."

내가 테토, 셀레네와 함께【허무의 황야】에 둘린 결계에 접촉하니 넘어갈 수 있었다.

결계 내부로 들어가니, 여기서 나갈 때는 못 느꼈던 공기의 차이를 느낀다.

"좀 숨이 막히네. 아니, 그렇다기보다는 마력이 미미한 느낌이야."

맨 처음에는 마력이 적어서 잘 몰랐는데 결계 내부는 여신 리리엘이 말한 대로 마력이 희박, 아니, 거의 없는 것과 마찬가지로 느껴진다.

그때는 마력이 별로 없어서 잘 몰랐지만, 몸에서 방출하는 잉여 마력이 공기 중으로 거침없이 흩어져 없어지는 걸 이제는 안다.

"테토는, 괜찮아?"

"네? 마력 회복이 조금 더뎌요. 그렇지만 테토한테는 이게 있지요!"

그렇게 말하고는 마석을 꺼내 입속으로 던져 넣는 테토를 보며 나는 쓴웃음을 짓는다.

골렘에서 진화한 새로운 종족, 어스노이드인 테토는 체내에 골렘 핵이 있어서 마석을 먹거나 나의 《차지》 마법으로 마력을 보충할 수 있어서 문제없는 모양이다.

"그래, 테토는 그런 회복 방법도 있었네. 하지만——."

"아~, 우으~."

반짝반짝하는 마석 조각이 궁금한지 셀레네가 손을 뻗는다.

"셀레네 앞에서는 먹으면 안 돼. 마석을 먹기라도 하면 위험하니까."

"아, 알았어요! 셀레네에게는 안 보이게 먹을게요!"

그렇게 말한 테토가, 감추듯이 등을 돌려 야금야금 마석을 먹는다.

그 모습이 웃겨서 나는 작게 웃음을 터트렸다.

약간 진정된 뒤에 우리는 다시 마력이 옅은 【허무의 황야】를 나아갔다.

가장자리에서는 겨우 희미한 마력을 느낄 수 있었지만, 황야의 중심지는 식물 한 줄기도 자라지 않고 마력도 거의 없는 죽음의 대지다.

그래도 여기는 암살자도 침입할 수 없는 우리만의 안전지대다.

일단, 이곳에 자리를 잡아 셀레네를 키우려고 한다.

SIDE: 다릴 마을의 영주, 리베르 변경백

나는 위병을 통해 올라온 보고와 그 시신을 눈에 담았을 때 놀라움을 금치 못했다.

"이분은, 가스통 경! 거기다 왕궁 호위 기사들 아닌가?!"

발견된 의복은 평민의 옷이지만, 이전에 왕도에서 만났던 기사와 같은 용모였다.

그 밖에도 종자와 메이드로 추정되는 사람들도 같은 방식으로 죽어 있었다. 그리고 마지막 사람을 봤을 때, 나는 말문이 막혔다.

"엘리제 님…………."

사망한 얼굴도 아름다운 사람은, 이 이스체어 왕국의 왕태자 전하의 측실이 되신 교회의 성녀 엘리제 님이 틀림없었다.

오대신(五大神)을 섬기는 교회에는 회복 마법에 특화한 여성 마법사들이 있는데, 그녀들을 성녀라고 부른다.

그중에서도 왕국 각지를 돌아다니면서 사람들을 치료하고 기도를 올리는 엘리제 님께서는 젊은 나이로 최고 성녀로서 이름을 떨치셨다.

내게도 고상하고 아름다우신 엘리제 님께서 예전에 변경에서 마물과 싸우던 병사와 기사, 모험가들이 있는 곳에 방문하시어 상처를 치료해 주셨던 기억이 있다.

그런 엘리제 님과 왕태자 전하가 교제하게 된 계기는, 왕태자 전하께서 처음으로 마물 토벌에 출진하셨을 때, 교회에서 후방 지원의 종군 치료사로 파견 나온 엘리제 님께 첫눈에 반했기 때문이었다.

엘리제 님은 왕태자 전하의 측실로 혼인하신 뒤에도 왕도를 중심으로 고아원을 방문하는 등 봉사 활동을 꾸준히 하셨다고 들었다.

여담이지만, 성녀와 성직자의 신성함은 속세의 욕구를 멀리함으로써 얻을 수 있다는 생각을 믿던 시기가 있었다고 한다.

그런 시기에 리리엘 신께서 내리신 신탁이——『성녀와 성직자도 인간일지니, 자식을 낳아 기르는 건 자연스러운 일이다. 과한 욕망은 신체를 망치지만, 그렇다고 욕망을 억압하는 것은 여신의 교의에 반하는 것이다』.

교회가 숭배하는 오대신의 중 하나인 리리엘 신은 지모신(地母神)의 성질을 띠는 여신이다.

쉽게 말해, 인간의 삶을 지켜보는 여신인 것이다.

그러나 그런 신탁이 내려왔음에도 당시의 교회는 받아들이지 않아, 최종적으로 리리엘 신께 천벌을 받았다고 그 당시의 문헌에 기록되어 있다.

그 이후로는, 성녀와 성직자도 평범하게 3대 욕구를 적절하게 충족하며 결혼도 할 수 있게 되었다고 한다.

뭐, 이 얘기는 일단 접어 두고.

아무튼 성녀 엘리제 님의 시신과 함께 제출된 유류품 중에는 왕가 사람인 것을 증명하는 단검과 교회 관계자가 마법의 발동 매개체로 사용하는 미스릴 십자가가 있었다.

그리고 편지 한 통을 발견해, 내용을 읽어 보았다.

아무래도 국왕 폐하께서 일젯 교회에 보낸 서신인 모양이다.

왕궁에 악마 교단의 신자가 숨어들어, 대악마 소환에 바칠 제물과 그를 담을 그릇으로 성녀 엘리제 님을 노리고 있다는 내용이었다.

악마 교단 신자들은 삿된 주술로 악마를 몸에 품어, 일반인도 평기사 정도의 실력을 갖게 된다고 한다.

그러한 주술을 무력화하는 마법 장비나 시설을 왕궁에 지을 수가 없거니와 안전하지 않기에, 이에 대한 대책을 갖춘 일젯 교회에 은신할 수 있도록 협조를 구한다는 부탁의 서신이었다.

"이게 대체 무슨 일이란 말인가……."

서신에는 엘리제 님뿐만 아니라, 왕태자 전하와 성녀님의 아이인 셀레네리르 님 또한 제물과 그릇으로 노릴 가능성이 크며 악마 대책이 확실히 되어 있는 교회에서 이 일을 맡아 줬으면 한다고도 쓰여 있었다.

악마 교단을 전부 소탕할 때까지는 엘리제 님과 셀레네리르 님은 교회에서 지내게 하고 일이 정리된 후에 두 분을 왕궁으로 다시 불러들일 예정인 것이리라.

그런데 교회로 이동하던 중에 악마 교단에 습격당한 듯하다.

엘리제 님과 셀레네리르 님을 덮친 암살자들의 시신과 함께 악마 교단의 증표와 주술을 강화하기 위한 약물과 도구 등도 제출된 상태다.

"서, 서둘러 왕태자 전하와 성녀님의 영랑(令娘), 셀레네리르 님을 지켜 드려야 해……."

셀레네라고 불리던 갓난아기를 모험가가 보호 중이라고 들었으니, 한시라도 빨리 보호하여 엘리제 님과 호위 기사들 대신에 일젯 교회로 모셔야 한다.

그런데 행동으로 옮기기 전에 새로운 보고가 들어왔다.

악마 교단의 신자들이 마을에서 폭동을 일으켰다고.

폭동이 한창이던 중, 갓난아기를 안은 이인조 여성 모험가들이 악마 교단의 신자를 마법으로 구속한 후, 날아서 마을을 빠져나갔단다.

마을을 봉쇄하고 숨은 악마 교단의 암살자 놈들을 잡았다.

악마와 계약하는 【악마 빙의】란, 저주와 비슷한 마력을 깃들게 해 자신을 강화하는 주술이다.

그 사실을 알고 곧바로 【정화 마법】을 구사할 수 있는 성직자를 파견해 달라 의뢰하고, 병사와 기사들에게 성수(聖水)를 장비하게 하여 【악마 빙의】를 무력화하였다.

다행히, 마을에 잠입했던 악마 숭배자들을 전원 체포해서 부상자는 있어도 사상자는 없었다.

하지만 셀레네리르 님의 행방은 묘연해지고 말았다.

4화【허무의 황야를 재생하자】

나와 테토, 그리고 갓난아기 셀레네와 함께하는【허무의 황야】에서의 생활이 시작되었다.

"중심에 가까워지면 가까워질수록 마력 농도가 옅어져서 식물도 안 자라."

당도한【허무의 황야】는, 소국의 면적에 필적할 크기의 토지인데 우리는 그 중심지를 목표로 가고 있었다.

그 이유는, 며칠 전——.

....

....

...

「오랜만이에요. 치세.」

"리리엘, 안녕. 이건, 꿈속 신탁이야?"

【허무의 황야】에 도착한 그날 밤, 내 꿈에 여신 리리엘이 모습을 드러냈다.

「우선은, 어서 오라고 인사해야 할까요.」

"그래, 다녀왔어. 아이를 데리고 돌아오게 됐어."

「후훗, 쭉 지켜봤어요.」

그렇게 말하고는 즐거운 듯 웃는 리리엘. 우리의 행동을 보고 있었던 모양이다.

"당분간, 양육하는 데【허무의 황야】의 결계를 이용하게 해 줘야겠어."

「네, 좋을 대로 하세요. 대신, 저도 한 가지 부탁해도 될까요?」

"뭔데? 내가 할 수 있는 거라면 해 줄게……."

리리엘의 부탁해도 되느냐는 물음에 내가 고개를 갸웃하니, 리리엘이 내 이마를 향해 가까워진다.

「시간이 빌 때 해도 좋으니까,【허무의 황야】에서의 마력 방출과 토지 재생을 부탁해요.」

"윽……."

리리엘의 부탁과 함께, 닿아 있던 내 머릿속으로【허무의 황야】에 관한 정보가 들어온다.

【속독】과【병행 사고】스킬로 정보 처리 능력이 높아져 있는데도 소국 하나 분량의 토지 정보가 한꺼번에 머리에 심기는 고통에, 잠에서 깬다.

"헉, 헉……."

"마녀님, 괜찮아요? 갑자기 일어났어요."

텐트 안에서 눈을 뜬 내게 테토가 작은 목소리로 묻는다.

"잠깐, 여신과 얘기한 것뿐이야……."

오래 얘기하지는 않아서 마력 고갈이 오지는 않았지만, 갑자기 지식을 주입당한 영향으로 두통이 생겨, 통증에 미간이 찌푸

려진다.

그러나 내게 준 지식에, 나는 납득한다.

"그래, 이게 【허무의 황야】의 전체 모양이구나."

2,000년 이상 전에 발생한 고대 마법 문명의 폭주로 마력이 소실된 지역 중 한 곳이 【허무의 황야】다.

공기 중의 마력이 순간적으로 소실되어 진공 상태처럼 된 지역에 마력이 급속하게 유입되는 바람에 세계의 마력에 의존하던 동식물이 사멸하고, 까딱 잘못하면 세계가 멸망할 위기에 놓였다.

어떻게든 마력의 유입을 멈추고자, 신들이 대결계를 치고 그 지역을 격리하여 세계 멸망을 막았다.

그러나 마법 문명의 폭주로 동시다발적으로 세계 중의 마력이 소실하였고 공기 중 마력 농도의 감소 및 지맥——대지에 흐르는 마력의 흐름——이 흐트러지고 말았다.

그리고 그 대륙의 신들인 리리엘을 포함한 오대신은 2,000년을 들여 몇 번이나 지구에서는 쓰이지 않는 마력을 전생자의 영혼과 함께 이곳으로 가져와 조금씩 마력을 채워 왔다.

그런데도 대결계 안팎의 마력 농도는 차이가 크다.

【허무의 황야】의 가장자리 부근에는 잡초가 어느 정도 자라지만, 중심부는 2,000년 전부터 여전히 죽음의 대지이다.

여신이 한 의뢰는, 이런 【허무의 황야】의 마력 농도 개선과 자연환경 재생이었다.

"신의 몸으로는, 지상에 간섭하는 데 제한이 있으니, 인간의 몸을 가진 내게 부탁한 거로군."

구체적인 개선 방법도 지식으로 주입받았다.

그렇지만 알려 준 개선책을 실행하려면【허무의 황야】중심지로 가야만 한다.

우리는 당분간 그 중심지를 셀레네의 육아와【허무의 황야】의 재생 거점으로 삼을 예정이다.

…………

……

…

여신 리리엘의 부탁과 주입된【허무의 황야】에 관한 지식을 정리하면서 테토와 셀레네를 데리고【허무의 황야】의 중심지에 도착했다.

"테토. 대지 상태는 좀 어때?"

"엉망진창이에요. 흙이 딱딱하고 물도 없어서 버석버석해요. 진짜 맛없어요."

우리 주변에는 결계를 쳤지만, 모래 먼지가 일어서 육아는커녕 사람이 살기에도 부적합한 토지였다.

햇볕을 차단하는 나무 그늘도, 물도 없다.

대지는 딱딱하게 굳어 작물도 자라지 않는다.

나와 테토는 마법으로 임시 거처인 돌집을 지어서 그 안에 셀레네를 재우는 중이다.

"대결계 안으로 비는 통과하지만, 땅에 그 빗물을 붙잡아 모아 둘 힘이 없어."

"테토가 찾으면, 수맥을 발견할 수 있어요."

"테토, 그건 나중에 해도 돼. 우선은 이 딱딱한 지표를 어떻게든 하자. ——《크리에이션》 부엽토!"

내가 창조한 건, 비닐에 든 한 포대에 20kg짜리 부엽토다.

부엽토를 수 톤이나 쌓일 정도로 창조해 낸다.

하지만 부엽토만으로는 부족하기에 테토에게 부탁한다.

"테토. 이제까지 모은 흙을 여기에 꺼내 줄래?"

"아주 많아요!"

기운차게 대답한 테토가 몸의 일부를 흙으로 돌린다.

그렇게 넘쳐나듯 생성된 대량의 흙은 200kg이 넘었다.

테토의 몸을 구성하는 진흙은, 여행하면서 다양한 토지의 비옥한 흙을 거두며 먹은 것을 체내의 흙 속에서 부패와 발효가 진행된 결과, 아주 새까만 흙이 만들어졌다.

게다가 테토 속에 있는 흙에는 여러 익충과 미생물도 흡수해 자라고 있었다.

테토가 저장한 흙과 그 속에 있던 것들을 부엽토에서 증식시키면, 대지를 되살릴 계기가 될 흙이 만들어질 것이다.

"일단, 이거면 충분하겠어. 내가 흙을 섞을 테니까 테토는 성분 조정을 확인해 줄래?"

"알겠어요!"

테토가 내가 섞는 흙과 부엽토 성분을 확인하면서 부엽토의 비닐을 벗겨 양을 조정해 나간다.

그리고 성분을 조정한 흙을 황야 주위에 일정한 두께로 깔고 【창조 마법】으로 만든 물을 뿌려서 축축하게 적신 다음, 수분이 증발하지 못하도록 보습 비닐을 덮어씌운다.

"이 상태로 얼마나 기다리면 되려나?"

"일주일 정도 지나면, 개체 수가 충분히 늘 거예요."

마력이 적은 환경에서도 문제없이 자라는 벌레와 미생물의 강한 생명력에 대단한 고마움을 느낀다.

그렇게 부엽토를 관리하는 한편, 또 다른 방법으로 이 토지의 재생을 시도한다.

"여기 흙을 뿌리고, ──《크리에이션》 나무 열매! 《그로우 업》!"

나는 테토가 내어 준 흙 일부에 나무 열매를 심고 액체 비료 등을 준 뒤에 【원초 마법】으로 급속 발아를 시켜 성장하게 한다.

빛의 마법과 물의 마법의 복합 마법인 식물 성장 마법은 마력이 꽤 많이 든다.

눈앞의 나무를 1년 치 성장시키는 데 1,000마력을 소비했다.

그만큼 흙의 영양소를 섭취하여 무리한 성장으로 인해서 나무로 가는 부담이 커져서 가늘고 길쭉해 연약해 보인다.

그리고 무리하게 성장시킨 탓에, 본래의 나무 수명보다도 짧다.

그런 나무 몇 그루를 똑같은 간격으로 임시 거처 주변에 자라게 한다.

"방풍림과 유기질의 재배는, 우선 이 정도면 되겠지."

황폐한 【허무의 황야】는 막을 만한 게 없어서 바람이 거세고 지표면의 수분이 쉽게 날아가고 만다.

애써 만든 미생물을 육성하는 흙도 말라서 못쓰게 되면 곤란하므로 마련했다.

게다가 방풍림으로 세운 나무들이 무리한 성장으로 일찍 죽어도 성장을 위해서 뻗친 뿌리가 딱딱한 대지를 깨부순다.

또 죽은 나무를 잘게 부수어서 흙에 섞으면 미생물들이 분해해 새로운 흙이 된다.

"이런 식으로, 조금씩 반복하다 보면 숲이 생기려나?"

"작은 한 걸음이에요."

적어도 셀레네가 분별력이 생길 때쯤에는 눈에 보이는 범위가 초록으로 넘치는 곳으로 만들고 싶다.

황야의 밤은, 매우 춥다.

아무것도 없는 대지는 낮 동안 따뜻하게 달구어진 열을 금세 빼앗아 버린다.

임시로 살고 있는 돌집은 온도가 쉽게 떨어져서 집 주변에 단열 결계를 쳐 환경을 안정시켜야 한다.

그리고 그런 가혹한 환경에서 마법으로 성장을 촉진한 나무는 며칠 만에 전부 말라 죽고 말았다.

"역시 억지로 성장시켰더니 뿌리가 제대로 자리 잡지 못하는데다, 환경에 대한 저항력이 없구나."

그래도 죽은 나무들의 뿌리가 땅속 10cm 정도까지는 뚫어 준 흔적이 남았다.

죽은 나무를 마법으로 치우고 나무 열매를 다시 심고 부엽토와 액체 비료, 물을 뿌려, 또다시 마법으로 성장을 촉진한다.

다시 심은 나무들은 그전보다 더 뿌리를 잘 내렸고 죽은 나무들을 한데 모아 깨부수어 미생물을 번식시키는 흙에 섞는다.

"지금 할 수 있는 건, 이 정도려나. 이만 집으로 가자."

"네."

그렇게 우리는 일반 세상과 단절한 생활을 보냈다.

되든 안 되든【허무의 황야】에 나무를 계속 심었더니, 그 나름 대로 형태를 갖추기 시작했다.

처음 한 달은, 자라도 금방 말라 쓰러지고 마는 나무들에 의문을 품었지만, 이곳은 마력이 없는 곳이었다.

마력은 짙은 곳에서 옅은 곳으로 흐르는 성질이 있다.

그래서 성장한 식물이 내뿜는 마력이 주위로 흘러가, 마력 고갈 상태가 되어 말라 버린 듯하다.

그래서 우선, 집 주변 반경 100m에【허무의 황야】을 둘러싸듯이 마력의 유동을 방해하는 결계를 쳐서 결계 안쪽에서 내 마력을 채우는 것부터 시작했다.

결계를 유지하고 마력 농도를 짙게 하려 매일같이 마력을 방출하고, 내 마력량을 늘리기 위해서【신기한 나무 열매】를 먹었다.

이렇게 다양한 궁리 끝에 집 주변 환경이 조금씩 안정되기 시작한다.

테토가 흡수한 흙에 섞여 있던 다양한 식물의 씨앗에서 싹이 돋고, 이끼가 자라고 마력과 수분을 양분으로 삼는 슬라임이 자연적으로 발생한 것이다.

"식물과 슬라임도 미량이지만, 제대로 마력을 발산하고 있어."

마력을 흡수해 더 늘리고 또 흡수한다.

그런 사소한 재생의 순환이 탄생하면서 집 주변에 결계를 치고 석 달이 지난 지금은,【허무의 황야】를 둘러싼 대결계의 바깥쪽과 마력 농도가 같아질 수 있었다.

"뭐야, 이 상태면 금방 재생되겠는데?"

그리고 방심한 나의 한마디로 사건이 터졌다.

"아———."

나도 모르게 집 주변에 둘렀던 마력 유출 방지 결계를 깨트리고 만 것이다.

그 결과, 결계 안쪽의 마력이 한꺼번에 황야로 방출되었다.

슬라임은 마력 고갈로 인해 몸이 녹듯이 무너져 내리고, 수분은 땅으로 빨려 들어가고 나무와 식물은 말라 버렸다.

"아아, 애써 가꾼 재생의 거점이⋯⋯."

"마녀님, 기운 내요. 아직 시간이 많아요!"

소국의 크기와 맞먹는【허무의 황야】전체에, 극히 일부분에 불과한 영역 정도의 마력의 해방으로는 전혀 영향을 미치지 못했다.

빈 나무통에 물 한 방울 떨어진 듯한 허무함이 밀려든다.

"그래, 괜찮아. 이 토지를 재생할 요령을 터득하기 시작했으니까, 다음에는 잘될 거야."

그리하여 나와 테토는 서로 도우며 마른나무들을 치우고 결계를 친다.

이번에는 내 마법으로 결계를 치지 않고 독립적인 마도구로 집 주변에 결계를 치기로 했다.

【창조 마법】으로 만들어 낸 열여섯 개의 돌기둥 모양의 결계 마도구는—— 매일 마력을 주입해야 해서 순찰 작업이 늘었다.

그래도 마도구끼리 서로 떠받쳐 결계를 유지하며, 예측 불허의 사태로 마도구가 어딘가 고장이 나도 다른 마도구가 결계를 계속 유지할 수 있게끔 설계했다.

그 덕에 시든 숲을 재생하거나 마력 방출로 인한 마력 농도 상승도 순조롭게 재개할 수가 있었다.

매일 【신기한 나무 열매】를 먹으며 황야를 재생하기 위해서 한계까지 마력을 소비하기에 마력 신장률도 좋다.

또 재생하는 데 요령도 생겨서 지난번보다도 짧게 두 달 만에 원상복구 되었다.

그리고 나를 감동하게 한 일이 있었다.

"굉장하네. 슬라임이 다시 자연적으로 생겨나고 이끼도 되살아나고 있어."

"게다가 식물 씨앗도 싹을 틔웠어요!"

결계가 붕괴하고 마력 유출로 시들었던 식물들.

이끼는 시들었어도 가사 상태였는지 마력과 수분, 양분을 섭취해 살아났고, 지면에 남아 있던 씨앗이 마른 풀들 사이에서 싹을 틔웠다.

그렇게 【허무의 황야】가 재생되는 한편, 셀레네는 집 안에서 무럭무럭 자라고 있었다.

우리가 맡게 되었을 그때가, 생후 반년 정도였던 것 같다.

지금 셀레네는 목을 가누고 몸을 뒤집거나 앉을 수도 있게 되었으며, 기어다닐 수 있게 되어 금세 빠져나가려고 한다.

"정말, 기운이 넘친다니까."

셀레네가 활발하게 움직이게 되면서, 이제까지 써 온 돌집은 책상 등의 모서리 부분이 넘어졌을 때 위험할 듯해서 다시 지었다.

【창조 마법】으로 창조한 목재와 돌로 짠 집에는 안전을 위해서 모서리가 없는 가구를 배치했다.

"셀레네, 밥 먹자. 아~."

이가 나기 시작한 셀레네에게는 조금씩이지만, 【창조 마법】으로 만든 이유식을 먹이기 시작했다.

【허무의 황야】에서는 식량을 확보하기가 절망적인 수준이지만, 【창조 마법】으로 창조한 음식── 특히 유아용 이유식 통조림은 영양 균형과 맛, 종류가 다양해서 셀레네도 잘 먹는다.

옷도 아이의 성장에 맞춰서 【창조 마법】으로 만들어 내는데, 쑥쑥 자라는 아이에게 맞춰 만들 수 있어서 다행이다.

게다가──.

"셀레네. 이것도 마시자."

"부~."

"자, 싫다고 하지 말고. 꿀꺽 삼키면 괜찮아."

던전 도시에서 입수한 약초와 버섯 중에는 유아의 면역력을 높이는 약 소재가 있어서 그것들을 사용해 조합한 예방약을 셀레네에게 마시게 한다.

한 번 먹으면 반년은 병치레나 전염병이 심해지는 걸 막아 준다.

셀레네에게는 정화와 해독 마법이 담긴 미스릴 반지가 있지만, 그래도 엄마로서 예방약을 먹이는 것이었다.

그렇게 【허무의 황야】의 재생과 셀레네의 육아를 하는 날이 3년간 계속되었다.

6 화【결국 영원한 열두 살이 되고 말았다】

【허무의 황야】의 중심지는 3년 동안 꽤 녹색으로 가득해졌다.

전에는 집에서 100m 범위까지만 만들었던 숲도 서서히 범위를 넓혀 가며 나무를 심었다.

어느 정도 환경만 다져 놓으면 마력은 더 큰 마력을 생성한다.

내가 매일 마력을 방출하고 방출한 마력을 흡수하여 성장하는 식물이 더 큰 마력을 만들어 내서 결계 안쪽의 마력 농도가 상당히 짙어지고 말았다.

마력 농도가 너무 짙으면 강력한 마물과 던전이 자연적으로 발생할 가능성이 있다.

하지만 그렇다고 해서 마력 유출을 막는 결계를 거두면 또 실패로 돌아간다.

그래서 환경이 급변하지 않게끔 집에서 100m 범위 바깥쪽에도 결계 마도구를 설치해, 이중으로 결계를 쳤다.

그렇게 짙은 마력을 조금씩 이동시켜 마력 농도를 균일화하면서 나무를 심는 범위를 넓혔다.

"아~, 결계 마도구 관리하기가 더 힘들어졌어."

이전에 친 결계의 돌기둥은 철거했지만, 결계 범위가 넓어지면서 결계 돌기둥 수가 80개로 늘어, 마력 보충을 위해 돌기둥을 하나씩 돌아야 해서 번거로워졌다.

그런 와중, 1년째 겨울에는 식물의 생육도 정체돼서, 테토한테 셀레네를 살피게 하고 혼자서【허무의 황야】를 탐색하러 나갔을 때, 땅속에 묻힌 고대 마법 문명의 유적을 발견했다.

지표 부분은 마법 실험의 폭주로 날아가 버렸지만, 지하에는 아직 남은 시설이 있어 보인다.

언젠가 꼭 제대로 조사하고 싶었지만, 그보다 중요한 것을 찾았다.

그 시설 중에 고대 마법 문명에서 쓰인 마도구의, 제어용 마도구 자료가 나온 것이다.

이 제어용 마도구를 쓰면 하나씩 해서 번거로웠던 결계 마도구를 한꺼번에 관리할 수 있다.

바로【허무의 황야】의 거점으로 돌아온 나는,【창조 마법】으로 마력 송부(送付)와 제어용 마도구를 창조해 설치했다.

마력의 대량 소멸을 초래했던 고대 마법 문명의 지식과 기술이 마력과 삼림 재생에 일정 부분 도움을 준다는 게 아이러니하다.

"좋아, 이제 순찰 횟수를 줄일 수 있겠어."

제어용 마도구는 연결된 다른 마도구의 상황을 파악하여 파손이나 기능 정지 정보도 곧장 확인할 수 있다.

지금까지보다 관리는 편해졌지만, 각 마도구에 마력을 보낼 때 마력 감쇠(減衰)가 발생한다.

이전에는 돌기둥 결계 마도구 하나씩 직접 마력을 주입해, 한 2만 마력을 소비했었다.

제어용 마도구로 통합해 관리하고부터는 마력 송부로 발생하는 마력 감쇠를 포함해 하루에 약 4만 마력까지 소비량이 늘었다.

하지만 감쇠로 손실한 마력은 공기 중으로 흩어져【허무의 황야】의 마력 농도를 높이는 데 도움이 되니, 결과적으로 마력을 헛되이 쓴 건 아니었다.

"우선 숲을 재생하는 건 이쯤에서 그만해야겠어."

"마녀님? 더 넓힐 수는 없나요?"

"무리해서 범위를 확장하면, 결계 마도구를 유지할 수가 없게 되어서 지난번처럼 되고 말 거야."

지금은 성장한 식물이 방출하는 미량의 마력을 결계 안쪽에 채우고 내 마력량도 계속 늘리고는 있다.

하지만【허무의 황야】의 전체 면적은 2,500㎢이다.

내가 만들어 낸 삼림의 범위는 전체의 수만분의 1도 안 된다.

"삼림을 더 효율적으로 재생해야 해."

"마녀님, 시간은 아직 많아요. 천천히 해요!"

"네 말이 맞아, 테토. 그래도 슬슬 새로운 방법을 생각해야 하는데……."

3년 동안 주변 환경이 꽤 정돈되기 시작했다.

"마마~, 테토 언니! 나비~."

환경이 정돈되고 아주 약간 숲을 개간하여 채소밭처럼 작은 텃밭을 만들고, 나무와 돌로 지은 아담한 통나무집도 조금 확장했다.

텃밭 옆에서 자라는 채소에 핀 꽃에 앉은 나비를 두 손으로 잡고 이쪽으로 차닥차닥 뛰어오는 건 세 살이 된 셀레네다.

진한 녹색 머리를 기른 사랑스러운 소녀로 성장해, 숲을 재생하는 것보다도 셀레네가 성장하는 게 지금은 더 즐겁다.

그리고——.

"앗……."

"아……."

"아……."

발이 꼬인 걸 안 셀레네가 작게 소리 내고, 넘어질 걸 직감한 나와 테토도 목소리가 새어 나온다.

셀레네가 우리 앞에서 발이 걸려 넘어지고 만다.

손안에 나비를 잡아 뒀는데 순간적으로 지면에 닿은 충격에 손이 풀려 나비가 살랑살랑 셀레네의 머리 위를 날며 어딘가로 날아간다.

"셀레네, 괜찮아?"

"으아아아아앙, 마마아아아아아——!"

"그래, 그래, 아프지. 손하고 무릎 보여 줘."

넘어진 셀레네를 내가 안아서 달랜다.

넘어지면서 까졌는지 흙이 약간 묻어 있고 피가 배어 나온다.

나는 상처를 마법으로 깨끗이 씻기고 회복 마법을 건다.

"아픈 거, 아픈 거, 싹 날아가라~. 자, 이제 안 아플 거야."

"……응. 안 아파."

"셀레네, 기특해요. 울음을 금방 그쳤어요. 셀레네는 강한 아이예요."

"에헤헤……. 테토 언니한테 칭찬받았다."

나는 셀레네를 꽉 껴안고 테토는 칭찬한다.

이런 식으로 우리는 셀레네 중심의 일상생활을 하면서 숲을 재생해 나가고 있다.

셀레네는 나를 엄마라고 인식하고 테토를 언니처럼 따른다.

키나 외모로는 내가 언니로 보일 텐데 어째선지 셀레네는 나를 엄마로 대한다.

『셀레네의 진짜 엄마는 너를 내게 맡기고 돌아가셨어. 이게 진짜 엄마의 머리칼이야.』

다릴 마을에서 습격당하기 전에 시신에서 자른 머리칼을 보여주면서 그렇게 설명한 적이 있다. 아직은 이해가 잘 안되는 모양이었다.

그래도 자신에게는 자신을 낳아 준 엄마가 있고 나는 길러 준 엄마라고 인식하는 듯하다.

"마마하고 테토 언니는 뭐 하고 있었어?"

"응? 오늘은, 나무를 새로 심을까 하고 있었어."

"새 나무? 셀레네도 도울래!"

"그럼, 셀레네의 도움을 받아 볼까."

내 마력만으로는 이 이상 삼림을 재생하는 건 한계라는 걸 느끼고 다른 방법을 쓰기로 한다.

그 방법이란 【창조 마법】으로 새로운 나무를 창조하는 것이다.

전에 비누 성분이 함유된 완벽한 약초의 종을 창조한 것을 응용하여 이번에는 마력 생산량이 큰 나무——【세계수】라고 불리는 나무를 심기로 했다.

테토가 삽으로 땅을 부드럽게 일구고 내가 사전에 【창조 마법】으로 마련한 호두 크기의 씨앗을 셀레네가 심고 액체 비료를 녹인 물을 물뿌리개로 뿌린다.

마지막으로 내가 발아하기 쉽게끔 마력을 살짝 지면으로 많이 흘려보내고 숲 곳곳에 균등하게 씨앗을 심는다.

그렇게 저녁이 되고――.

"마, 마마……."

"후후, 귀여워라."

"마녀님도 귀엽고 셀레네도 귀여워요."

"셀레네가 더 크면 언젠가 여기를 떠나겠지."

세계수의 씨앗을 심은 뒤, 지친 셀레네가 내 등에 업혀 자고 있다.

셀레네를 키운 3년 동안, 내 키는 전혀 자라지 않았다. 안 자랐다기보다는 성장이 멈추었다.

【허무의 황야】를 재생하기 위해서는 마력이 필요했기에 마력량을 늘리려고 【신기한 나무 열매】를 꾸준히 먹었다.

그 결과, 5만 마력을 넘었을 때―― 상태창에 어떤 스킬이 추가되었다.

그 스킬의 이름은――【불로】이다.

이름: 치세(전생자)

직업: 마녀

칭호:【개척촌의 여신】【B등급 모험가】【흑성녀】

Lv.80

체력 2500/2500

마력 13000/53000

스킬【창술 Lv.4】【원초 마법 Lv.8】【신체 강화 Lv.6】【조합 Lv.4】

　　【마력 회복 Lv.7】【마력 제어 Lv.8】【마력 차단 Lv.6】기타 등등……

고유 스킬【창조 마법】【불로】

　안 그래도【노화 지연】스킬로 성장이 더뎠는데 줄곧 걱정해 온 영원한 열두 살이 되고 말았다.

　이러면 언젠가 셀레네가 내 키를 넘어서고 말겠지.

　뭐, 그건 차치하고, 최근에는 걱정이 하나 생겼다.

　"자, 이 세계수의 싹이 트면 셀레네를 위해서 이사를 고려해 볼까."

　나와 테토, 셀레네만 있는 지금의 생활은, 인간 사회로 따지면 매우 불건전하다.

　세계수가 발아하고 순조로이 마력을 생성하기 시작하면, 결계 마도구에 새로운 기능을 추가할 예정이다.

　그 기능이란, 주변 마력을 흡수하는 가동 유지 기능이다.

　그걸 식물과 나무가 생성하는 마력으로 보충하려고 마력 생산량이 큰 세계수를 무수히 심은 것이다.

　이로써 내가 매일 관리할 필요가 없어지면 1년에 몇 번만 정기적으로 마도구를 점검하기만 하면 된다.

그리하여 【허무의 황야】를 재생하기 시작한 지 3년째 해에는 세계수의 씨앗에서 싹이 트고 묘목 단계에서 당초 예상한 양 이상의 마력을 생성해 내었다.

세계수 묘목 한 그루당 하루에 약 1,500마력을 방출해서, 새로 심은 세계수 묘목 서른 그루만으로 결계를 유지하는 데 필요한 마력을 공급할 수가 있었다.

또 겨울에도 시들지 않고 푸르른 세계수는 마력을 안정적으로 생성하기에, 성장하면 일일 마력 방출량이 더 증가할 것이다.

결계 내부의 마력은 일정 이상의 농도를 유지하고 잉여 마력을 【허무의 황야】로 방출하도록 설정했다.

【허무의 황야】 중심지에서 멀어져도 문제가 없어진 우리는 【허무의 황야】 중심지에서 가르드 수인국(獸人國)에 가까운 남동 방향의 가장자리 부근으로 거점을 이동할 계획을 세웠다.

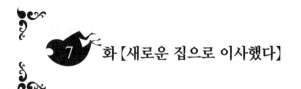

7화【새로운 집으로 이사했다】

세계수를 심어서 만든 자가 순환형 결계 장치 시스템은 금세 개량이 이루어졌다.

세계수는 저마력 환경에서도 육성 가능한 성질을 지닌 만큼, 마력을 대량으로 생성한다.

그런 세계수 묘목을【허무의 황야】각지에 심어서 세계수를 기점으로 마력을 흡수해 결계를 전개하는 독립형 결계 마도구를 설치해서 마력 생성 지점으로 삼았다.

결계 마도구는 거둔 마력량에 따라서 결계 범위가 자동으로 넓어지도록 설정했으니, 세계수와 결계 마도구를 중심으로 자그마한 숲이 형성될 것이다.

"나무 심기나 마력 생산에 노하우가 생기니 만들기 쉽네."

"마녀님이 노력한 성과예요."

"테토도 도와준 덕분이야."

나와 테토는 세계수 마력 생성 지점 주변에 영양분이 있는 흙과 식물 또는 나무의 씨앗을 뿌린다.

식물과 나무의 씨앗이 움트고 반경이 넓어지면서 조금씩 식물이 자라는 곳이 생겨나겠지.

하나하나는 작지만, 마력 생성 지점을 곳곳에 만들어 냄으로

써 【허무의 황야】의 마력이 착실히 증가하기 시작했다.

그렇게 【허무의 황야】를 재생하는 한편, 셀레네의 양육 방식에도 변화가 있었다.

"셀레네도 이제 우리 이외의 인간과 교류하게 해야 해."

【허무의 황야】에서만 생활하면 나와 테토, 셀레네 세 사람만 인간관계를 맺기에 대인관계에 편중이 생기게 된다.

서둘러 다른 사람들과 교류를 갖지 않으면 셀레네의 대인관계가 균형을 이룰 수 없으리라 생각해, 가르드 수인국과 가까운 곳에도 세계수를 심어 숲의 마력 생성 지점을 만들고, 그중에 한 곳인 새로운 집으로 이사하기로 정했다.

"셀레네. 다음에 마을로 외출해야 해서 마을과 가까운 집으로 이사하기로 했어."

"마을에는, 다양한 사람이 있어요!"

"마을?! 셀레네도 가 보고 싶어!"

미리 지식도 쌓을 겸 그림책 같은 거로 마을과 자신 이외의 사람이 있다는 걸 가르쳐 왔기에 이사는 원만하게 마칠 수 있었다.

그리고 이사한 곳의 가르드 수인국에 가까운 마력 생성 지점에서는——.

"마마——, 테토 언니. 다녀오겠습니다!"

햇빛 가리기용 밀짚모자를 쓰고 귀여운 작은 가방을 어깨에서 내려뜨린 셀레네가 활기차게 이사한 곳의 숲으로 산책하러 나간다.

"셀레네, 너무 멀리 가면 안 돼. 간식 시간까지는 돌아와야 해."

"마녀님, 괜찮아요! 제가 같이 가니까요!"

내가 지난번처럼 서두르다가 넘어지지는 않을지 걱정하니, 그런 나를 테토가 안심시키듯 달랜다.

그러는 와중, 집 뒤편으로 느릿느릿 두 발로 걷는 인형이 모습을 드러낸다.

"골렘! 안녕!"

「고.」

아침에 밭일을 하던 클레이 골렘들이 셀레네에게 한쪽 손을 들어 인사한다.

아이는, 여러 가지에 흥미를 느낀다.

화초와 벌레, 땅에 있는 흙과 돌. 그리고 자연적으로 발생한 무해 마물인 슬라임. 거기에 골렘들까지.

농사일이나 나무를 심을 때 돕게 하려고 테토가 땅의 마법으로 만들어 낸 클레이 골렘들.

그런 클레이 골렘을 처음으로 본 셀레네는 지저분해지는 것도 아랑곳하지 않고 끌어안고는 클레이 골렘의 진흙으로 진흙 놀이를 하기 시작했다.

그리고——.

"마마, 테토 언니, 봐요! 곰도리가 됐어!"

"잠깐만, 셀레네?! 뭐 하는 거야?!"

진흙 놀이를 하며 만족스러운 듯 보이던 셀레네가 무슨 생각을 한 건지, 클레이 골렘을 앉히고 골렘의 머리에 진흙 덩이 두

개를 붙여 곰이라고 주장했다.

"미안. 싫으면 떼 버려도 돼."

"오, 멋있어졌어요! 잘됐네요."

「고——!」

"마마와 테토 언니가 마음에 들었나 봐!"

놀이 상대가 된 클레이 골렘들은 셀레네가 붙인 진흙 덩이로 곰을 닮은 골렘이 되었다. 골렘들은 진흙 덩이가 마음에 든 것 같다.

그런 일이 있고 골렘끼리 서로에게 뭉친 진흙을 머리에 붙이는 게 우리 집 골렘들의 트레이드마크가 되었다.

"다들, 놀러 가자!"

「고——.」「고——.」「고——.」

그리고 현재, 진흙 덩이 귀를 붙인 곰 골렘들을 데리고 셀레네는 오늘도 근처로 탐험하러 나갔다.

"저기, 테토……."

"왜 그래요, 마녀님?"

"골렘들 말이야. 날이 갈수록 성장해야 한다고 해야 하나, 자아가 생긴 것처럼 보이는데 내 기분 탓인가?"

내 지식으로는 골렘은 정해진 명령을 충실히 따르는 마법 생물이다.

그런데 아무리 봐도 테토가 만든 작업용 골렘들은 날마다 사람 냄새가 나는 것 같다.

실제로 머리에 붙인 진흙 덩이를 기뻐하거나 셀레네의 눈높이에 맞춰 웅크리거나 때로는 셀레네와 비슷하게 몸집을 줄인다.

"기분 탓이 아닐 거예요."

"아, 역시나. 가능성이 큰 건, 정령이려나……."

나는 먼 곳을 쳐다보며 개척촌에서 있었던 일을 떠올린다.

전에 개척촌에서 화분에 비누 식물을 키웠을 때, 화분을 돌보던 테토의 마력을 받아 정령 같은 존재가 태어난 적이 있다.

테토가 만든 골렘도 테토가 마련한 진흙을 소재로 테토의 마력을 받고 있기에 화분에서 태어난 정령과 상황적으로 가까운 존재로 느껴진다.

조만간 저 클레이 골렘 중에서 테토의 동족인 어스노이드라는 마족이나 정령이 탄생할지도 모른다.

"뭐, 그러면 그때 가서 생각할까."

"마녀님, 그런 걸 뒤로 미룬다고 하는 거예요!"

테토가 지적한 대로 문제를 뒤로 미루긴 했지만, 만약 현실이 된다고 해도 곤란한 일은 없으리라.

테토의 동족이 느는 건 기쁜 일인 데다, 이【허무의 황야】에 정령이 태어난다면 황폐한 토지를 재생하는 데 도움이 될 것이다.

하지만 현재【허무의 황야】의 마력 농도를 생각하면 그런 변화가 일어나는 건 아주 나중의 일일지도 모른다.

그리하여 나는 클레이 골렘을 데리고 놀러 가는 셀레네를 배웅하고 집에서 가르드 수인국으로 갈 준비를 했다.

8화 【셀레네를 데리고 마을에 가자】

"셀레네도 우리 외의 사람과 교류해야 하니까, 오늘은 마을에 갈 거야."

"다른 사람과 친하게 지내야 해요."

"응~!"

기운차게 대답하는 셀레네.

사전에 내가 알아 둔 근처 마을, 그곳은 인간과 수인의 수가 비슷한 마을이었다.

수인들의 나라지만, 셀레네와 같은 인간들도 적당히 있어서 우리에게는 지내기 편할 것이다.

"돈 있고, 교역용 포션 있고, 그 밖에도 여러 가지 있으니 가자. 테토는 집 잘 보고 있어."

"네!"

"마마, 모자! 마마는 마녀니까 모자를 잊으면 안 돼!"

"아아, 미안. 고마워, 셀레네."

마법 가방 안에 넣은 물건을 확인하고 집을 나서려는데 셀레네가 모자를 쓰라고 지적하며 챙이 넓은 삼각 모자를 건넨다.

그리고 나는 현관에 세워 둔 지팡이 역할을 대신하는 빗자루를 손에 들고 셀레네와 함께 올라탄다.

"와아아아, 하늘을 날고 있어!"

"떨어지지 않게 조심해!"

깍깍거리며 즐거운 듯 웃는 셀레네는 늘 하늘을 나는 빗자루를 타고 싶어 했다.

내가 각지로 여행했을 때 수집한 책은 아이인 셀레네가 읽기에는 내용이 어려웠다.

그래서 이전 생을 산 지구에 있던 그림책의 번역판을【창조 마법】으로 창조해서 읽게 했다.

그 그림책 중에서 검은 삼각모를 쓰고 검은 망토를 두른 마녀가 빗자루에 타고 하늘을 나는 책이 있었고, 그 모습을 보고 나와 마녀를 연결 지은 셀레네가 물어 왔다.

"마마는, 마녀지?"

"응~? 맞아, 왜?"

셀레네를 무릎에 앉히고 그림책을 읽어 줄 때 묻기에 마녀라고 대답했다.

"근데 그림책에 나오는 마녀와 달라! 모자가 없으면 마녀가 아니야!"

언젠가, 모자가 달린 망토만 둘러서는 마녀가 아니라고 들어서 나는 셀레네와 함께 마녀다운 챙 넓은 삼각 모자를 만들었다.

그렇지만 아직 어린 셀레네에게 가위와 바늘을 쥐여 주는 건 위험하므로 셀레네는 보기만 하고 한 달이 걸려 마녀의 삼각 모자를 완성했다.

그리고 또 한 번은──.

"마마는, 하늘 못 날아?"

"하늘 날 수 있는데. ──《플라이》."

"아니야! 그게 아니라! 이런 거!"

내가 비행 마법을 보여 줬지만, 셀레네는 강하게 부정하면서 그림책을 펼쳤다.

셀레네가 펼친 그림책에는 빗자루에 탄 마녀가 밤하늘을 나는 그림이 그려져 있었다.

셀레네가 말하는 '하늘을 난다'라는 건 빗자루를 타고 비행하는 거였던 모양이다.

그 후로는 셀레네의 꿈을 지키고자, 빗자루 모양 비행 마도구를 개발하기도 하고 그 마도구를 제어하기 위해 마법을 개발하면서 여러모로 고생했다.

하지만 일반적인 비행 마법보다도 빗자루를 매개로 한 비행은, 직선 가속이나 마력 경감 효율이 높아 편리했다.

그런 셀레네와 함께한 나날과, 마을에 갈 준비를 했던 걸 떠올리면서 우리는 숲의 상공을 가로질러 마을로 향했다.

집에서 마을까지 직선으로 한 시간 정도 거리를 빗자루로 비행하니, 마을의 성벽이 보였다.

"마마, 거대한 벽이야!"

"저기가 마을이구나. 조금 떨어진 곳에서 걸어 들어가자."

나와 셀레네는 마을 바깥에서 땅으로 착륙한 후, 성문을 통해 마을로 들어가 모험가 길드를 찾았다.

마을 위병에게 이야기를 듣고 도착한 모험가 길드에 들어간다.

"이봐, 꼬마 아가씨. 길드에 어린아이를 데리고 오면 못써. 여기는 놀이터가 아니니까 돌아가."

길드 입구 근처에 있던 남성 모험가가 우리에게 그렇게 말했다.

셀레네는 난생처음으로 온 마을에 있는 수많은 사람을 보고 흥분한 기색이었지만, 나와 테토보다도 체격이 좋고 내려다보는 남성의 존재에 겁을 먹고 말았다.

일단 책으로 성별에는 남성과 여성이 있다는 건 가르쳤지만, 이렇게까지 다른 것에 충격을 받은 모양이다.

"마마……."

"괜찮아. 무서워할 것 없어."

나는 셀레네를 달래며 모험가에게 의연하게 대응한다.

"이웃 나라에서 등록하고 최근에는 활동하지 못했지만, 일단은 나도 모험가야."

"길드 카드는 진짜 같군. 하지만 아이를 데리고 오는 건 좀 마뜩잖군."

"얼마 전부터 이 근처에 자리 잡고 살게 되어서 길드에 인사하러 왔을 뿐, 아이를 데리고 의뢰를 맡으려는 건 아니야."

대화가 몇 번 오갔는데도 친절한 의도에서 물러설 생각이 없어 보이는 모험가에게 마력을 방출하여 위압한다.

마력량이 늘어도【신체 강화】로 신체 표면을 두르는 마력과 마력 방출량에는 한계가 있는 듯하다.

오랜만에 하는 마력 방출 위압이지만, 조절을 잘못하진 않아 상대도 내 역량을 막연하게나마 파악해 주었다.

"어, 어, 아, 알았어. 계속 말려서 미안했어."

"알아줘서, 고마워."

내가 살짝 웃으며 그를 지나쳐 가는데 셀레네는 남성 모험가의 갑작스러운 태도 변화에 고개를 갸웃한다.

그렇게 길드 접수 카운터로 가니, 여성 고양이 수인의 접수원이 맞아 주었다.

"어떤 일로 오셨죠? 길드에 등록하러 오신 건가요? 아니면 의뢰 상담인가요?"

"일단, 이 카드에서 돈을 뽑고 싶어. 그리고 이 마을에 아이를 맡길 만한 곳이 있을까?"

"네? 아, 네. 잠시만, 기다려 주세요."

길드 카드에 기재된 예금액을 보고 눈을 부릅떴다가 B등급 모험가인 것에 두 번째 놀란다. 그리고──.

"어? 열여덟 살……."

"맞아. 문제 있어?"

열두 살에 길드에 처음 등록해서 이스체어 왕국 내에서 활동한 기간이 약 2년.

그 후, 셀레네와 4년을 함께했기에 등록 상 열여덟 살이 된다.

다만, 나이와 외모가 일치하지 않아 곤혹스러워하는 건 조금 신선한 반응이다.

접수원이 놀라고 있는데 셀레네가 내 옷을 당긴다.

"마마……. 쉬……."

"미안한데, 화장실이 어딘지 가르쳐 줄래?"

"아, 네. 저쪽에 있습니다……. 잠깐, 마마?! 저기…… 진짜로 모녀지간이세요? 자매가 아니고요?"

"길러 준 엄마야. 친엄마가 죽었거든."

"그, 그렇군요……."

B등급 모험가에 열여덟 살인데 열두 살의 외모로 혈연관계도 아닌 아이가 있다니. 설정 과다로 접수 카운터 접수원도 모자라 옆 카운터 사람에 이야기를 듣던 모험가, 뒤쪽에 있던 사무원들도 놀라서 굳었다.

그런 그들을 무시하고 셀레네를 화장실로 데려갔다가 돌아왔을 때도 고양이 수인 접수원은 아직 약간 멍한 상태였다.

"저기, 길드 카드에서는 얼마나 인출할까요?"

"우선, 소금화 한 닢을 은화와 동화로 나눠서 주겠어?"

"알겠습니다. 그리고 따님분?을 잠깐 맡아 줄 만한 장소로는, 유자녀 모험가용 보육원이 있습니다. 그 외에는 고아원과 안식일의 교회, 그리고 사설 교육기관인 사숙(私塾) 등이 있어요."

"그렇구나……. 앞으로 이 마을에 올 때, 보육원에 맡기는 것도 가능해?"

내가 그렇게 묻자, 접수원이 안내 자료를 보여 준다.

"이게 1회 이용 요금입니다."

하루 맡기는 데 은화 두 닢으로 요금이 저렴하지 않은 이유는 이용 대상이 상급 모험가이기 때문이리라.

아이가 있어서 일하지 못하는 상급 모험가의 문제를 해소함과 동시에 부모의 급소가 될 수 있는 아이에 대한 보호로 이어진다.

만약 아이가 납치당해 부모 모험가가 협박당한 경우, 해코지를 할 가능성이 있다.

그런 부모 모험가가 의뢰로 부재할 때 보호해 주는 몫도 포함해 설정된 요금일 것이다.

내가 이용 안내 내용을 훑어보는 동안 셀레네도 글자를 읽으려 해 보지만, 내용이 어려워서 이해가 안 된 모양이다.

살짝 불만스러운 기색을 표하고는 접수원의 머리……라고 해야 하나 정수리 쪽을 쳐다본다.

"……냥냥이 귀, 귀여워."

아이 특유의 표현에 고양이 수인 접수원이 미소를 짓기에 내가 셀레네에게 호응한다.

"그러게, 귀가 정말 멋지다."

"꼼질꼼질해서 귀여워!"

"거기다 소리를 잘 들어서 귀가 밝다고들 해."

"대단하다! 언니!"

해맑게 웃는 셀레네 덕에 부드러운 기운이 길드에 퍼진다.

나는 길드 카드에서 인출한 돈을 건네받고 셀레네를 맡길 보육원에 신청을 한 뒤에 그날은 마을에서 쇼핑을 했다.

필요한 것을 【창조 마법】으로 갖춰 온 나지만, 셀레네가 물건이란 자연스럽게 생겨나는 것으로 생각하게 되면 곤란하다.

그래서 돈을 쓰는 법을 가르치려 한다.

"마마. 멍멍이 인형! 귀여워!"

"그래, 귀엽네. 실례합니다. 얼마인가요?"

"그건 은화 하나 반 닢."

천의 질은 약간 꺼칠꺼칠하지만, 셀레네는 갈색 강아지 인형이 마음에 드나 보다.

【창조 마법】으로 만들면 더 질이 좋은 것을 창조할 수 있지만, 물건에 대한 애착을 셀레네가 배울 수 있게 구매한다.

"그럼, 셀레네. 스스로 돈을 세서 살 수 있어?"

"셀레네, 할 수 있어! 음, 은화 한 닢하고…… 대동화가 하나, 둘, 셋, 넷, 다섯 닢!"

제대로 돈을 센 셀레네가 잡화점 사장에게 돈을 주고 인형을 받는다.

강아지 인형을 양팔로 꽉 껴안은 셀레네는 정말 사랑스러운 천사 같다.

"셀레네. 지저분해지면 그렇기도 하고 양손이 자유롭지 않으면 걸을 때 위험하니까 잠깐 넣어 두자."

"응. 해리, 이따 보자."

금세 강아지 인형에 이름도 지은 모양이다.

분명 셀레네에게 준 그림책에 나오는 개의 이름이었지.

그렇게 마을에서 쇼핑한 뒤, 나와 셀레네는 오후에는 마을 밖으로 나와 하늘을 나는 빗자루를 타고 【허무의 황야】로 향했다.

도중에 피곤했는지 빗자루 위에서 낮잠을 자는 셀레네를 부드럽게 끌어안으며 테토가 기다리는 집으로 돌아갔다.

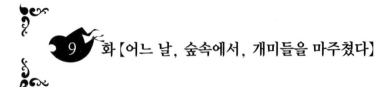

9화【어느 날, 숲속에서, 개미들을 마주쳤다】

　우리는 일주일에 이틀이나 사흘, 마을에 왔다 갔다 하는 생활을 계속했다.

　셀레네에게 사회성을 길러 주기 위해 셀레네를 마을에 있는 보육원에 맡기고 그동안에 나는 모험가 길드의 의뢰를 맡거나【허무의 황야】의 대결계 바깥에서 자라는 약초와 그 약초로 만든 포션 등을 납품했다.

　그러던 중——.

　"마마~, 양탄자는 하늘을 날아?"

　자기 전에 셀레네에게 『알라딘과 요술 램프』 이야기를 들려주고 며칠 후, 씻고 나오다가 발치에 깔린 젖은 수건을 보면서 그렇게 묻는다.

　"그건 특별한 양탄자야. 보통 양탄자는 못 날아."

　"그렇구나……."

　나지막하게 씁쓸한 듯 말하는 셀레네.

　'하늘을 나는 빗자루 다음에는 하늘을 나는 양탄자라.'

　나는 하늘을 쳐다본다.

　안 그래도 하늘을 나는 빗자루의 적재량으로는 테토를 태울 수가 없어서 새로운 이동 수단을 생각하고 있던 차라, 하늘을 나는 양탄자를 만들기로 했다.

중력 제어 등의 요소는 이미 하늘을 나는 빗자루를 만들 때 익혔으므로 응용하면 된다.

거기에 마력이 잘 통하는 실을 창조해, 몸통이 되는 양탄자에 실로 마법진을 꿰매어 붙인다.

그리하여, 매일 야간작업을 해서 완성하는 데 두 달 정도 걸렸다.

"신난다! 마법 양탄자다! 이제 테토 언니도 같이 마을에 갈 수 있어!"

그렇게 기뻐하는 셀레네에게 그런 이유였냐며 쓴웃음을 짓는다.

"셀레네는 착해요. 테토, 기뻐요."

"테토 언니, 간지러워~."

그런 셀레네를 테토가 한껏 칭찬하면서 몸을 부드럽게 꼭 끌어안는다.

까르르 귀엽게 웃는 셀레네를 본다. 오늘도 예정이 꽉 차 있다.

"그러면 오늘부터는 테토도 같이 마을에 가자."

그렇게 우리는 하늘을 나는 양탄자에 올라타고 오늘도 숲의 상공을 날아서 마을로 향했는데——.

"마마, 저기요."

"그래, 봤어. 테토는 셀레네 좀 봐 줘!"

"알겠어요!"

마을에 거의 다 와 가는데 근처 평원에 인접한 숲속에서 검은 무언가가 꿈틀거리는 게 보였다.

나는 하늘을 나는 양탄자를 상공에 세우고 양탄자에서 뛰어내렸다.

마법 가방에서 손에 익은 지팡이를 꺼내, 비행 마법으로 셀레네가 가리킨 곳으로 향한다.

"당신들, 도움이 필요해?"

"누군지는 모르겠지만 부탁할게! 소규모 폭주야!"

"알겠어. 받아라! ──《아이스 랜스》!"

숲에서 나오려고 하던 것은 수백 마리가 넘는 개미형 마물──그랑 앤트들이다.

나는 5만이 넘는 압도적인 마력량으로 얼음 창(槍)을 대량으로 만들어 내어 마물들 머리 위로 쏟아부었다.

D등급 마물 그랑 앤트가 내게서 위협을 느꼈는지 올려다보며 턱을 벌려 개미산을 내뿜었지만, 내 결계에 막혀 닿지 않는다.

대량의 얼음 창을 한 번 더 만들어 내서 일방적으로 마물들을 유린한다.

그렇게 수백 마리의 개미 마물은 30분 정도가 지나 전멸할 수 있었다. 다른 마물이 없는지 확인하고 땅으로 내려선다.

"당신들, 괜찮아?"

"그쪽은…… 아이를 데리고 다니던."

"B등급 모험가, 마녀 치세야."

외견과는 정반대로 위협 수준이 B등급 정도 되는 마물의 폭주를 혼자서 무찌른 능력에는 납득한 듯하다.

"덕분에 살았어. 수백 마리 마물과 붙다 보니, 우리도 피해가 컸어."

"그랬구나. 그러면 나는 마을로 갈게."

"이봐, 잠깐만 기다려!"

뒷일은 이 자리에 있는 모험가에게 맡기고 마을로 가려는데 붙잡는다.

"왜?"

"아니, 보통은 마물을 해체하잖아. 그, 마석이나 갑각 말이야."

"당신들한테 전부 줄게. 보육원에 딸을 맡기러 가야 해서."

그렇게 답하고 가볍게 신호를 보내니, 상공에 머물러 있던 하늘을 나는 양탄자가 내려온다.

"마마, 굉장해! 전부 해치웠어!"

"그래. 이제 무서운 개미들은 없으니까, 친구들 만나러 가자."

"응~!"

"그럼, 이만⋯⋯."

그렇게 말하고 그들이 무슨 말을 하기 전에 하늘을 나는 양탄자에 올라타 마을로 향한다.

테토가 죽은 그랑 앤트의 시체를 보고 '마석⋯⋯'이라며 작게 중얼거리기에 몇 개는 회수할 걸 그랬다며 약간 후회했다.

마을 출입구에서는 문지기와 이미 안면을 튼 사이지만, 테토는 마을에 온 게 처음이라 간단히 자기소개를 한 뒤에 길드가 운영하는 보육원으로 갔다.

"그럼, 우리는 일하고 올 테니까 착하게 있어야 해."

"응! 캬르랑 투리랑 놀고 있을게!"

보육원에는 상급 모험가가 맡긴 아이들이 있는데 도우미로서 고아원의 연장자도 온다.

맡겨진 아이들 중에서 셀레네는 캬르와 투리라는 또래 여자아이들과 친하게 지내는 듯하다.

둘 다 귀여워서 사이좋게 노는 모습을 보면 마음이 따뜻해진다.

뭐, 장난기가 살짝 있는 남자아이와 심술궂은 아이도 있어서 그런 아이들이 오는 요일은 피해서 간다. 그리고 싫으면 도망쳐도 좋다고 말해 두었다.

"모두하고, 친하게 지내야 하는 거 아니야?"

"모두와 사이좋게 지내는 건, 어려우니까. 꺼려지는 사람, 싫은 사람과 무리해서 지내기보다는 거리를 두고 도망쳐도 돼."

보육원에 다니기 시작하고 친구를 사귀거나 어울리는 방법을 얘기했을 때, 그렇게 말했다.

납득하지는 않았지만, 다 함께 친하게 지내는 건 힘드니까 무난하게 거리를 두는 방법을 기억해 주면 좋겠다.

그런 셀레네는 착실히 사람을 사귀는 방법을 배우며 매일 즐겁게 보육원에 다니고 있다.

"자, 우리도 길드로 가자."

"네!"

셀레네를 맡긴 뒤, 길드로 향한 우리는 길드의 납품 카운터에 들르려는데 그러기 전에 접수원이 불러 세웠다.

"치세 씨! 마침 잘 오셨어요! 길드에서 긴급 의뢰를 냈어요!"

"긴급 의뢰?"

"소규모 폭주가 발생해서 그랑 앤트 떼를 발견했어요! 이대로는 마을로 쳐들어올 텐데, 그랑 앤트를 토벌하는 의뢰예요!"

마경(魔境)과 접한 모험가 길드에서 소규모 폭주는 흔한 일이다.

이번에는 D등급 이상의 모험가들에게 낸 강제 의뢰로 B등급인 나도 그 대상에 포함된다.

"셀레네를 맡기셨으면 지금 당장 지원을 가 주세요!"

그렇게 외치듯 말하는 접수원이지만, 나는 귀담아듣지 않는다.

"아, 그 일이라면 문제없어."

"문제가 없다니 무슨 말씀이세요!"

"그런 뜻이 아니라. 오는 길에 교전 중인 모험가를 발견해서 도와주고 왔어. 지금쯤 마물 시체를 해체하거나 잔당을 사냥하고 있지 않을까? 여기, 이번 납품 분량인 포션과 약초야. 정산해 줘."

그렇게 말하고 마법 가방에서 차례차례 아이템을 꺼낸다.

"아마 곧 전령이 오지 않을까 싶은데?"

그러면서 정산이 끝날 때까지 길드의 한구석에서 쉰다.

쉬는데 모험가의 사역마인지 뭔가가 열려 있던 길드 창문으로 날아들어 길드 직원에게 편지를 건넨다.

그리고——.

"조금 전에는 실례했습니다. 도와주셔서 감사합니다."

"됐어. 딸을 보육원에 맡기러 가다가 발견한 거야. 딸 눈앞에서 부상자가 나올 것 같은 상황을 못 본 체할 수는 없잖아."

"그래도 감사해요. 확인을 마치는 대로, 토벌 의뢰 보수를 지불하겠습니다."

그런데 방금의 서두르는 모습과 그랑 앤트 떼와 대치하던 모험가의 전력을 생각하면 강제 의뢰로 내보내는 전력치고는 좀 적지 않나 싶다.

"길드 쪽에도 무슨 사정이 있는 거야?"

"실은 이쪽 지방의 영주님께서 북동 방향에 와이번 무리가 나왔다고 해서, 상급 모험가들이 그쪽으로 가 있거든요……."

"그랬구나……. 뭐, 어쩔 수 없지."

돈이 되는 의뢰였는지 다들 그 의뢰를 맡는 바람에 전력에 공백이 생긴 것 같다.

서로 격려하는데 고양이 수인 접수원이 나와 함께 있는 테토의 존재를 알아차린다.

"그러고 보니, 저쪽 분은 누구세요?"

"아아, 전에 설명 안 했나? 파티를 맺은 사람이 있다고. 일정 형편상, 거점으로 삼은 집에서 대기했었어."

"테토라고 해요! 마녀님과 함께 파티를 맺었어요!"

그렇게 말하고 테토가 길드 카드를 건네자, 내 카드를 봤을 때처럼 놀란다.

"테토 씨도 B등급이세요?! 게다가, 스물두 살……."

가슴이 큰 앳된 미소녀인 테토는 길드 카드를 작성했을 때가 공적으로 열여섯 살이었으므로 올해로 스물두 살이 되었다.

실제로는 골렘이기에 액면 나이와 실제 나이가 일치하지 않지만, 성가셔지니까 말하지 않고 넘어간다.

"치세 씨…… 혹시 회춘이나 젊음을 유지하는 마법을 쓰는 거예요?"

"그냥 마력량이 클 뿐이야."

'뭐, 난 마력량을 너무 늘려서 불로가 되어 버렸고, 테토도 수명을 몰라. 인간이 아니거든'이라며 마음속으로 나지막이 떠올린다.

"하아……. 부러워요. 수인족은 종족 전반적으로 마력이 적어서 마력으로 수명이 늘어나는 사람은 극히 소수거든요."

그렇게 투덜거리는 고양이 수인 접수원.

수인족의 마력량은 인간보다 마력이 월등하게 많은 사람의 비율은 낮지만, 수인의 일반적인 마력량은 인간과 마찬가지로 50마력에서 100마력 전후라고 한다.

그만큼 신체 강도가 높고 유연성이 좋으며 마력이 많은 사람은 신체 강화를 다루는 것 외에도 종족 고유 스킬인【동물화(獸化)】등을 쓸 수 있는 경우가 있단다.

"뭐, 그런 거 아무럼 어때. 그보다 포션하고 약초는 어때?"

"네. 이번에도 매입하겠습니다. 대금은 이 정도면 될까요?"

건네받은 대금을 보고, 고개를 끄덕인다.

이스체어 왕국에서의 매입가와 비교하면 약간 비싸게 쳐 주지만, 그게 이 지역의 가격이다.

가르드 수인국의 국민의 7할은 수인 종족이다.

수인은 자가 치료력이 좋아서 웬만한 상처로는 포션을 마시지 않는 한편, 자가 치료력으로는 낫지 않는 상처에는 양질의 포션이 필요하다.

그 탓에 하급 포션의 수요가 없어서 조합 기술을 연마하기 어렵다.

그런 풍속이라서 양질의 포션을 확보할 기회가 적은 것이다.

그렇기에 내가 만든 고품질 포션은 수요가 높아서 할증해서 매입해 간다.

참고로 수인족은 특출나게 마력이 큰 사람이 적어서 마나 포션의 수요는 별로 높지 않다.

접수원에게 이것저것 정보를 듣거나 의뢰 게시판에서 채취 의뢰 등을 확인한 후 시간이 적당하다 싶어서 나는 보육원으로 셀레네를 데리러 갔다가, 하늘을 나는 양탄자를 타고 【허무의 황야】로 돌아왔다.

【허무의 황야】에 겨울이 찾아왔다.

눈이 쌓이고 사나운 눈보라가 이는 겨울에는 수인국 마을에 가는 것도 힘들기에 봄이 올 때까지는 쉰다.

"봄이 되면, 캬르와 투리와 교환할 거야."

그렇게 말하고 하얀 손수건에 자수를 넣는 셀레네를 지켜보면서 가끔 책을 읽게 하거나, 공부하거나, 같이 요리하거나 하며 집 안에서 시간을 보낸다.

그리고 그사이에 나는 하늘을 나는 빗자루에 올라타【허무의 황야】곳곳의 마력 생성 지점을 둘러보았다.

만일 결계 마도구가 파손되면 결계 안쪽의 마력이 대량으로 유출되어 식물이 생명 활동을 유지할 수 없어 말라 버리고 만다.

그래서 각지의 마력 생성 지점에 설치한 결계 마도구와 세계수, 그리고 주변 나무들을 확인하는데——.

"이건, 좀 예상 밖인걸."

눈앞에 펼쳐진 광경이 약간 곤혹스럽다.

"세계수가, 결계를 뚫고 자라고 있네."

눈에 마력을 집중해【마력 감지】를 하니, 돔 형태의 작은 결계를 뚫고 어린 세계수가 결계 밖으로 자라고 있다.

게다가 세계수는 저마력 환경에서도 육성 가능한 식물이라 겨울인데도 결계 밖으로 나간 부분이 여전히 푸릇푸릇한 이파리를 달고 마력을 방출 중이다.

세계수의 성장에 맞춰 결계가 커지도록 설정했는데 결계의 범위 확대가 따라잡지 못하고 세계수의 가지와 잎이 결계를 관통해 성장하고 있는 모양이다.

결계 밖으로 비어져 나간 세계수 부분은 직접【허무의 황야】로 마력을 방출하고 있다.

"예상 밖이지만, 내가 마력을 주입해 결계를 키우면 되려나."

그렇게 결론지은 나는 돌기둥 모양의 결계 마도구에 추가로 마력을 주입하여 결계 범위를 넓혔다.

"이제야 세계수와 결계의 범위가 균형이 잡혔네. 그래도 가끔은 보러 와야겠어. 다른 곳도 조정이 필요해 보이고……."

하는 김에 눈으로 덮인 지면 일부를 마법으로 치우고 땅을 확인하니, 자라난 초목이 말라 썩었는지 얕기는 하지만 새로운 흙층이 생겼다.

완벽한 순환 사이클이 조성된 것 같다.

"봄이 되면 지점 몇 군데에 새롭게 세계수를 심어 볼까? 그렇지. 온 김에 이것도 심어야지."

눈을 치운 땅에【창조 마법】으로 창조한 약초 씨앗 등을 뿌리고 흙으로 가볍게 덮는다.

"약초는 마력이 많은 곳에서 나는 특징이 있으니, 어쩌면 기대해 봐도 좋을지도. 봄이 오는 게 기다려지는걸."

결계 안쪽은 마력 농도를 일정 이상 수준으로만 유지하기 위해 잉여 마력을 외부로 흘리고 있다지만 약초가 자라기에는 충분한 마력량이다.

성장한 약초 군생지에서는 일반 나무 수준의 마력을 얻을 수 있다는 계산이다.

그런 식으로 각지를 조정하고 빗자루로 날아서 집에 돌아오니, 테토와 셀레네가 스튜를 만들고 기다리고 있었다.

"마마, 어서 와~! 스튜 데워 놨어~!"

"오늘은 씻고 셋이 같이 자요!"

"후후, 그래. 오늘은 따뜻하게 보내자."

가족이 맞아 주는 따뜻한 겨울 어느 날, 평소와 마찬가지로 잠자리에 든다.

············.

······.

···.

「오랜만이에요, 치세.」

"리리엘. 어때? 신의 눈으로 본 【허무의 황야】의 모습은."

4년, 아니, 5년 만인가.

셀레네를 키우면서 리리엘이 심어 준 지식을 활용하여 【허무의 황야】를 재생하려 노력했다.

「네, 5년밖에 안 됐는데 놀라운 성과예요. 【허무의 황야】 몇 군데에 녹지가 생기다니, 꿈 같은 광경이에요.」

"그래, 다행이네."

「근데 정말 놀랐어요. 【창조 마법】으로 세계수를 창조하다니요. 그건 원초 세계에 있던 나무예요.」

"원초 세계?"

「네. 창조신이 세계를 창조하기 위해 창조해 낸 식물이죠. 이 대륙에도 엘프 군락에 한 그루만 남아 있어요. 세계 전체로 봤을 때도 몇 그루나 남아 있을지 모를 귀중한 식물이에요.」

그 식물과 같은 것이 어린나무이긴 하지만 무수히 자라고 있는 거다. 놀라는 것도 당연하다.

그런데 나는 신종 식물을 만들었다고 생각했는데 과거에 그런 식물이 있었을 줄이야.

뭐, 사람도, 신도 생각하는 건 똑같은 건가…….

아니면 내 의도를 짐작한 【창조 마법】이 그러한 식물을 골라 창조해 줬나…….

그 외에도 리리엘과 다른 신들이 친 대결계 안쪽에 결계를 만들어, 거기서부터 소규모로 재생을 꾀한 건 인간다운 기술이라고 평가받았다.

「신들은 지상에 사소하게 관섭하기가 어려워서 소규모 범위라도 재생을 이룬 건 굉장한 일이에요. 게다가 치세가 마력을 방출해 준 덕분에 방치하기만 해도 앞으로 1,000년 정도면 【허무의 황야】도 완전히 재생될 거예요.」

"시간이 상당히 많이 걸리네."

「그래도 재생될 희망이 보이지 않았던 때와 비교하면 파격적인 진보예요. 최저 10,000년은 걸릴 것으로 생각했는걸요.」

10,000년이라고 해도 실감은 안 되지만, 자연에 맡겨 앞으로 1,000년이면 된다니까 재생되기까지 기간을 꽤 단축한 건 알 수 있었다.

하지만 나는 자연에 맡기지 않고 계속해서【허무의 황야】의 재생을 꾀할 생각이다.

"뭐, 조금씩 세계수 숫자를 늘리고, 마력 방출도 계속할게."

「네, 부탁할게요. 그래도 조심해요. 인간은 탐욕스러워요. 분명 재생한 토지를 두고 싸움이 벌어질 겁니다. 그러면 삼림이 불타고 기껏 심은 세계수를 잃고 말 거예요!」

그렇구나, 인간들의 마찰에 관해서 잊고 있었다.

【허무의 황야】가 재생되다 보면, 언젠가 바깥쪽과 단절되는 대결계를 리리엘이 유지할 필요가 없어진다.

그렇게 되면 누구든 이 토지에 발을 들일 수 있다.

「그러니 치세가【허무의 황야】를 실효 지배 해 줘요!」

그런 말을 들으면, 곤란하다.

"그럼, 모종의 방법으로 주변국의 수뇌진에게 불가침 계약을 맺게 해야겠네."

「아무렇지 않게 그런 말을 하는 치세, 저는 좋아해요.」

기쁜 듯이 그렇게 말하는 리리엘이지만, 별로 칭찬받은 것 같지 않다.

「아마 치세라면 마물에 의한 재해를 혼자서 해결한다든가, 왕후 귀족을 돕는다든가 해서 어떻게든 계약을 맺겠죠? 힘내요!」

"될 대로 되라는 느낌이네. 뭐, 기회가 있으면 노려는 볼게."

이로써 【허무의 황야】의 현 상황 보고를 마치고 앞으로의 방침이, 정해졌다.

진지하게 보고를 마치니, 리리엘의 분위기를 살짝 누그러뜨린다.

「그래서 어때요? 아이와 함께하는 생활은?」

내 얘기를 듣고 싶다는 듯 웃으며 묻는 리리엘에게, 내가 답한다.

"즐겁기만 한 게 아니라, 매일이 놀라움의 연속이야."

【허무의 황야】에서 우리끼리만 생활했을 때도 곰 골렘이 생겨 놀라거나, 셀레네가 하늘을 나는 빗자루나 하늘을 나는 양탄자가 있다고 믿어서 그 환상을 깨트리지 않으려고 그런 마도구를 만드는 것에 도전했다.

셀레네가 보육원에 다니기 시작하고부터는 아이끼리 교류하거나 보육원 선생님들에게 여러 가지 배우고, 그것을 나와 테토에게 보여준다.

그런 때 자신만만해하며 우쭐대는 셀레네의 표정이 정말 사랑스럽기 그지없다.

겨울철인 지금도 마을에 가지 못해, 책을 읽거나 쉬운 공부, 재봉을 가르치면서 매일 즐겁게 보내고 있다.

「아이가 사랑스러워서 못 배기겠나 봐요.」

"응, 당연하지. 왜냐하면 우리의 자랑스러운 딸인걸."

그렇게 답하니, 리리엘이 딸바보라면서 못 말린다는 듯 말하고는 리리엘과의 꿈속 신탁을 끝냈다.

이전보다 마력량이 늘어서 마력 고갈이 오지는 않지만, 그래도 자는 동안 절반 가까운 마력을 소비했다.

문득 옆을 보니, 내 천(川) 자로 자는 테토와 셀레네의 행복한 자는 얼굴을 볼 수 있었다.

그런 두 사람의 자는 얼굴을 보면서 나도 오늘은 다시 자기로 했다.

11 화 【치세 스물네 살, 테토 스물여덟 살, 셀레네 열 살】

정신을 차리니, 【허무의 황야】에서 살기 시작한 지 10년이 흘러 있었다.

셀레네도 열 살이 되어 외모 나이가 나와 비슷해졌다.

모르는 사람이 나란히 있는 우리를 보면 머리 색깔이 다른 자매나 친구로 볼지도 모른다.

시간이 조금 더 흐르면 셀레네가 더 커져서 내가 동생으로 보일 게 벌써부터 걱정된다.

"엄마! 마법 가르쳐 줘!"

친구의 영향인지, 자립심이 생겼는지 최근에는 나를 부르는 호칭이 '마마'에서 '엄마'로 바뀐 셀레네가 마법을 가르쳐 달라고 부탁해 왔다.

"마법이라. 뭐, 되기는 하는데……."

그리고 성장하면서 마력량이 늘어, 다섯 살쯤에는 이미 3,000마력까지 커졌다.

그런 셀레네에게 마법을 가르쳐 주는 게 사실 마음이 내키지는 않았다.

마력량이 늘어, 몸에 마력을 효율적으로 순환시키면 노화가 더뎌지기 때문에 셀레네도 나처럼 어린 모습 그대로 불로의 몸이 되길 바라지 않는다.

그렇게 설명했더니——.

"그런 거야?! 그러면 엄마하고 테토 언니랑 같이 있을 수 있겠다!"

어쩜 좋아, 우리 천사, 정말 사랑스럽다.

그리하여 마법을 가르치게 됐지만, 나는 마법을 거의 감각과 마력량으로 밀고 나가듯 써 왔다.

그래서 꿈속 신탁에서 여신 리리엘에게 마법에 관한 가르침을 청한 결과——.

「【신체 강화(強化)】의 상위 스킬인【신체 강화(剛化)】를 가르쳐 줄게요. 쉽게 말해, 몸에 두르는 마력의 밀도를 더 높인 상태를 말하는 거예요.」

【신체 강화(剛化)】는【신체 강화(強化)】로도 막을 수 없는 공격을 방어하는 데 도움이 된다고 한다.

전에 테토가 A등급 마물인 데스사이즈 맨티스에게 동강이 난 적이 있다.

데스사이즈 맨티스의 낫에 둘렸던 방대한 마력은【신체 강화(剛化)】의 전조이며 테토의【신체 강화(強化)】는 데스사이즈 맨티스보다 못해서 절단된 것이라나.

【신체 강화(剛化)】를 다룰 수 있느냐가 B등급과 A등급 모험가가 나뉘는 하나의 척도라면서 나와 테토는 셀레네의 엄마와 언니로서 위엄을 잃지 않기 위해 습득했다.

그 밖에도——「마법을 다루는 게 엉성해요. 좀 더 마법 술식

마력 치트인 마녀가 되었습니다 ~창조 마법으로 자유로운 이세계 생활~ 3

의 요소를 의식해 봐요」——라고 하면서 마법 지도를 받았다.

마법의 요소는 강화, 변화, 방출, 조작, 구현화, 기타로 나뉜다.

예를 들어 수속성 마법 《아쿠아 불릿》은 물을 '구현화'하여 그 형상을 '강화'해, '방출'한다.

고도의 마법을 구사할 때는 여기에 추적 성능을 부여한 '조작' 요소가 추가된다.

그런 식으로 현재 사용하는 마법을 다시 요소로 분해해 재구축해 보니, 마법의 위력을 향상할 수가 있었다.

이러한 마법 지도를 받은 마법사와 지도를 안 받은 날것의 마법사가 대성할 가능성에 큰 차이가 있는 게 납득이 간다.

이런 느낌으로 리리엘에게 지도받은 내가 셀레네에게도 마법을 가르친 결과——.

"하아아앗!"

"좋은 일격이에요!"

【신체 강화(剛化)】를 사용해 가격하는 셀레네와 그 공격을 받아내며 칭찬하는 테토.

발동 시간은 그렇게 길지 않아도 셀레네의 강화된 근력으로 보아, 오크 같은 마물 정도면 일방적으로 때려 쓰러뜨릴 수 있을 것이다.

그리고 사용하는 《워터 커터》는 상당히 예리하다.

여기는 【허무의 황야】 안에서도 손이 타지 않은 곳이라 마법을 얼마든지 써도 되고, 마법을 쓰면 마력이 확산한다.

게다가 저마력 환경에서 싸움으로써 마력 흡수나 마력 봉인 등의 내성을 기를 수 있다.

성대하게 날뛰는 두 사람에게서 눈을 돌려 먼 하늘을 본다.

'──잘 계시나요, 성함도 모르는 셀레네의 친모분. 가르침이 좀 과해서 댁의 따님께서 너무 강해졌습니다.'

뭐, 힘을 가졌다고 난폭한 행동은 하지 않고, 시키지도 않는다. 어디까지나 호신술의 범위다. 그렇게 나 자신에게 되뇐다.

그리고 마법 교육과는 별개로 내가 먹는【신기한 나무 열매】를 본 셀레네가 먹고 싶어 하길래 가끔 같이 먹었다.

그 결과, 셀레네의 마력량이 2만 마력까지 늘어, 궁정 마술사 수준이 되었다.

"셀레네. 테토. 이제 그만하자."

"응~!"

"네!"

내 말에 두 사람이 모의 전투를 멈춘다.

테토는 지금도 마을에 가면 모험가 상대로 모의 전투를 한다.

인간뿐만 아니라 수인이나 엘프, 드워프, 용인(竜人) 등 이종족 모험가와의 전투도 학습하여 다양한 전투 방식을 셀레네에게 전수하고 있다.

'상대방의 기술을 받아 내고 학습한 후에 최적화하여 처리하고, 가르친다. 테토, 무서운걸.'

최근에는 마석을 먹을 기회가 줄어서 테토의 마력 상한은 별로 오르지 않았지만, 그래도 움직임이 최적화되고,【신체 강화(剛化)】를 습득하면서 굉장히 강해졌다.

"오늘은 날이 덥네~. 그렇지! 이대로 샘으로 씻으러 가자!"

"아주 좋은 생각인데요! 씻으러 간 김에 저녁에 먹을 물고기도 잡아요!"

10년 걸려 재생한【허무의 황야】에서는 몇 년 전부터 지면의 군데군데서 물이 솟아나기 시작했다.

그 물웅덩이를 정비해서 샘과 개천을 만들고【허무의 황야】의 결계 밖으로 지나는 하천과 합류시켰다.

볕이 뜨거운 날이나 모의 전투로 달아오른 몸을 식히기에는 딱 좋다. 게다가【허무의 황야】밖으로 연결된 하천을 거슬러 올라온 민물고기도 산다.

"아, 그러면 테토 언니! 나, 수영 좀 가르쳐 줘!"

"알겠어요! 셀레네에게 수영하는 법을 가르쳐 줄게요!"

"두 사람, 오늘은 마을에 가야 하니까 수영은 다음에 해. 오늘은 길드를 돕는 날이잖아. 그리고 씻고 나서 갈아입을 옷도 까먹지 말고 가져가고."

"응~."

"네~."

샘으로 향하는 두 사람을 배웅한 나는, 셀레네와【허무의 황야】의 변화를 즐기며 지내고 있다.

그리고 씻고 돌아온 셀레네와 테토의 옷차림을 단정히 매만져 준 뒤, 다 함께 하늘을 나는 양탄자를 타고 마을로 향했다.

전에는 보육원에 맡겼던 셀레네도 성장해서 지금은 일주일에 한 번, 길드의 수습 직원 겸 치료사로서 일을 돕기 시작했다.

셋이 사이좋게 길드로 들어갔는데 길드의 분위기가 평소와 다른 것이 느껴졌다.

"치세 씨, 테토 씨, 셀레네! 마침 잘 왔어요."

"무슨 일이야? 그렇게 급하게……."

5년이란 시간이 지나면서 길드 접수원들도 조금씩 바뀌는데도 결혼하고도 여전히 접수원 일을 계속하는 고양이 수인 접수원이 말을 건다.

"던전이 나타났어요. 그것도 바로 옆 영지에!"

"그래, 근데 문제라도 있어?"

"문제 많죠! 던전이 발생한 장소가 가르드 수인국의 곡창 지대 한복판이니까요. 거기다 불을 뿜는 마물이 많아서 만일 폭주하기라도 하면 곡창 지대가 불타서 나라에 아사자가 대량으로 발생할 거라고요!"

관리가 어려워서 던전을 이용하는 것보다 단점이 많은 경우에는 던전 코어를 확보해 던전을 소멸할 필요가 있다.

"그래서, 던전 규모는?"

"추정하기로는 B등급 이상이에요. 그래서 두 분께 말씀드린 거예요. 그리고 C등급 모험가들은 던전 입구에서 마물이 나타나지 않는지 경계를 서게 할 겁니다."

곧 가을의 수확 시기가 돌아온다.

던전을 조기에 토벌하지는 못해도 수확이 끝날 때까지 버티면, 유예가 생긴다는 생각도 있는 것이리라.

그런 거라면 납득이 간다.

"나도 식료품 물가가 오르는 건 곤란하단 말이지. 근데 셀레네가……."

"나도 엄마와 테토 언니를 돕고 싶어! 그냥 기다리기만 하는 건 싫어!"

예전에 소규모 폭주를 토벌한 것을 계기로 가끔 B등급 의뢰를 부탁받게 되었다.

B등급 수준의 의뢰는 한 달에 한두 번 발생하는데 수락할 만한 강한 모험가가 신체 조정과 장비 수리 등으로 타이밍이 안 맞을 때는 대체로 나와 테토가 의뢰를 맡았다.

그런 때, 셀레네는 보육원에서 재웠다.

하지만 이번에는 던전 공략이 목적이고 얼마나 걸릴지 모른다.

"……알겠어. 단, 셀레네는 던전 공략이 아니라 현지 모험가 길드의 일만 돕는 거야. 셀레네에 대한 추천장을 받을 수 있을까?"

"알겠어요! 불을 뿜는 마물이 많아서 다친 사람도 많다고 하니, 치료사라면 대환영이죠!"

그렇게 우리는 길드에서 던전 공략에 관한 이야기를 듣고 곧바로 해당 장소로 향했다.

다른 모험가는 마차 등으로 이동하지만, 우리는 하늘을 나는 양탄자로 마차의 몇 배나 빠른 속도로 나아간다.

그리고 한 번 지상으로 내려와 야영하고 목적지에 도착한 건 다음 날 점심 전이었다.

12화【작은 치료사, 셀레네의 활약】

던전이 발생한 곡창 지대 한 면에 황금색으로 빛나는 밀이 흔들리고 있다.

그 한가운데에 검붉은 큰 바윗덩어리가 있고 그 주변의 밀밭은 전부 베여 있었다.

내부에서 마물이 나오지 못하도록 모험가들이 경비를 서고, 입구에는 던전에서 다친 모험가들을 치료하는 간이 치료 시설도 설치되어 있었다.

그런 곳에 하늘을 나는 양탄자로 내려가니, 주변 모험가들이 경계한다.

"우리는 다른 길드에서 던전 공략 요청을 받아서 온 B등급 모험가야!"

목소리에 살짝 마력을 실어 말하니, 겉모습 때문에 의아해하면서도 우리가 내민 길드 카드와 길드에서 쓴 추천장을 확인한다.

"지원 왔구나! 모험가 길드 출장소로 가 봐. 거기서 이야기를 들을 수 있을 거야."

"알겠어."

나는 테토와 셀레네를 데리고 걸었다.

그리고 출장소에 가니, 길드 마스터로 보이는 수인 남성이 진

마력 치트인 마녀가 되었습니다~창조 마법으로 자유로운 이세계 생활~ 3

두 지휘하다가——.

"뭐야? 왜 이런 곳에 꼬맹이가 있는——."

"누가 꼬맹이야. 상대를 보고 말하지 그래!"

"——윽?!"

이스체어 왕국에서 테토와 여행했을 때, 처음 방문한 길드에서 우리를 겉모습만 보고 판단해 시비를 거는 일이 많았다.

그래서 나는 마력 방출로 위압하면서 겉모습으로 판단하는 그를 초장에 입 다물게 한다.

약속이라도 한 듯이 꼬박꼬박 시비 걸리는 것도 성가시다.

"변경에 자리한 빌 마을의 모험가 길드에서 던전 공략 요청을 받아서 온 마녀 치세야. 이게 길드 카드고."

"테토는, 검사예요! 여기요!"

"아, 그래……. 미안했어. 잠깐, 스물네 살?!"

겉모습은 열두 살에서 멈춰 있지만, 공식적으로는 스물네 살이라는 것에 놀란다.

금세 제정신으로 돌아온 곰 수인 남성이 우리에게 자신을 소개한다.

"나는, 여기서 가까운 마을, 가나드의 길드 마스터인 나베아야. 그건 그렇고……."

가나드의 길드 마스터 나베아 씨가 지원으로 온 모험가인 우리와 함께 있는 셀레네를 보기에 설명한다.

"내 딸을 마을에 남겨 두고 올 수가 없어서 같이 왔어. 그리고 이게 길드에서 발행한 셀레네의 추천장이야."

"뭐? 딸? 그보다 이런 곳에 아이를 데려…… 오다니…….''

빌 마을의 길드에서 준 추천장에는 셀레네에 관한 설명이 적혀 있었다.

나이는 열 살밖에 안 됐지만, 【회복 마법】의 실력은 B등급 모험가인 내가 가르쳤기 때문에 꽤 좋다.

이전에 빌 마을에서 화재가 발생했을 때, 전신 화상을 입은 피해자를 치료하는 데 성공해, 현재는 길드 수습 직원으로서 길드 전속 치료사와 다를 바 없이 일하고 있다고 쓰여 있다.

추천장과 긴장한 표정의 셀레네를 번갈아 보는 길드 마스터.

"내 딸을 그렇게 뚫어지게 보면서 겁주지 마."

"아니……. 여러모로 당혹스러운데……. 진짜야?"

"벌써 다친 사람이 나왔지? 셀레네에게 치료해 보라고 하면 실력을 알 수 있을 거야. 셀레네."

"괜찮아! 할 수 있어!"

셀레네에게 마법을 가르칠 때 인체 해부학 서적을 읽게 하거나 죽은 인간형 마물의 시체를 가져다 놓고 실제로 내장 같은 걸 보여 주고 그랬다.

너무 엄격하게 공부시킨 것 같기도 하지만, 지금은 길드 일을 도울 때 작은 마물을 혼자서 해체할 수 있을 만큼은 피와 내장 냄새에 익숙해진 상태다.

"셀레네는, 수습 취급해도 좋은데 수습인 만큼 안전한 숙소를 배정하고 모험가를 호위로 붙여 줘. 만약 문제가 생기면——.''

다시 길드 마스터에게 위협을 담아 마력을 방출하자, 흔들 인형처럼 고개를 끄덕거린다.

그리고 나는 셀레네를 데리고 간이 치료 시설에 들러 바로 부상자를 본다.

"셀레네, 배운 대로 해 봐."

"응, 엄마."

셀레네가 내가 가르친 대로 상태가 가장 심각한 중상자 곁으로 갔다.

전신의 반 가까이 화상을 입어 가죽 방어구가 녹아 피부에 눌어붙었다.

기도도 문드러졌는지 호흡이 거칠고 머리카락도 타서 눈고 코도 탄화하여 떨어져 있었다.

그 사람 주변에는 이미 포기하고 훌쩍거리며 우는 모험가가 몇 명 있다.

"——《서치》,《하이 힐》!"

셀레네가 손을 들고 마법을 외친다.

몸에서 안 좋은 부분을 살피는 무속성 마법 《서치》로 치료가 필요한 부위를 확인하고 회복 마법을 건다.

회복 마법으로 새살이 돋고 떨어져 나간 코와 얼룩에 밋밋한 흉터가 남을 듯한 두피가 점점 재생된다.

"대단하군……. 저 모험가는 이제 틀린 줄 알았는데."

길드 마스터가 나지막이 말하는 중에 모험가의 짓무른 기도도 나았는지 호흡이 안정적이다.

"으, 으으읏……. 내가……."

"─언니?!"

"─언니?!"

"─언니?!"

아무래도 다친 게 고양이 수인의 여성 모험가였나 보다.

몸을 일으키는데 녹아서 피부에 붙어 있던 가죽 갑옷이 헌 피부, 피지와 함께 벗겨져 떨어지면서 그 고운 가슴이 드러난다.

"으아아! 언니, 앞, 앞에!"

"어? 뭐, 왜 이래, 이거!"

"자, 자, 젊은 사람이 노출하고 그러면 안 되지."

내가 가까이 가서 마법 가방에서 꺼낸 큰 망토를 등 뒤에서 살며시 걸쳐 준다.

"셀레네. 마력량은 어때?"

"음. 한 1할 정도 줄었어."

"그럼, 무리하지 마. 마력 고갈이 올 것 같으면 마나 포션을 마셔. 알았지?"

"응, 괜찮아. 가지고 있어."

"그리고 넌 어리니까 너무 많이 일하면 안 돼. 밥도 잘 먹고 밤에는 자야 해."

"엄마, 걱정이 과해."

"그리고─."

"생명이 위독한 사람을 우선시하고 별다른 이상이 없는 사람은 나중에 본다."

"─잘했어."

멍해 있는 주변을 무시하고 셀레네에게 이야기한다.

"그러면 나하고 테토는 던전을 공략하러 갈 테니 힘내."

"응, 엄마랑 테토 언니도 힘내!"

저리 응원해 주니 엄마로서 열심히 할 수밖에 없다.

"그럼, 길드 마스터. 우리 딸, 무리시키지 않는 선에서 잘 부탁해."

"잘 부탁합니다."

나와 테토는 머리를 깊이 숙여 길드 마스터에게 셀레네를 부탁하고 던전 입구 쪽으로 향해 갔다.

SIDE: 셀레네

"엄마도 참, 걱정이 심하다니까."

그렇게 말하며 한숨을 쉬는 내게로, 엄마가 길드 마스터라고 부른 수인 아저씨가 온다.

"정말 너희는, 정체가 뭐야?"

"엄마는 훌륭한 마녀야! 그리고 나는 엄마처럼 훌륭한 마녀? 가 되고 싶은 소녀이고."

"마녀? 아──, 마법을 쓰는 여자 말이군. 그러면 그냥 마법사라고 하면 되지 않나……."

완전히 납득하지 못한 표정이지만, 엄마는 항상 본인을 마녀라고 소개하기에 나도 엄마처럼 되려고 그렇게 소개했다.

그리고 엄마는 마녀라고 하기는 해도 특별한 의미는 없는 듯하다.

엄마가 준 그림책 속의 마녀는 모두 엄마와 똑같이 입은 마법사니까 아마 마녀들은 그런 옷을 입는 거겠지.

"그보다 길마 아저씨. 엄마가 부탁한 내 호위는 누가 맡아?"

"아아, 그렇지. 이봐, 너희!"

길마 아저씨가 부른 건 아까 내가 구한 여자와 그 동료 모험가들이다.

"생명의 은인인 작은 치료사의 호위 좀 맡아 줘! 당연히 해 주겠지?"

"장비가 다 불타 버린 우리더러 호위를 맡으라고?"

아무래도 내가 구한 사람들은 C등급 【산천의 여표범】이라는 고양잇과 수인을 중심으로 한 여성 모험가 파티라는 듯하다.

"장비는 우리가 빌려줄게. 실력 있는 어린이 치료사로 옆 마을 상급 모험가의 딸이야. 게다가 길드에서 추천장도 써서 보냈어. 그러니까 호위를 부탁할게."

"알겠어. 뭐, 이런 어린애가 혼자 있으면 아이를 노리는 나쁜 녀석들도 있을 테니, 우리가 안전하게 보호할게!"

치료 중에는 착란을 일으킨 모험가가 덮칠 가능성도 있기에 제압해 줄 사람이 있으면 치료하기 편하다.

혼자서는 물리적으로나 마법으로 재우고 하지 않으면 회복 마법을 제대로 쓸 수 없다.

그리하여 【산천의 여표범】 분들의 호위를 받으며 이송되는 모험가들을 치료한다.

다른 치료사들도 모험가들을 치료하지만, 나는 특히 중상자를 중심으로 돌고 있다.

그중에서도【산천의 여표범】의 리더 언니 때처럼 부상자를 에워싼 모험가 파티가 있었다.

사람들 중심에 있는 수인 중상자는 귀가 찢어지고, 마물의 손톱에 눈이 멀고, 갈린 배에서 내장이 넘쳐 출혈이 심하다.

"뭐야! 왜 왔어!"

"치료하러 왔어, 물러나."

"말이나 못 하면! 우리한테서 돈을 뜯어낼 셈이냐! 아니면 기대하게 해 놓고 수인이라 더럽다면서 치료하지 않으려고?!"

그렇게 화내자,【산천의 여표범】파티원들이 당황한다.

"이 아이는, 그런 짓 안 해. 미안해. 이 녀석들은 이웃 나라에서 옮겨 온 녀석들이야."

"괜찮아요. 자주 있는 일이거든요."

내가 다니는 빌 마을에서는 인간과 수인의 인구가 반반 정도 되지만, 이 사람들의 출신지는 인간이 더 많은가 보다.

그리고 마력이 적은 수인은 치료사가, 적다.

그래서 다른 인종에게 회복 마법을 부탁하는 일이 많은데 조금 전에 말한 것처럼 수인이라고 차별하는 사람이 있다.

이 사람들은 차별을 당해 봐서 경계하는 것이다.

"그만, 해⋯⋯. 어린아이한테, 화풀이, 하지 마."

"형님!"

아직 의식이 있는 수인 모험가 곁으로 가서 웅크려 앉는다.

"더럽지 않아. 수인들은 모두 근사해. ──《하이 힐》."

그렇게 말하며 피가 흥건한 차가운 손을 붙잡고 회복 마법을 사용해 큰 상처를 치료한다.

마음 같아서는 찢어진 귀나 실명한 눈도 치료하고 싶지만, 마력은 유한하다.

죽지만 않으면 나중에 얼마든지 어떻게든 해 줄 수 있다.

"고비는 넘겼어. 그럼, 다음 사람을 치료하러 갈게."

"어, 그래……."

모험가들은 놀라 말문이 막혔지만, 나는 중상자를 죽게 둘 수 없기에 치료하러 자리를 옮겼다.

그러다 정신을 차려 보니 저녁이 되어 있었다.

"셀레네. 이제 쉴 시간이야."

"아, 정말이네."

"숙소나 식사는 우리가 준비할 테니까 오늘은 쉬어."

"여러모로 신세가 많네요."

이제 보니, 간이 치료 시설에 누워 있는 모험가의 수가 줄어 있었다.

뒷일은 여기 있는 치료사들에게 맡기고 나는 쉬기로 했다.

오늘 내가 본 사람 중에 죽은 사람은 없었다.

하지만 실명한 눈과 찢어진 귀와 손발, 그 정도 결손 부위라면 나하고 엄마가 나중에 재생 마법으로 낫게 해 줄 수 있다.

그러니까, 엄마. 얼른 돌아와.

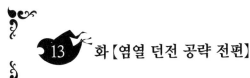

"이 던전을 공략하면 수인국에 은혜를 지울 수 있어."

"그리고【허무의 황야】의 토지 소유권을 인정하게 하는 거군 요! 역시 대단해요. 근데 마녀님?"

"왜, 테토?"

"던전 코어는 어떻게 할 거예요?"

기대에 부푼 듯한 눈으로 쳐다보는 테토에게 나는——.

"안 돼. 전에 찾은 던전 코어는 테토에게 줬으니까 이번에는 내 차례야."

"아쉬워요."

그렇게 가벼운 대화를 주고받는 나와 테토가 있는 곳은 던전 지하 10층이다.

이번 목표는 누구보다도 빨리 던전을 공략하는 타임 어택이다.

던전의 계층은 동굴형이었고, 불을 뿜는 마물이 많이 나타났 는데 내 결계와 테토의【신체 강화】를 뚫고 대미지를 입히는 마 물은 없었다.

테토가 부리는 땅의 마법《어스 소나》로 동굴 내부 구조를 파 악해 달라고 해서 최단 경로로 거침없이 돌파한다.

마주친 마물의 마석을 전부 테토에게 건네자, 테토는 오랜만에 마석을 마음껏 먹으며 자기 강화를 해 나간다.

최근 10년간 셀레네를 키우느라 던전을 공략하는 건 오랜만인데 감을 잃지는 않은 모양이다.

그리고 이전보다도 마력량이 늘어 지금은 10만 마력이다.

10만 마력으로 모든 장해를 밀고 나아간다.

그러다 깨닫고 보니, 16층의 안전지대에 도착해 전이 마법진에 등록하고 있었다.

"마녀님~, 여기가 다른 사람들이 가장 깊이 내려온 곳인가 봐요."

"그러게. 근데 시간도 다 됐으니까, 오늘은 여기서 쉬자."

회중시계로 시각을 확인하니, 벌써 저녁이다.

슬슬 식사와 취침 준비를 시작해야 한다.

"한번 돌아가지 않아도 돼요? 셀레네가 걱정하지 않을까요?"

"일단 어느 정도 돈도 주고 왔고 호신용 마도구도 있어. 그러니까 이건 셀레네가 자립했을 때의 예행연습이야."

여자아이는 이르면 열두 살에 직업을 갖고 열네 살에서 열여덟 살쯤 되면 결혼해서 가정을 꾸리기도 한다.

열 살인 셀레네에게는 아직 이르다며 과보호하기보다는 좀 더 일찍 자립하는 걸 연습시켜야 한다.

"게다가 셀레네를 습격한 사람들이 나타났을 때도 대처할 방법도 가르쳐 뒀어. 그러니까 괜찮아. 괜찮다고."

"마녀님, 말은 그렇게 하면서 마력이 줄줄 새요."

후후후, 사실 우리의 천사 셀레네가 자립한다고 생각하면 쓸쓸함에 마음이 미쳐 버릴 것 같다.

만약 결혼이라도 하게 되면, 남편 될 사람은 셀레네를 행복하게 해 줄 수 있는 장래가 유망한 인물이 아니면 절대로 인정 못한다고 마음속으로 울부짖고 있다.

그런 나를 보며 못 말린다는 듯이 웃는 테토가 뒤에서 껴안는다.

"그러면, 지금은 테토가 마녀님을 독차지할래요~."

"후후, 그러게. 이렇게 둘만 있는 것도 오랜만이네."

그렇게 던전 안에서 하룻밤을 보내고 던전 공략을 재개한다.

잠깐 돌아가서 현재의 공략 상황을 확인할까도 생각했지만, 그 시간도 아까워서 한 번에 던전을 내려간다.

그리고 19층을 넘었을 때——.

"……마녀님? 인기척이 느껴져요."

"먼저 가던 모험가인가? 상황은?"

던전을 내려갈수록 동굴 내부의 기온과 습도가 올라, 현재 주변 온도는 40도가 넘는다.

불을 쓰는 마물 외에도 이 환경이 괴롭지만, 나는【허무의 황야】를 관리하고 조정하면서 익힌 결계를 내게 쳐서 마법으로 주변 온도를 일정하게 유지 중이다.

"전원 살아는 있지만, 움직임이 둔해요."

"음. 아래층으로 가는 경로에서 벗어나기는 하지만, 상태를 보러 가 보자."

혹시 몰라서 인기척이 느껴진 곳으로 가니, 숨이 거친 모험가들이 땅에 기듯이 엎드려 쓰러져 있었다.

파티 전원이 열사병으로 쓰러지고 지참한 물도 다 떨어진 모양이다.

"무, 물 좀……."

"그래, 여기. 물은 얼마든지 있어."

나는 마법으로 주변 온도를 낮추고 모두에게 물통을 건넸다.

쓰러진 사람들이 물을 단숨에 벌컥벌컥 마신다. 그리고 땀으로 빠져나간 미네랄을 보충시키기 위해 소금 사탕도 먹는다.

"덕분에 살았어. 근데 이런 곳에 웬 사람이지? 게다가 어린아이가……."

"나는, 이래 봬도 스무 살이 넘었어."

"정말?!"

최근 반복하는 대화를 거쳐, 자기소개를 한다.

"우리는 【용의 턱】이란 B등급 파티야. 이 일대의 최상급 모험가야."

"나는, 치세. B등급 모험가야. 파트너인 테토도 똑같이 B등급이고. 곡창 지대가 불탈 가능성이 있는 던전이 생겼대서 소멸시키러 왔어."

소개를 마치고 그들에게 왜 쓰러져 있었는지 캐물었다.

"우리도 소멸이 목적인데 여긴 너무 위험해. 특히 온도와 습도가."

"15층 게이트 키퍼를 물리치고 속도를 내서 내려가려고 했는데 16층부터 환경이 갑자기 변해서 몸이 못 따라가더라고…….

그래도 던전 공략을 목표로 빠르게 클리어하면서 왔는데 무더
위로 죽을 뻔했어."

던전의 조기 소멸을 목표로 나아가는 게 중요하긴 하지만, 신
중함이 부족하지 않나 하는 생각이 든다.

"신중하게 일단 철수했다가 대응 장비를 마련하는 편이 나았
겠어."

"그러게, 면목 없어."

아무리 상급 모험가로 불리고 마물을 해치우는 능력이 뛰어나
도 환경에 적응하지 못하면 인간은 죽는다.

"그래서, 어쩔 거야?"

내가 쓰러져 있던 모험가들에게 묻자, 신기한 듯 고개를 갸웃
한다.

"여기서 알아서 안전지대까지 갈 수 있어? 아니면 우리가 거
기까지 데려다줄까?"

"그……. 호위 좀 부탁할게. 아직 몸 상태가 원래대로 안 돌아
와서."

B등급 모험가로서 갈등이 됐겠지만, 탈수 증상으로 인해 컨디
션이 안 좋기도 하고 우리가 자리를 뜬 뒤에 던전 내부의 기온
을 고려해 그렇게 판단한 모양이다.

"그래서, 얼마면 되겠어?"

"…………아, 그렇지."

내가 베푼 도움에 상응하는 사례를 받을 수 있는 걸 잊고 있
었다.

이들 입장에서는 이렇게 더운 환경에서 길에 쓰러진 자신들에게 귀중한 물——뭐, 【창조 마법】으로 만들 수 있지만——을 제공하고 호위도 해 주는 것이다.

죽으면 쓰러뜨린 마물의 마석과 소재, 던전 탐색 도중에 발견한 보석도 갖고 돌아갈 수 없고, 글자 그대로 보물을 가지고도 썩였으리라.

게다가 생긴 지 얼마 안 된 던전이라 보석도 많은지, 여기에 도착할 때까지 보물 상자를 몇 개나 발견한 듯하다.

"그러게. 그럼, 이제까지 쓰러뜨린 마물의 마석을 반절 받는 거로."

"정말? 그거면 되겠어?"

우리보다 앞서서 던전에서 많은 보물을 얻었다.

사람에 따라서는 발견한 보물의 절반을 요구해도 불평할 수 없겠지만, 나는 굳이 실용적인 마석을 받고 퉁치기로 한다.

"그거면 돼. 마석은 쓸모가 많고 보석에는 관심이 없거든."

내가 그렇게 말하자, 그들이 그 자리에서 이제까지 해치운 마물의 마석을 마법 가방에서 꺼내 내민다.

던전의 공략 시간이 길어서 그런지 반절이어도 최단 거리로 던전을 내려온 우리보다 마석을 많이 갖고 있었다.

"그럼, 계약 성립."

테토가 마석을 건네받아 마법 가방에 넣은 뒤, 그들을 데리고 온 길을 되돌아간다.

16층에 있는 안전지대까지 데려다주자, 쓰러져 죽어 가던 모험가들이 계속 머리를 숙이길래——.

"다른 모험가들에게 대응 장비의 중요성을 확실히 전하도록 해. 그리고 '근처에 내 딸이 있으니 잘 부탁할게'라고 전해 주겠어?"

전언을 부탁한 우리는 지상으로 돌아가지 않고 다시 던전 깊은 곳을 목표로 내려간다.

동굴형 계층은 20층에서 끝나고 21층에서는 개방형 필드로 바뀌었다.

"이건, 예상 밖인걸."

기온이 50도를 넘고 가짜 태양이 뜨거운 햇볕을 내리쬐는 사막 계층이 시작되었다.

일단 그날은 안전지대의 오아시스에 도착해, 전이 마법진을 등록하고 거기서 야영했다.

사막 계층의 낮과 밤의 심한 온도 차는 많은 모험가의 체력과 정신력을 뺏는 무시무시한 환경이다.

그런데 그런 낮밤의 일교차에 우리는 옛날 생각까지 났다.

10년 전까지의 【허무의 황야】와 비슷한 밤의 찬 기운을 떠올리고 테토와 따뜻한 우유를 마시면서 던전 안에서 별하늘을 올려다보았다.

14화【염열 던전 공략 후편】

SIDE: 셀레네

엄마와 테토 언니가 던전으로 들어간 지 일주일이 흘렀다.

이틀째 되는 날에 간이 치료 시설로 가, 부상자 치료에 힘쓰는데 이 던전에 도전한 최상급 모험가가 돌아온 모양이다.

듣자니, 15층과 16층을 경계로 던전 안의 환경이 급변해서 대응 장비가 없으면 장시간 탐색하는 게 어렵단다.

그런 환경에서 기력으로 밀어붙이던 최상급 모험가들이 탈수 증상으로 쓰러졌는데 그때 나타난 엄마와 테토 언니가 도와줘서 무사히 생환했다고 한다.

작은 상처를 확인하는데 감사 인사를 들었다.

'함께 돌아와 줬으면 좋았을 텐데.'

나는 그렇게 생각했다.

하지만 엄마는 아무것도 없는 곳에서 물건을 꺼낼 수 있는 신기한 마법을 부릴 수 있다.

그 마법이 있어서 던전 안에서 보급이 필요한 물건을 가질 수 있으니까 돌아오지 않고 계속해서 던전에 도전할 수 있는 거겠지.

내가 엄마를 믿고 기다리는데 오늘도 부상자가 실려 온다.

던전 안의 정보가 조금씩 퍼졌는지 다들 대비해서 크게 다쳐서 오는 사람은 적어졌다.

또는 던전 공략을 포기하고 던전에서 마물이 나오지 않도록 던전 내부의 마물을 줄이는 것을 목표로 삼은 모험가들이 안전을 위해 조심하기 시작했는지도 모른다.

그렇게 오늘도 시간이 흘러, 엄마 일행이 던전에 들어간 지 2주하고도 좀 더 된 어느 날, 던전이 소멸하고 엄마와 테토 언니가 돌아왔다.

SIDE: 마녀

솔직히 던전 20층 이후로는 번거로웠다.

뭐가 번거로웠냐면, 아래층으로 이어지는 계단이 광활한 사막의 어딘가에 있는 데다가 모래에 묻혀 있는 게 짜증 났다.

"마녀님. 테토도 지면을 탐색 중인데 무언가에 방해받고 있어요!"

또 계단이 어디에 있는지 테토에게 찾아 달라고 하려 해도 모래 속을 이동하며 음파를 발하는 마물들의 방해로 잘 찾아지지 않았다.

하는 수 없이 음파 발생원인 마물을 찾아서 한 마리씩 퇴치하면서 찾았다.

퇴치 작업을 하면서 모래 속에 묻힌 보물 상자도 발견해 희소한 마도구 등의 보물도 손에 넣었지만, 이런 패턴을 10계층이나 반복한 것이다.

그 결과, 하루에 한 층만 넘어갈 수 있었다.

거기다 30층 게이트 키퍼도 매우 성가셨다.

왜냐면 사막의 모래 속을 고속으로 이동하는 A급 추정 마물인 롱 웜(가칭)이 공격을 한 부분에서 분열했기 때문이다.

그래서 나도 모르게 공격하면 분열하고 황급히 쓰러뜨리려 더 공격하면 짧아져서 수가 늘어난다.

길이가 짧은 무수한 웜들이 모래에서 덤벼드는 게 짜증 나서 공중으로 도망쳤더니 진흙 공을 내뱉는 고정 포대로 변신했다.

그리고 쫓아가면 도망친다.

"아아, 짜증 나 죽겠네! 테토! 철수했다가 다시 오자!"

"그래요!"

그리하여 한번 나왔다가 30층에 다시 들어가서 이번에는 분열시키지 않고 몸통 끝에서부터 소멸하도록 쓰러뜨렸다.

그렇게 도착한 31층에서 던전에 놓인 받침대에서 던전 코어를 회수하고 끝났다.

던전 코어를 회수하니, 얕은 계층부터 순서대로 모험가들이 던전 입구로 강제 전이 되고 가장 깊은 곳에 있던 나와 테토는 잠시 시간을 두었다가 전이되었다.

지상으로 돌아온 내가 던전이 있던 바위산이 확실히 사라졌는지 고개를 돌려 확인하는데 우리 이름을 부르는 소리가 들렸다.

"엄마! 테토 언니!"

"셀레네, 다녀왔어."

호위를 맡은 여성 모험가들을 거느린 셀레네가 내게 뛰어와, 정면으로 안긴다.

던전 안의 성가신 기믹에 시간이 지연되어 사나워진 마음이 딸의 포옹으로 치유된다.

"다녀왔어요."

"잠깐만, 숨 막혀~."

껴안고 있는 나와 셀레네를 테토가 한꺼번에 꼭 끌어안으니, 셀레네가 즐거운 듯이 테토에게 항의한다.

2주, 이렇게 오래 떨어져 지낸 적이 없었고, 셀레네의 의사를 존중해 모험가들을 치료하는 일을 맡겼는데 왠지 한 아름 커진 느낌이 든다.

"엄마?"

"셀레네도 고생했어. 우리가 없는 동안 무슨 일 없었어?"

"나는 아무 일도 없었어. 나보다는 엄마하고 테토 언니가 더 힘들지 않았어?"

쓴웃음을 지으면서 오히려 우리를 걱정해 주는 셀레네를 보니, 아이의 빠른 성장에 눈시울이 붉어질 것 같다.

"이번 일을 마치면 집으로 돌아가서 느긋하게 쉬자."

그렇게 가족과 기쁜 재회를 마친 나는 호위해 준 여성 모험가들에게로 가서 물었다.

"셀레네를 호위해 줘서 고마워요. 그래서, 혹시 문제가 있었나요?"

"그게……. 뭐라고 해야 하나, 잠깐 귀 좀……."

그러면서 귓속말로 전한 내용은, 매우 다양했다.

· 살려 준 모험가가 셀레네의 회복 마법의 능력을 보고 파티에 들어오라 권유하려 했다.

· 셀레네에게 도움받은 것을 연정으로 착각했는지 구혼하였다(상대방은 스물일곱 살 독신 늑대 수인).

· 셀레네의 치료 능력을 눈여겨본 불량 모험가가 납치를 시도했지만, 셀레네가 자력으로 격퇴.

· 셀레네에게 도움을 받은 사람들을 중심으로 호위단이 꾸려졌다(일종의 팬클럽).

· 중상자를 우선시하여 치료하고 절대로 죽게 두지 않는다는 의지를 관철하여 작은 성녀라고 불린다.

"……그랬군요. 셀레네, 고생 많았구나. 장하네."

"에헤헤, 내가 할 수 있는 일을 했을 뿐이야."

만면에 미소를 띠고 셀레네를 칭찬하면서도 셀레네에게 집적거린 녀석들에 대한 분노와 부아로 뒤에서 나도 모르게 마력이 새어 나왔다.

"마녀님, 진정해요. 사람들이 무서워해요."

내 마력에 익숙한 셀레네는 내게서 마력이 샜다는 걸 눈치채지 못하고 어리둥절한 표정을 짓고 있지만, 【산천의 여표범】 파티원들이나 주위에 있는 모험가들을 마력으로 위압해 버렸다.

테토에게 지적당한 나는, 칭찬하듯 셀레네의 머리를 쓰다듬으면서 내 마력을 진정시키고 정신을 가다듬는다.

그렇게 가족끼리 오붓하게 있는데 무의식중에 마력으로 위압해 버려, 주변 사람들이 '어, 뭐야, 저 여자애들'이라며 곤혹스러움과 두려움의 시선으로 쳐다본다.

그리고 그런 모험가 구경꾼들 사이를 가르고 길드 마스터 나베아 씨가 나타났다.

"던전 공략, 성공했나 보네."

"응, 했어. 셀레네를 봐 줘서, 고마워."

"나야말로, 설마 작은 원군이 공략에 성공할 줄은 몰랐어. 솔직히, 던전이 15층 이상 있다고 들었을 때는 조기 공략은 힘들 거라고 생각했거든."

그런 사소한 대화를 나누고 곡창 지대에서 철수하기 시작하는 모험가들을 따라서 우리는 길드로 향했다.

길드로 가서 이번 던전에서 손에 넣은 아이템에 관해 보고하고 각 계층의 정보를 말로 설명해 전달하였다.

계층 중에서 20층의 사막 계층 어떻게 성가셨는지 얘기하자, 질린 듯한 얼굴로 이야기를 듣는다.

"밤낮의 일교차가 크고, 바람이 계속 불어 대는 사막에 묻힌 던전 계단을 찾아야 하는 데다 모래 속이나 상공에서 공격해 오는 마물들에 마법 탐지를 방해하는 마물이라니……. 정말, 어떻게 공략한 거야?"

"그건, 비밀이야."

이렇게 말해도 길드 측도 성가신 사막 계층의 모래 속에 묻혀 있던 보물 상자를 확실히 챙겨 왔으니, 불만은 없으리라.

그리고——.

"이번 일로 치세와 테토는 A등급으로 승격할 수 있어. 승급 시험은, 각국의 왕도에서 개최되는데 어떡할래?"

A등급 승급 시험은 각국의 왕도에 있는 모험가 길드에서 승급 자격을 갖춘 B등급 모험가가 모여 시험을 치른다고 한다.

개최 횟수는 나라의 규모와 자격을 보유한 B등급 모험가의 수에 따라 정해지지만, 1년에 두세 번은 A등급 승급 시험이 열리는 모양이다.

"그러게. 셀레네가 결혼하면, 여행도 할 겸 승급 시험을 보러 가도 좋겠네."

"느긋한 소리를 하는군. 아가씨, 엘프 같은 장수 종족의 피나 드워프처럼 몸집이 작은 종족의 피라도 흐르는 거 아니야?"

길드 마스터의 말에 나는 그저 애매하게 웃기만 한다.

전생자로 리리엘이 만든 이 몸에는 부모나 혈통 따위는 존재하지 않는다.

참고로 모험가가 몇 년이나 의뢰를 맡지 않는다고 해도 길드 카드가 취소되는 제도는 없다.

이 세계에는 장수 종족인 엘프와 드워프, 용인 등이 있어 전성기가 길다.

깜박하고 수년, 십수 년이 지나서 유망한 장수 종족 모험가가 다시 처음부터 등급을 올려야 하는 경우가 생기면 여러모로 손실이 크기 때문이다.

"그럼, 마지막으로 본론인데―― 던전 코어의 취급에 관해 얘기하지."

"그래. 매입은 누가 하는 거야?"

"그야 물론 나라지. 이번 던전 공략 보수와 합쳐서 수인 왕가에서 미스릴화, 그러니까 진은화(眞銀貨) 쉰 닢에 매입할 생각이라나 봐."

일본 엔으로 환산해서 약 5억 엔. 물가가 저렴한 이쪽 세계에서 일반 가정이라면 3대가 검소하게 살 수 있는 액수일 것이다.

게다가 던전에서 발견한 보물도 팔면, 돈을 벌 수 있다.

그래서――.

"돈은 필요 없어. 그 대신, 수인 왕가로부터 어떤 것을 원해."

"뭐? 되레 수인 왕가에 요구를 해? 일단 듣기는 할게. 뭘 원하는데?"

'왕가가 소유한 보물 같은 거?'라고 생각하는 것 같길래 내가 대답한다.

"【허무의 황야】의 토지 소유권을 원해."

내가 던전 코어를 양도하는 대신에 수인 왕가에 요구하는 건, 어디까지나 마법 계약이다.

· 【허무의 황야】소유권이 나한테 있고 소유자가 나일 것.

· 토지 안쪽은 치외 법권을 적용할 것.

· 국가에 귀속되지 않는 독립 지역으로 인정할 것.

이런 식의 마법 계약 요구다.

"뭐야, 그 의미 모를 계약은⋯⋯."

"뭐, 그렇겠지."

2,000년 전부터 몇 사람도 침입할 수 없는, 신들이 친 불가침 대결계로 격리된 장소다.

비유하자면 머리 위에 뜬 달을 가리키면서 저 달은 내 거로 인 정하는 계약을 맺자고 요구하는 것이나 다름없다.

달의 소유권을 인정받아도 달에서 뭘 할 수가 없고 어떤 것에 대한 영향력을 얻을 수 있는 것도 아니다.

구체적으로는 의미를 알 수 없는 계약처럼 보이는 것이다.

단, 자유로이 출입할 수 있으며 이미 10년이나 산 내게는 의 미가 다르다.

"네 의도는 모르겠지만, 일단 얘기는 해 볼게. 받아들여질지 는 미지수지만."

"받아들이지 않으면 이 던전 코어는 다른 곳에 가져갈 수밖에."

"이봐, 잠깐만! 그건 곤란해! 알겠어, 요구사항이 반영되게끔 노력할게!"

길드 마스터가 머리를 싸매지만, 중년 남성의 정수리를 보여 줘도 별로 기쁘지는 않기에 후딱 이야기를 마무리 짓는다.

"그럼, 교섭 잘 부탁해. 우리는 셀레네도 있으니, 셀레네의 회 복 마법에 대한 치료비와 제출한 소재의 보수만 받고 돌아갈게."

"돌아간다니, 빌 마을에서 왔다고 했나?"

"응. 정확히는 빌 마을 인근 숲이야. 【허무의 황야】 근처지. 거기에 있는 텃밭도 신경 쓰이니까 이대로 돌아가야겠어."

"알았어. 교섭이 정해지면 빌 마을의 길드로 사자(使者)를 시켜 전갈을 칠게. 그러니, 그때까지는 던전 코어를 다른 데 팔거나 하지 말아 줘."

길드 마스터가 그렇게 말하며 한숨을 쉬고는 우리를 배웅한다.

우리는 길드에서 셀레네의 치료 행위에 대한 보수와 마석 이외의 소재, 일부 유용한 마도구를 제외한 보물 등을 판 대금을 받았다.

셀레네는 인당 치료비가 은화 한 닢이었는데, 다른 치료사가 포기한 모험가를 치료한 데다 마력에 여유가 있을 때는 재생 마법으로 결손 부위도 낫게 해 준 게 이유인 듯하다.

우리가 던전에서 돌아왔을 때, 남아 있는 부상자를 치료하면 되겠다 싶었는데 모두 상처가 깨끗하게 나아 있어서 놀랐다.

그 결과, 셀레네는 치료 보수로 대금화 열 닢을 받았으며 모험가 길드는 던전 공략 중에도 모험가들의 인적 손실을 줄일 수 있었다.

"그러면 그 돈은, 셀레네의 길드 카드로 넣어 줘."

"알겠어."

신분증 역할도 하는 길드 카드는 셀레네도 가지고 있다.

등급 외 길드 수습 직원 대우지만, 길드 카드에 돈을 저금할 수는 있다.

큰돈이 들어와도 씀씀이가 헤퍼질 일이 없어서 금전 감각이

제대로 잡힌 것에 기뻐하면서 하늘을 나는 양탄자를 타고 우리
거점의 변경에 있는 빌 마을로 향했다.

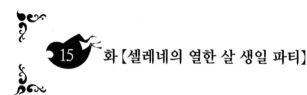

15화【셀레네의 열한 살 생일 파티】

던전 공략을 마치고 거점으로 삼은 변경에 위치한 마을의 길드에 보고를 한 후, 【허무의 황야】에 있는 자택으로 돌아와서 테토와 셀레네와 같이 빈둥거리며 시간을 보낸다.

2주 이상 집에 없었지만, 【허무의 황야】의 모습은 여전했고 텃밭도 머리에 진흙 경단을 붙인 곰 골렘들이 물을 주며 관리해 주었다.

다만, 골렘들은 테토와 달리 농작물을 먹지 않아서 2주 동안 너무 자라서 먹을 시기를 놓친 채소들이 밭에 열려 있었다.

"엄마, 이것도 먹어?"

"먹어도 맛없을 테니까 그냥 그대로 밭에 거름으로 주자."

"좀 아까워요……."

너무 커지거나 땅에 떨어져서 못 먹게 된 채소는 먹지 않고 음식물 쓰레기로 대지에 돌려주기로 한다.

테토의 말대로 아까울 수도 있지만, 세계는 그렇게 돌고 돌아 윤택한 토지가 되는 것이다.

그리고서 잠깐 휴가로 일주일 정도 느긋하게 쉬면서 【허무의 황야】를 관리했다.

모험가 길드로 던전 코어에 관해 가르드 수인국의 왕가와의 거래 이야기가 전달되지 않아서 그대로 【허무의 황야】에 칩거하는 시기가 왔다.

그리고 겨울 첫날──.

평소 일어나는 시간에 잠에서 깬 나는, 같은 침대에서 나를 끌어안고 자는 테토의 품에서 빠져나와서 늘 입던 옷으로 갈아입는다.

"고마워, 다들, 도와줘서."

아침을 차리려고 부엌으로 왔는데 집 밖에서 셀레네가 대화하는 소리가 들린다.

집에서 나와 소리가 들리는 쪽으로 향하니, 곰 골렘들과 함께 무언가를 하는 셀레네의 뒷모습을 발견했다.

"좋은 아침, 셀레네. 오늘은 일찍 일어났네."

"아, 엄마, 좋은 아침. 웬일로 일찍 눈이 떠졌는데 엄마도, 테토 언니도 던전을 공략하느라 피곤할 것 같아서 골렘들이랑 같이 빨래하려던 참이었어."

뒤돌아보며 인사하는 셀레네가 살짝 수줍어하며 웃는다.

그런 셀레네와 곰 골렘들 앞에는 나무 대야와 비누 식물에서 추출한 빨랫비누, 어제 내놓은 빨랫감, 그리고 셀레네의 강아지 인형 해리가 있다.

대야에 뜬 미지근한 물에는 빨랫비누를 섞어 빨래할 준비가 다 되어 있었다.

칭찬해 달라는 듯이 미소 짓는 셀레네와 그 뒤로 가슴을 펴고 허리에 손을 얹은 곰 골렘들의 모습에 웃음이 새어 나온다.

"그랬구나, 덕분에 일을 덜었네. 그러면 빨래는 셀레네에게 맡기고 나는 아침 준비를 할게."

"응, 맡겨만 줘! ──《워시》!"

셀레네가 자신만만하게 대야의 미온수를 조작하여 물 공을 공중에 띄운다.

그리고 그 물 공 속에 소용돌이를 만들고 곰 골렘들이 공 속에 차례차례 빨랫감과 셀레네의 인형 해리를 집어넣는다.

내 세탁 방식을 따라 하려다 몇 번이나 실패했던 셀레네지만, 지금은 안심하고 맡길 수 있다.

"그럼, 오늘 아침은 프렌치토스트를 먹자. 셀레네가 좋아하는 메이플시럽을 잔뜩 뿌려서."

"프렌치토스트?! 그 달고 폭신폭신한 거?! 이런, 위험했다."

셀레네가 좋아하는 음식으로 준비한다고 하니까 그 기쁨에 마법 제어가 느슨해진다.

하마터면 물 공이 터질 뻔했는데 셀레네가 다시 황급히 마법을 제어한다.

그 모습에 곰 골렘들이 허둥대거나 물에 젖지 않으려 조금 거리를 두거나 하는 모습이 웃겼다.

내가 여기 있어 열심히 하는 셀레네의 집중력을 흐트러트리면 미안하니, 어른스럽게 부엌으로 가서 아침을 차리자.

그리고 내가 프렌치토스트를 만드는데 부엌에서 나는 냄새에 이끌려 잠자던 테토도 일어나서 나왔다.

"마녀님, 좋은 아침이에요."

"테토, 좋은 아침. 곧 셀레네가 돌아올 테니, 그릇과 차 좀 준비해 줄래?"

"알겠어요!"

일어난 테토와 부엌에 나란히 서서 아침을 차리니, 빨래를 넌 셀레네가 집 안으로 들어온다.

"으으, 빨래가 차가워. 손끝이 차졌어."

"이제 겨울이니까. 아침 다 됐으니까 손 씻고 치카치카 하자."

"따뜻한 차도 있어요!"

"고마워, 엄마, 테토 언니."

손을 씻고 양치질도 하고 온 셀레네가 테토가 차를 따라 준 찻잔을 두 손으로 감싸듯 들고 손끝을 덥히면서 차를 마시고 아침을 먹는다.

"있잖아, 엄마. 올겨울에는 뭐 하면서 보낼 거야?"

토스트를 맛있게 먹는 셀레네를 가만히 보는데 셀레네가 묻는다.

눈에 파묻히는 이 시기에는 인간과 마물 등 모든 생물이 활동을 쉰다.

그래서 모험가 길드로 오는 의뢰도 적어져서 우리도 이 시기 동안은 【허무의 황야】에 틀어박혀 지내고 있다.

"응? 글쎄. 일단 오늘은 셀레네의 생일을 축하할까."

"열한 살이 된 걸 제대로 축하해야 해요!"

갓난아기였던 셀레네를 맡게 된 건, 봄의 중반인 따뜻한 시기였다.

셀레네의 생일은 모르지만, 갓난아기의 성장 정도를 역산하니 가을에서 겨울 사이에 태어났다고 추측할 수 있었다.

그래서 매년, 가을에 셀레네의 생일 파티를 하고 마을에서 선물을 사 주며 축하해 왔다.

"올해는 던전을 공략하느라 늦어졌지만, 생일은 축하하고 넘어가야지."

"맛있는 요리를 만들어 즐겁게 시간을 보내는 거예요! 올해는 비장의 선물도 있어요!"

"엄마와 테토 언니가 주는 선물이라니, 뭔지 궁금한걸. 아, 생일 파티 준비는 나도 도울래!"

셀레네의 모습에 나와 테토가 흐뭇한 기분으로 미소를 지으며 셀레네가 좋아하는 생일 파티 음식과 케이크를 함께 만들기로 했다.

"엄마, 이 식재료는, 언제 사 뒀어?"

"……얼마 전에, 마을에 갔을 때. 마법 가방 속은 시간이 느리게 가니까 식자재를 시들지 않게 보관할 수 있어."

앞치마를 걸치며 묻는 셀레네에게 내가 그렇게 대답한다.

실은 【창조 마법】으로 몰래 조달했다고는 말 못 하지만, 정작 물어본 셀레네는 그리 깊은 의미는 없었나 보다.

음식을 조리하는데 가끔 테토와 셀레네가 요리를 맛본다면서 집어 먹는 것에 못 말린다는 듯 웃으며 나무란다.

이제 남은 건 케이크를 굽기만 하면 되는데――.

"자, 다음은 밀가루를 넣고 생지를 만들어 볼까."

"알겠어! 내가 밀가루를 가져올게! ──《사이코키네시스》!"

"아, 셀레네?!"

찬장 높은 곳에 둔 밀가루 봉지를 셀레네가 염동력 마법으로 꺼내려 한다.

하지만 밀가루 봉지를 쥐는 염동력의 힘이 셌는지, 밀가루 봉지를 눌러 찌부러뜨려 봉지 입구에서 밀가루가 힘차게 뿜어 나온다.

나와 셀레네 머리 위로 밀가루가 쏟아지지만, 침착하게 셀레네와 부엌에 있는 식재료에 밀가루가 떨어지지 않게 결계를 쳐서 보호한다.

"엄마, 미, 미안해!"

"셀레네, 괜찮아. 그보다 밀가루부터 치우자."

"아, 응. 그런데…… 엄마, 밀가루 묻었어."

"…………?"

무슨 소린가 하고 고개를 작게 기울이는데 머리에서 밀가루가 홀홀 떨어진다.

무심결에 셀레네와 생일 케이크를 지키려고 결계를 쳤지만, 나한테는 결계를 치는 걸 깜박한 듯하다.

"마녀님, 셀레네, 왜 그래요? ……오오? 마녀님 머리가 새하얘요!"

생일 파티 준비로 부엌에서 나가 있던 테토도 우리의 목소리를 듣고 상황을 살피러 왔다.

"테토, 미안한데 목욕 준비 좀 해 줄래?"

"알겠어요! 하는 김에 저도 같이 들어갈래요~."

케이크 만드는 것을 중단하고 엎지른 밀가루를 정리한 뒤, 테토, 셀레네와 함께 욕탕에 들어가 밀가루를 씻어 낸다.

그 후, 중단했던 케이크를 다시 만들기 시작해, 쇼트케이크를 완성했다.

그리고 밤에 연 생일 파티에서는——.

"셀레네, 열한 살 된 거 축하해!"

"축하해요!"

"고마워, 엄마, 테토 언니!"

식탁에는 셀레네가 좋아하는 음식을 늘어놓고 딸기 쇼트케이크에는 초 열한 개가 꽂혀 있다.

그 초를 한꺼번에 끈 셀레네가 부끄러워하며 미소 짓고 있다.

그리고 평온하게 생일 파티 식사를 하고 대망의 생일 선물을 줄 시간이 되었다.

"실은, 무슨 선물을 줄까 고민했어. 그러다 결국은 셀레네가 고르는 거로 주기로 했지."

"던전에서 발견한 마도구예요! 뭐든 하나 골라요!"

던전을 공략했을 때 찾은 보물 대부분은 팔았지만, 유용한 마도구 몇 가지는 수중에 남겨 두었다.

셀레네의 선물 후보로 늘어놓은 마도구 중에서 셀레네가 직접 골랐으면 한다.

나열한 마도구를 본 셀레네가 기가 막힌 표정을 짓는다.

"엄마, 테토 언니, 너무 과해."

아이의 생일 선물로 비싼 마도구를 준다며 기막혀했지만, 그래도 마도구 하나하나 설명을 들은 셀레네가 한 마도구를 골랐다.

"그러면 이게 좋겠어."

셀레네가 고른 건, 검게 칠한 상자 같은 마도구이다.

"마도 사진기(魔導 寫眞機)? 셀레네는, 정말 그거면 돼?"

사람의 모습과 풍경을 남기려면 화가가 손으로 그림을 그리는 게 일반적이지만, 고대 마법 문명에는 사진이 존재했다.

던전에서 나온 고대 마법 문명의 사진기를 골랐다.

"나는 이게 좋아. 엄마와 테토 언니와 함께 사진?이라는 그림을 남기고 싶어."

그렇게 말하는 셀레네를 나와 테토가 좌우에서 사이에 끼우듯 꽉 껴안는다.

"셀레네는 정말 잘 컸구나. 그럼, 바로 사진을 찍자."

"장소는 여기가 좋겠어요!"

셀레네가 가운데 서고 나와 테토가 그 양옆으로 서서 한 장을 찍어 본다.

"그럼, 다들 웃어! 셋, 둘, 하나, 찰칵!"

사진기 위치를 조정한 내가 《사이코키네시스》 마법으로 셔터를 누른다.

곧바로 사진기에서 현상되어 나온 사진을 손에 든다.

"후후……."

"엄마, 나도 보여 줘. ……와, 신기해! 정말 그대로 나왔어!"

사진을 처음 찍은 셀레네가 사진의 섬세한 재현에 놀란다.

사진 찍는 데 익숙하지 않은 테토는 눈을 감아서 약간 표정이 이상하게 나오고, 창밖에는 생일 파티 하는 것을 구경하려는 곰 골렘들의 머리가 보이는 재미있는 사진이 찍혔다.

"한 장 더! 엄마, 테토 언니, 또 찍자!"

"그래, 그래. 그러면 이번에는 자세를 취해 볼까?"

"이번에는 좀 더 붙어요!"

"아이참, 테토 언니, 간지러워."

꼭 붙은 테토 탓에 몸을 비비 꼬면서 셀레네가 유쾌하게 웃는다.

그렇게 셀레네가 만족할 때까지 사진을 찍었다.

"즐거웠어! 따뜻해지면 소풍 가서 셋이 또 찍자!"

"그래, 그것도 즐겁겠다."

"벌써 봄이 기다려져요~."

그렇게 말하며 식탁에 놓은 사진을 셋이 보면서 비교하는데 들뜬 셀레네가 자기 방에서 무언가를 가져온다.

"실은 말이야. 나도 엄마하고 테토 언니한테 줄 선물이 있어. 자, 받아!"

"셀레네, 이게 뭐야?"

"음, 내가 번 돈으로 산 선물!"

그러면서 건넨 건, 셀레네가 잡화점에서 산 것으로 보이는 목도리다.

치료사로서 다친 사람을 치료해 주고 번 돈으로 사 준 듯하다.

"이제 날이 추워질 테니까! 그리고 한 쌍으로 준비했어!"

"고마워, 셀레네. 소중히 할게."

"아주 따뜻해요! 셀레네, 고마워요!"

목도리를 사진과 함께 보존 마법에다 각종 부여 마법을 걸어서 소중히 해야 한다는 마음이 들고 만다.

"내년에도, 그 후에도 오늘처럼 지낼 수 있으면 좋겠다."

평범한 일상의 행복을 음미하면서 나지막이 읊조린다.

이런 평온한 나날이 평생 계속됐으면 좋겠다고…… 그렇게 기도하면서【허무의 황야】에서의 겨울이 지나가고 있었다.

SIDE: 이스체어 왕국의 왕성 집무실

동쪽의 이웃 나라, 가르드 수인국의 곡창 지대에 던전이 발생했다.

하지만 무사히 공략에 성공해 던전이 소멸했다는 보고를 받고 안도했다.

자칫하면 던전에서 흘러넘친 마물이 곡창 지대를 휩쓸어 수인국 전토가 기아로 허덕였을 수도 있었다.

그게 원인이 되어 전쟁이 터질 가능성도 있어, 우리나라도 국고에 비축한 식량을 팔 준비를 하고 있었는데 발생한 던전을 별탈 없이 공략한 것이 기쁘다.

"그나저나 30층짜리 A급 던전이라. 용케 조기에 공략했군."

"그러게요. 우리나라에도 던전을 공략할 수 있는 파티라면 전성기 시절의【새벽 검】정도로 손에 꼽는데 말입니다."

내 말에 젊은 보좌관이 맞장구를 친다.

이스체어 왕국의 던전 도시에 있는 던전은 A등급 파티【새벽검】이 최심부인 30층까지 도달했지만, 8년 전 일이다.

그때, 던전 최심부에서 던전 코어를 발견했으나 그 지역의 경제가 던전을 중심으로 돌아가는 것을 고려해 던전 코어를 그대로 유지해 왔다.

그런 그들이 던전을 공략하는 데 10년 이상의 세월이 걸렸다.

그런데 고작 몇 주라는 짧은 시간에 최심부까지 도달해 던전 공략에 성공한 모험가는 필시 우수하리라.

그런 생각을 하면서 간이 보고서를 읽는데 가르드 수인국에서 던전 공략을 성공한 모험가의 이름이 어딘가 익숙했다.

"뭐, 라……!"

"폐하, 왜 그러십니까?"

"설마, 이들이, 가르드 수인국에 있었던 건가!"

B등급 모험가 마법사 치세. 그리고 마찬가지로 B등급 모험가 테토.

그녀들은 10년 전에 악마를 숭배하는 사교도들에게 습격당한 엘리제의 시신을 인근 마을에 인계하고 엘리제의 딸, 셀레네리르를 보호하고 있었다.

이를 알게 된 영주가 보호하기 위해서 병사를 움직이려 했지만, 그보다 먼저 마을에서 사교도들에게 습격당한 그들은 셀레네리르를 데리고 도망친 것이다.

"드디어, 단서가……."

국내외를 수색한 지 10년, 애타게 찾던 단서가 눈앞에 있다.

나는, 자료를 읽으며 던전 공략자 모험가 치세가 셀레네라는 딸을 데리고 있었다는 보고를 본다.

그리고 그 셀레네는 어린데도 불구하고 던전을 공략하다가 다쳐서 나온 부상자들에게 회복 마법을 써서 작은 성녀라고 불렸다고 한다.

특징과 외견 나이가 셀레네리르와 일치하고 회복 마법 실력도 성녀인 모친 엘리제에게 뒤지지 않는 모양이다.

"당장 가르드 수인국의 빌 마을로 사람을 보내어 모험가 치세와 테토, 그리고 작은 성녀 셀레네에 관해 알아보고, 내 딸 셀레네리르가 맞을 시에 보호하라!"

잃은 줄 알았던 딸을 찾았다.

딸의 목숨을 위협한 사교도는 숙청하였다.

이번에야말로, 내 딸을 되찾을 것이다.

겨울도 셋이 다양한 일을 하면서 보내다 보니 봄이 와, 여느 때처럼 마을로 외출했다.

"오늘은 캬르와 투리를 보러 다녀올게!"

"아아, 란트 씨와 그레이 씨 댁의 아이들 말이구나."

하늘을 나는 양탄자 위에서 셀레네가 오늘 일정을 얘기한다.

오늘은 같은 보육원 친구인 고양이 수인 캬르와 개 수인 투리를 만나러 가나 보다.

'봄이 되면, 캬르와 투리와 손수건을 교환할 거야'라며 의욕이 넘쳐서 겨우내 하얀 손수건에 자수를 넣었다.

손수건 교환 말고도 재작년에 투리에게 남동생이 태어나, 사랑스럽고 보드라운 그 아이가 보고 싶어 어쩔 줄을 몰랐다.

그런 셀레네의 친구의 양친은 우리처럼 상급 모험가로, 가끔 의뢰를 맡았을 때나 길드에서 만나면 잡담을 나누는 사이이다.

"조심해서 다녀와야 해~."

"응! 이따가 길드에서 일 돕는 것도 의논하고 싶으니까, 길드에서 기다려!"

"알겠어요! 마녀님과 함께 기다릴게요!"

마을에 도착해, 친구네 집으로 향하는 셀레네를 배웅한 후에 길드로 가니, 면식이 있는 접수원이 말을 걸었다.

"겨울 전에 얘기가 있었던 던전 코어 건으로 가르드 수인국에서 사자가 와 있습니다⋯⋯."

"그럼, 이야기를 들어 보죠."

나와 테토가 응접실로 가서 기다리는데 수인 두 명이 들어온다.

"던전 코어 취급 건으로 파견된 사자의 비서관 롤바커입니다. 이분은 제3 왕자──."

"왕께서 이번 계약을 직접 눈으로 확인하라고 하셔서 온 귄튼이다."

토끼 수인 롤바커와 가르드 수인국의 왕자인 털 색깔이 특징적인 고양이, 아니, 호랑이 수인인 귄튼이라 소개한 청년이 나란히 섰다.

롤바커는 단안경을 끼고 이목구비 선이 가늘었으며, 귄튼 왕자는 롤바커보다 두 아름이나 큰 전사 같은 체격을 하고 있다.

"반갑습니다, 저는 치세. 이쪽은 파티를 맺은 테토입니다. 둘 다 B등급 모험가죠. 잘 부탁드립니다."

"잘 부탁해요!"

테토의 말투에 수인국 왕자가 표정을 굳혔지만, 신경 쓰지 않고 소파에 앉는다.

"먼저, 곡창 지대에 생긴 던전을 공략하고 소멸해 준 건 감사한다."

귄튼 왕자는 그 말만 하고 나머지는 롤바커에게 맡길 셈인 듯하다.

"던전 코어 취급 건에 관해 던전 공략자인 치세 님께서 요청하신 계약 말입니다만, 몇 가지 확인하고 싶은 게 있습니다."

"뭔가요?"

"【허무의 황야】는 예부터 누구의 접근도 허락지 않은, 신들께서 친 거대한 결계가 있는 장소로 알고 있습니다. 왜, 그 땅을 원하시는지요?"

【허무의 황야】의 결계를 드나들 수 있는 나는, 그 토지의 소유권을 문서로써 명백히 하기 위해서 계약을 요구한 거지만, 굳이 말할 필요는 없다.

적당한 이유를 대고 얼버무리기로 한다.

"마법사로서 오대신이 만든 대결에 흥미가 있어, 연구하고 싶습니다. 그래서 그 결계 가장자리 부분을 충분히 조사하기 위해서는 필요합니다."

"그러시군요. 하지만 요청하신 계약으로는, 토지 전체는 힘듭니다. 타국과의 경계선에 걸친 부분도 있어서요. 그러므로 소유권을 인정할 수 있는 부분은 수인국과 접한 【허무의 황야】의 4분의 1. 그리고 가장자리 부분을 자력으로 개척하신다면, 그 토지도 인정해 드릴 수 있습니다."

그 토지를 자력으로 개척할 수 있다면 토지 소유를 인정하고 세금을 낼 필요도 없다는 요지의 이야기를 한다.

그렇구나. 하긴, 타국과의 균형을 고려하면, 어렵다.

하지만 【허무의 황야】가 자리한 토지의 4분의 1이라도 인정해 준다면 타국과도 같은 계약을 맺어 전 토지를 내 땅이라고 문서

화할 수 있다.

"그러면 조금 전의 요항을 넣어서 마법 계약서를 작성하겠습니다."

그렇게 말하고는 가르드 수인국과 맞닿은 【허무의 황야】의 4분의 1을 모험가 치세가 소유함을 인정하는 마법 계약서를 작성한다.

"계약서 세 부를 작성하여 한 부는 왕가, 또 한 부는 치세 님. 나머지 한 부는 모험가 길드에서 보관합니다."

그리고 왕의 대리로서 귄튼 왕자가 사인할 권리를 가진 듯하다.

나는 작성된 계약서를 재차 확인하며 사소한 부분에서 허점이 없는지 검토한다.

"확인했습니다. 그럼, 사인을——."

"잠깐."

이제까지 근엄한 표정으로 잠자코 있던 귄튼 왕자가 제동을 건다.

"나도 질문이 두 가지 있어. 네 녀석은 어째서 우리에게 결계를 연구하고 싶다는 거짓말을 하지?"

"거짓말, 이요?"

"우리 왕족은 코와 귀가 예민하거든. 훈련하면 땀 냄새나 심장 박동으로 상대방이 거짓말하는지 안 하는지 대충 알 수 있어."

그러면서 날카롭게 응시한다.

역시 이세계다.

'그런 특기를 가진 사람이 있는 건가'라면서 감탄한다.

그러나——.

"여성의 땀 냄새를 맡는다는 건…… 그다지 달갑지 않은 고백이네요."

"나라고 남의 체취가 좋아서 맡는 게 아니야. 그리고 노골적으로 화제를 돌리지 마."

안 걸려드냐며 마음속으로 욕지거리를 뱉는다.

"그럼, 진의는 묵비하겠습니다."

"그렇게 나오는 건가. 그러면 나머지 질문을 하지. 파티를 맺었으면서 왜, 그쪽의 동료는 보수가 없지? 아까부터 이야기를 듣고 있자니, 치세 공이 주체인 계약 같아서 말이야."

파티를 맺고 던전을 공략하고 그로 인해 얻은 던전 코어 취급에 관한 자리인데 테토의 이름이 어디에도 없는 것에 계약 상대가 의문을 품은 모양이다.

그 물음에, 테토가 답했다.

"마녀님하고 약속했어요. 이번 던전 코어는, 마녀님이 가지기로……."

"호오. '이번'이라는 건, 전에도 던전 코어를 손에 넣은 적이 있는 건가."

테토가 예상치 못하게 실언을 했지만, '뭐, 어쩌라고'라는 기분이다.

"예전에 5층짜리 소규모 던전을 공략했을 때, 던전 코어를 획득했습니다만, 현재는 없습니다."

"그렇군, 아쉽네……."

왕자가 그렇게 말하고는 생각에 잠긴 듯한 표정을 짓는다.

방금 한 발언도 냄새를 맡고 진의를 판단해 물러났다.

그리고 거듭, 이 같은 의미를 알 수 없는 계약을 맺어야 하는지, 아니면 던전 코어 확보를 포기해야 하는지 고민한다.

왕자의 심사숙고 중에 내 몸에 달린 장식품이 요란한 소리를 내며 울린다.

이른바 아이에게 다는 경보 버저와 비슷한 거다.

"뭐, 뭡니까?!"

"실례합니다. 제 딸에게 문제가 생긴 것 같네요. 잠시 자리를 비우겠습니다."

그렇게 말하고 나는, 창문을 열어젖혀 발을 걸치고 공중으로 뛴다.

"마녀님, 테토도 갈래요!"

그리고 테토도 창문으로 뛰어내려, 땅에 착지한 후에 내 뒤를 쫓는다.

"뭐야, 대체……."

응접실에 남겨진 수인국의 왕자가 그렇게 중얼거리는 소리가 들렸다.

17화 【셀레네의 정체】

【창조 마법】으로 만들어 셀레네에게 준 방범 마도구의 경보음을 듣고 마을 상공으로 뛴 나는, 셀레네의 마력을 더듬었다.

"저쪽이구나."

친구를 만났다 돌아오는 길, 누군가에게 시비를 걸린 것 같다.

큰길과 접한 곳에 마을 주민들이 몰려 있는 걸 발견하고 곧바로 셀레네가 있는 곳을 특정했다.

"셀레네, 괜찮아?"

"마녀님과 테토가 왔으니까 안심해요!"

"엄마! 테토 언니! 와 준 거야?!"

셀레네와 몰려든 마을 주민들이 에워싼 중심에 내가 내려서고 조금 뒤에 테토도 도착했다.

우리 눈앞에는 방범 마도구에 심어 둔 와이어가 달린 투망에 포박되어 도로에 굴러다니는 사람들이 있었다.

방범 마도구에는 수면 마법도 걸려 있어서 투망에 잡힘과 동시에 기절한 상태다.

"셀레네, 무슨 일이야?"

"모르겠어. 나를 셀레네리르라고 부르면서 아빠가 기다리니까 돌아가자고 에워싸는데 무서웠어……."

146 마력 치트인 마녀가 되었습니다~창조 마법으로 자유로운 이세계 생활~ 3

그렇게 말하며 내 망토에 매달려 남자들과 거리를 둔다.

그런데 마을 주민 중에 저들을 아는 사람들이 있었다.

"올해 겨울에 훌쩍 나타난 떠돌이 상인이라고 했어! 근데 겨우내 아무것도 없는 이 마을에 머무르면서 치세와 테토를 조사하고 다니길래 어디 사는 귀족이 권유하려는 게 아니냐고 소문이 돌았는데……."

"셀레네가 엄마와 언니를 따라간 옆 마을에서 치료를 도와서 【작은 성녀】라고 불렸으니까 그래서 노렸을지도 몰라."

"유괴범이었구나. 위병을 불렀으니, 금방 사람이 올 거야~."

이런 식으로 이렇다 저렇다 하는 사이에 사태 처리가 진행되는 가운데, 나는 붙잡힌 사람들을 관찰했다.

복장은 상인이지만, 생김새나 분위기로 보아 살짝 다르다.

귀족이나 귀족 밑에서 일하는 사람이라고 말한 마을 사람들의 관찰력은 굉장했다.

변두리 마을은 실력주의라서 대범한 기질을 지닌 사람이 많지만, 가르드 수인국의 중추일수록 수인의 각 종족과 부족을 중심으로 얽혀 있어 인간 종자(從者)가 적다.

그러는 중에 마을 주민들을 헤집고 나타난 한 남성이 말을 걸었다.

"셀레네 님의 가족이신 치세 님과 테토 님이시지요?"

"응? 누구야?"

"저는, 이들의 상사라고 할까요. 두 분이 나타나기를 기다렸는데 저들이 행동이 앞섰습니다. 정말 죄송합니다."

그러면서 머리를 숙인 그는, 쓰러져 있는 사람과 비교해 얼굴 선이 가늘다.

조금 전에 만난 제3 왕자의 비서관 롤바커 씨와 분위기가 닮았다.

"부디, 저희의 사정을 셀레네 님, 치세 님과 테토 님께서 들어주시면 안 될까요?"

그렇게 애원하기에 나는 팔짱을 끼고 고민한다.

셀레네리르라는 이름은, 셀레네가 가지고 있는 유품인 미스릴 반지 안쪽에 새겨진 거라서 그들이 하려는 이야기가 궁금해졌다.

"엄마, 저 사람들하고 얘기할 거야?"

불안해하는 셀레네에게 내가 미소 짓는다.

"응, 그러려고. 괜찮아, 엄마는 강하니까."

"테토도 셀레네를 지킬 거예요!"

그런 대화를 나누는데 마을 주민이 부른 위병들이 와서 그들도 같이 모험가 길드로 자리를 옮기기로 했다.

정말로 단순 유괴범이라면 그때 가서 감옥에 처넣으면 된다.

어쩌면 갓난아기인 셀레네를 노렸던 습격자들에 관해 뭔가 알 수 있을지도 모른다.

길드로 데려가 포박한 걸 풀어 주고 모험가 여럿과 위병…….

그리고 길드에서 계약 얘기를 나누던 가르드 수인국의 퀸튼 왕자와 롤바커도 동석한다.

"귀, 퀸튼 왕자 전하! 거기다 롤바커 비서관님까지……."

셀레네에게 말을 건 상사라는 사람이 설마 타국의 왕족까지 동석할 줄은 생각도 못 하고 당황한다.

"이스체어 왕국의 외교관이었군. 그쪽 나라에도 보고는 들어 갔을 거야. 여기 있는 치세 공이 던전을 공략해 던전 코어를 손에 넣었다는 것을. 그 교섭 건으로 체재 중일세."

"아, 네, 네, 알고 있습니다……."

"설마, 우리를 무시하고 뒤에서 던전 코어를 거래하려 한 건 아니겠지……."

"다, 당치도 않습니다!"

타국의 왕족에게 위축되어 이야기의 진도가 안 나갈 듯하여 약간 마력에 위압을 걸어 이쪽을 의식하게 한다.

"그럼, 당신들의 정체를 알려 주겠어?"

셀레네에게 접근한 사람들은 구속과 수면 마법이 풀려 상황을 이해하고 고개를 숙이고 있다.

그중에서 자신을 그들의 상사라고 얘기한 남자가 자기소개를 한다.

"저희는 이스체어 국왕 폐하의 명으로 행방불명되신 국왕 폐하의 왕녀 셀레네리르 님의 수색을 맡은 수색대입니다. 이번에는 셀레네 님이 저희가 찾는 셀레네리르 왕녀님이 맞는지 확인하려고 왔습니다."

"사람 잘못 봤어요! 저는, 치세 엄마의 딸, 셀레네예요!"

비명을 지르듯 언성을 높이는 셀레네.

셀레네에게는 길러 준 엄마인 나 말고 사망 직전에 내게 셀레네를 맡긴 낳아 준 엄마가 있다는 걸 얘기했는데 실감이 안 나나 보다.

동석한 모험가와 위병들도 곤혹스러워한다.

어렸을 때부터 봐 오던 소녀가 이웃 나라의 고귀한 신분의 자제라는 말을 듣고 그쪽도 실감이 나지 않는 모양이다.

그런 분위기 속에서 뭔가 생각하듯 표정이 어두운 건, 수인국의 귄튼 왕자와 그의 비서관 롤바커다.

"전하. 이들의 말은……."

"냄새를 맡기로는, 거짓말이 아니군. 그런데 여기서 셀레네리르 왕녀의 이름이 나올 줄이야……."

"아세요?"

내가 귄튼 왕자에게 묻자, 눈썹 끝을 곤란한 듯 내뜨리면서 설명해 준다.

"왕족이니까. 입장상, 이웃 나라 왕실의 이야기가 귀에 들어오거든. 기억하기로는 11년 전쯤에 성녀라고 불리던 측실이 악마 교단에게 암살당했는데 그때, 갓난아기였던 왕녀가 행방불명됐다고 들었어."

성녀라고 불렸다는 측실의 특징을 물으니, 셀레네를 맡긴 여성의 특징과 일치한다.

또한 국왕──당시의 왕태자가 전력으로 셀레네를 찾았지만, 국내에서는 발견되지 않아서 그 반동으로 측실을 암살한 악마 교단을 괴멸하는 데 온 힘을 쏟았다고 한다.

"몰라요. 저는, 왕녀 같은 게 아니에요!"

"아뇨, 틀림없습니다! 셀레네 님이 손가락에 끼고 계신 미스릴과 유니콘의 반지가 틀림없는 증거입니다!"

듣자 하니, 국왕 폐하가 갓 태어난 셀레네리르 왕녀에게 선물한 정화와 회복 효과가 담긴 마도구라고 한다.

그 반지 마도구에는 셀레네와 셀레네의 모친인 성녀 엘리제 님의 혈연 외에는 효과가 발휘되지 않도록 제한도 걸려 있고 안쪽에 셀레네의 본명이 새겨져 있다고 설명한다.

"말씀하신 대로, 이 반지는 저밖에 사용하지 못하고 치세 엄마는 진짜 엄마가 아니라는 것도 알기는 하지만……."

당혹스러워하는 셀레네를 진정시키고자 나와 테토가 셀레네를 끌어안았다.

그런 와중, 이 자리에 동석 중인 지인 모험가가 말문을 열었다.

"근데 왜 이제껏 찾았다면서 이제야 여기 있다는 걸 알았지?"

"그건, 처음 몇 년은 국내외를 수색했지만, 변경의 다릴 마을에서 북쪽으로 도망친 것을 마지막으로 치세 님과 테토 님의 행방이 완벽하게 묘연해졌기 때문입니다. 그 후, 작년에 던전 공략자의 이름에서 두 분의 이름을 발견했고, 동시에 동행자로 있던 딸, 셀레네 님의 존재를 알게 된 겁니다."

다른 사람들이 그런 거였냐며 납득하는데 귄튼 왕자만은 눈을 가늘게 뜨고 이스체어 왕국의 셀레네리르 왕녀 수색대의 대장에게 물었다.

"……다릴 마을이라면, 북부에 있는 리베르 변경백이 다스리는 영지 말인가?"

"네, 그렇습니다. 피신 후, 관문 일체와 마을 출입, 길드 이용

등이 전혀 없었습니다. 다시 치세 님의 경력을 조사하니, 7년 전 갑자기 마을에 나타나셨습니다."

"다릴에서 이 마을까지는 거리가 상당히 있어. 거기다 4년 동안이나 갓난아기를 데리고 악마 교단으로부터 도망치고, 다릴 마을과 여기 빌 마을의 북쪽으로 펼쳐진 마경의 숲에서 지냈다는 건가?"

나와 테토를 믿기 어렵다는 듯한 눈으로 응시한다.

하지만 그 물음에 대한 우리의 심장 소리와 땀 냄새 등의 반응으로 자신의 추측이 틀렸음을 눈치채고 더더욱 눈이 커진다.

"아니군. 설마, 너희……."

말을 마지막까지 끝맺지는 않았지만, 그 말에 셀레네의 어깨가 살짝 떨린다.

그 반응에 확신을 얻고 귄튼 왕자가 깊은 한숨을 내쉰다.

입 밖으로 내지는 않지만, 【허무의 황야】에 드나들 수 있다는 걸 알아차린 듯하다.

"이제 알겠군. 그래서, 그런 계약을 요구한 건가……. 이제야 알겠어."

두 번, 이해했다고 말했다. 그 정도로 그 또한 사실에 동요했다는 의미이리라.

그런 귄튼 왕자가 침착을 되찾고는, 계약에 관해 할 말이 있다고 했다.

"아무튼, 당신이 셀레네리르 님이라는 것을 확신했습니다. 부디, 셀레네리르 님의 아버님, 저희 알버드 국왕 폐하의 곁으로 돌아와 주십시오!"

"……엄마."

"걱정 마. 셀레네가 어떤 선택을 하든, 너는 내가 지킬 거야."

"테토도 셀레네를 지킬 거예요."

그렇게 말하며 테토와 둘이 셀레네의 손을 꼭 쥐니, 셀레네가 심호흡하며 각오를 다진다.

"저, 진짜 아빠를 만나 보고 싶어요. 그리고 진짜 엄마의 묘에도 가 보고 싶고요. 그러고 나서 그 후의 일을 여러모로 생각해 볼게요."

"알겠습니다. 그러면 저희도 셀레네리르 님과 양어머니이신 치세 님, 테토 님을 극진히 모실 수 있도록 준비하겠습니다."

일단 쌍방이 합의했으니, 셀레네리르 왕녀 수색대원들은 응접실을 나가 머무르던 마을 숙소로 돌아갔다.

우리의 일정 등을 감안하여 약속은 2주 후로 잡았다.

셀레네에게 접근한 수상한 자들에 관한 일은 이거로 일단락됐지만, 가르드 수인국과의 던전 코어 계약 교섭은 아직 끝나지 않았다.

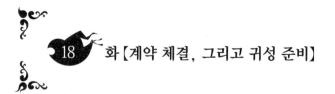

18화【계약 체결, 그리고 귀성 준비】

응접실에 모였던 모험가와 위병, 셀레네리르 왕녀 수색대원들이 돌아간 뒤, 나와 테토, 셀레네는 귄튼 왕자와 비서관 롤바커와 마주 앉았다.

"나한테 거짓말은 안 통해. 너희는【허무의 황야】를 드나들 수 있는 거지?"

"맞습니다."

"그렇다면 이 계약의 의미가 크게 달라져."

귄튼 왕자가 각국에 전해지는【허무의 황야】에 관해 설명한다.

지금은 그저 아무것도 없는 황야지만, 옛날에는 번영한 마법 문명이 존재했고 그 문명이 폭주한 결과 멸망해 지금의【허무의 황야】가 탄생했다.

여신들은 사람들로부터 파멸을 야기하는 마법 지식과 마도구를 멀리하게 하려고 거대한 결계로 황야를 감쌌다.

그래서 결계 안에는 고대 마법 문명의 유산이 남아 있다고 한다.

"뭐, 고대 마법 문명이 없어도 토지가 광활하잖아. 거대한 광맥 같은 게 있어도 이상하지 않아."

"그러게요. 그럴 가능성도 있겠네요."

그 얘기를 들은 나는 지표 부분에는 아무것도 남아 있지 않았지만, 어쩌면 지하에는 당시의 마도구가 남아 있을지도 모른다는 생각이 들었다.

지금은 환경적으로 마력이 옅지만, 결계 안쪽에 마력을 충족 중이니까 고대 마법 문명의 마도구가 기동하기 전에 내가 먼저 찾을 필요가 있을지도 모른다.

뭐, 그건 당장 급한 게 아니니 지금은 접어 두기로 하자.

"그래서, 계약은 안 하시는 건가요?"

"아니, 사인할게. 출입이 가능한 사람이 있는 건 알았지만, 어차피 우리는 손댈 수가 없어. 하지만 【허무의 황야】에서 획득한 것은 우리나라를 우선해서 팔아 줬으면 하는 마음은 있어. 물론 적정한 가격에 매입할 거야."

이건, 상당히 어려운 이야기이다.

어쩌면 마도구가 없을지도 모르고 광맥도 2,000년 전의 고대 마법 문명 때 다 팠을 가능성도 있다.

그렇지만 거꾸로 말하면, 【허무의 황야】 내부는 볼 수가 없기에 내가 【창조 마법】으로 만든 마도구 등을 수인 왕족에게 팔 수도 있다.

그런 고민을 하는데, 귄튼 왕자가 호랑이 수인의 세로로 긴 동공이 박힌 눈으로 빤히 본다.

"솔직하게 말하면 이런 계약은 안 하는 게 나을지도 몰라. 방법은 모르지만, 【허무의 황야】로 침입할 수 있는 자가 있다? 그자를 수중에 두면 새로운 영토가 손에 들어올 수도 있으니까."

"전하……."

"아니야, 됐어. 너희는 셀레네리르 왕녀를 키운 부모다. 무리하게 일을 진행하면 이스체어 왕국과의 관계가 위태로워져. 게다가 우리 가르드 수인국에는 마법사가 될 소질이 있는 자가 없어서, 아무래도 타국과 마법 기술을 겨룰 경우, 패배할 가능성이 있어."

마법사의 수는 마법 연구자의 수이기도 하며, 그것은 마법의 기초 연구의 격차로 이어진다.

그래서 타국과의 경쟁에서 지지 않기 위해서라도 마법 매개체로서 유용한 거대 마석인 던전 코어를 확보하려는 것이다.

이 밖에도 거대한 던전 코어의 마석을 사용하면, 고품질 마검 수십 자루 등 마법 무기를 만들 수 있다.

마법 무기와 수인들의 뛰어난 신체 능력이 만나면 나라를 지킬 강력한 전력이 된다.

"그러니, 차라리 이미 결계 안팎을 드나들 수 있는 우수한 마법사와 우호 관계를 맺으면서 던전 코어 확보를 우선해야 한다는 게 내 생각이야."

수인 종족을 객관적으로 보며 강점과 약점을 파악하고 있다.

타산을 챙기면서도 진정성 있게 대응하는 귄튼 왕자의 모습에 나도 마음이 흔들렸다.

"진정성 있는 대응에 감사드립니다. 계약 내용은 원래대로 진행해도 문제없을까요?"

"그래, 우리도 각오는 했어. 그러면 계약을 재개하지."

이리하여 우리는 던전 코어를 양도하는 대신 가르드 수인국과 접한 【허무의 황야】 4분의 1의 소유권을 손에 넣었다.

테토는 귄튼 왕자에게 건넨 던전 코어를 아쉽다는 듯이 쳐다보았다.

그런 테토는 내가 집에 돌아오자마자, 【마정석】에 저장한 10만 마력을 사용해, 【창조 마법】으로 만든 대형 마석을 창조하여 선물하니 기분이 좋아졌다.

그리고 2주 후에는 셀레네의 부친인 국왕이 있는 이스체어 왕국으로 향할 준비도 해야 한다.

준비 제1탄으로 셀레네의 방어를 견고히 하고자 한다.

"왕녀를 노리는 사람이 많을 것 같아."

이미 괴멸한 악마 교단 외에도 돈이 목적이거나 기정사실을 만들기 위해 납치를 할 수도 있다.

그 밖에도 귀족들은 독살 또는 암살, 주살(呪殺) 등 다양한 수단으로 살해를 시도할지도 모른다.

"우선 셀레네 자체부터 강화해야 해. 귀족 사회에 들어가서도 해 나갈 수 있는 스킬이……."

마을에서 산 스킬 전집 서적을 보면서 필요해 보이는 스킬을 찾는다.

일단 【예의범절】 스킬이 있으면 귀족들 사이에서도 꿀리지 않겠지.

동행하는 나와 테토도 같은 스킬을 습득하면 좋으니 스킬 오브를 만들어, 자는 사이에 몰래 스킬을 부여한다.

"다음은, 방어용 마도구."

방독 효과와 저주 반사, 긴급 상황에 강력한 결계를 전개하는 마도구 등을 마련해 나간다.

"마지막으로 언제든 도망칠 수 있게끔 해 줘야지."

개인적으로는 【공간 마법】 스킬을 습득하지 않았다. 그래서 【공간 마법】에 속하는 전이 마법을 쓸 수 없어서, 쉽게 【허무의 황야】로 돌아올 수가 없다.

이스체어 국왕이 셀레네의 친부라고 해도 셀레네가 원하지 않는 것을 강요한다면, 신속하게 탈출할 수 있도록 해야 한다.

"1만 마력을 저장할 수 있는 마정석을 쉰 개 써서, ──《크리에이션》 전이문(轉移門!)"

한 개 만드는 데 50만 마력이 필요한 【전이문】 마도구를 창조했다.

"아──, 한쪽뿐인가."

【전이문】을 운용하려면 복수의 문이 필요하다.

그래서 한 쌍의 【전이문】을 만드는 데, 【마정석】에 꾸준히 저장해 온 100만 마력이 소비되었다.

【전이문】 한쪽을 【허무의 황야】에 있는 우리 집으로 설정했다. 다른 한쪽 문은 마법 가방에 넣어 휴대하고 다니게 하면 필요한 때에 설치해서 돌아올 수 있다.

나는 셀레네에게 줄 마도구 외에도 【허무의 황야】의 상황을 관리하는 시스템 등을 업그레이드했다.

그렇게 준비해 나가는데 셀레네가 찾아왔다.

"엄마, 있잖아."

"무슨 일이야, 셀레네?"

"엄마하고 테토 언니도 같이, 이웃 나라 왕도로 가는 거지?"

"응. 일정상 한, 한 달 정도는 걸릴 것 같아."

"귀찮지? 너무 길어서……."

그건 동감한다.

하지만 셀레네를 찾으러 온 사람들을 두고 우리만 하늘을 나는 양탄자로 이스체어 왕국의 왕도로 가는 것은, 그건 그거대로 문제고 그들을 태우기 위해 탈것을 새로 만드는 건 더 번거로울 게 뻔하다.

"그래도, 귀찮아도 즐겨야겠지. 그리고 왕도잖아, 엄마! A등급 승급 시험을 칠 수 있어!"

"아, 그러게."

국가와 국가를 자유로이 이동할 수 있는 모험가가 A등급으로 승급하려면, 각 나라의 왕도에서 치러지는 승급 시험을 쳐야 한다.

"간 김에 치자! 그리고 A등급 모험가가 된 엄마와 테토 언니! 생각만 해도 굉장해!"

"마녀님이 A등급을 목표로 한다면, 테토도 같이 할 거예요!"

A등급 모험가가 되면, 각국에서 준귀족 대우를 받을 수도 있고, 때에 따라서는 기사나 궁정 마술사로 등용되어 작위를 받기도 한다.

"음, 마음이 내키면."

셀레네의 양모가 그냥 모험가인 것보다 준귀족 대우를 받는 A 등급 모험가인 편이 좋겠지만, 지금은 필요하지 않다.

그렇게 시간이 흘러, 약속한 2주 후가 되었다.

19화【이스체어 왕국까지의 여정】

"셀레네리르 님 일행은 이 마차를 쓰십시오. 여기서 이스체어 왕국 왕도로 갈 겁니다."

여행 채비를 모두 마친 우리는, 이스체어 왕국에서 파견된 수색대 사람이 마련한 마차에 올라탄다.

귀인 호위치고는 검소한 상자형 마차지만, 신분을 감출 위장으로는 딱 좋을지도 모른다.

다만, 마차 자체의 방어력에 의문이 생겨, 몰래 방어 마법을 부여하고 출발했다.

"엄마……."

"익숙지 않아서 엉덩이 아파? 아니면 화장실 가고 싶어?"

"흔들려서, 속이 울렁거려……."

"등을 쓸어 줄 테니까, 창문 너머 먼 경치를 봐. 그리고 좀 더 일찍 쉬자고 하자."

셀레네의 등을 쓸어 주면서 회복 마법과 강화 마법을 병용해, 멀미의 원인인 반고리관을 강화한다.

그리고 여행길에──.

"셀레네 님, 저희가 요리하겠습니다!"

"나도, 엄마와 요리해 왔으니까 괜찮아!"

마차 여행 중에 셀레네가 야영 요리를 도와주려는데 그런 셀레네를 수색대 사람들이 말렸다.

하지만 이내 셀레네의 솜씨를 보고 마지못해 넘어간다.

실제로 그들은 기사로 귀족 가문의 삼남 이하의 신분을 가진 자가 많아, 요리는 그렇게 잘하지 못한다.

그리고 식자재를 보충하려고 중간에 마을에 들렀을 때는──.

"엄마, 저기서 과자를 판대!"

"인기 많은 콩과자 같아요! 어서 사러 가요!"

"이 마을에 있는 서점에도 들르고 싶으니까 일단 모험가 길드에서 돈을 뽑고 사러 가자."

관광하러 온 기분으로 방문한 마을을 구경하며 다니는데──.

"셀레네 님! 그런 곳에 가시면 안 됩니다! 함부로 돌아다니시면 곤란해요!"

"예, 예. ──《슬립》. 테토, 숙소로 옮겨."

"네!"

이런 식으로 셀레네의 행동을 제한하려 해서 내가 마법으로 잠깐 잠들게 한 사이에 마음대로 외출했다.

그들도 내내 호위하느라 신경을 쏟았으므로 휴식이 필요하다고 변명하면서 멋대로 돌아다녔다.

또 여행 중간에는──.

"이 앞 도로에서 낙석이 발생해, 통행금지야!"

"그쯤이야, ──《브레이크 스톤》!"

"여러분~, 도와주세요~."

도로에 떨어진 큰 바위를 땅의 마법으로 옮기기 편한 크기로 분쇄한 후, 셀레네가 걱정되는 마음에 골렘의 핵으로만 따라온 곰 골렘들을 테토가 불러내어 인해전술로 부서진 큰 바위를 도롯가로 치웠다.

"도로에 도적이 나타났다!"

"이 정도는, ──《어스 바인드》!"

지면을 조작하여 흙과 돌로 도적들을 붙잡아 근처 마을까지 그대로 옮겼다.

"아이 좀, 누가 아이 좀 구해 주세요!"

"나중에 은화 석 닢 줘야 해. ──《힐》!"

폭주한 말에 차인 아이에게 회복 마법을 건다.

개방성 골절에 출혈 과다, 내장 파열, 차이면서 땅에 머리를 부딪쳤는지 뇌출혈로 거의 죽기 일보 직전이었으나 무사히 늦지 않게 치료할 수 있었다.

이렇게 발이 묶일 만한 문제도 마법의 힘으로 가볍게 해결하며 왕도로 나아간다.

그리고 이건 여담이지만, 출발한 지 사흘 정도 만에 셀레네가 마차 여행을 질려하기 시작했다.

그래서 몰래 마차 안에서 즐길 수 있는 보드게임을 【창조 마법】으로 만들기도 하고──.

마차를 끄는 말에게 강화와 회복 마법을 쓰기도 하고──.

마차의 중량을 마법으로 줄이기도 하고──.

마차를 끄는 말들이 마시는 물에 포션을 섞기도 했다.

말의 이동 속도가 빨라진 결과, 일주일 만에 국경에 도착했고 다시 일주일 뒤에는 왕도에 당도할 수 있었다.

"어? 갈 때는 그 마을까지 한 달이나 걸렸는데 왜 올 때는 보름밖에 안 걸렸지?"

셀레네 수색대원들이 여우에게라도 홀린 듯한 표정을 짓고 있다.

"그래서, 이제부터는 어떻게 할 거야? 이대로 셀레네의 부친을 만나러 갈 수 있어?"

"아뇨, 국왕 폐하는 보고를 드리고 따로 면회 일정을 잡아야 합니다. 그래서 셀레네 님께서는 어머님 엘리제 님이 생전에 적을 두셨던 교회를 이용하시게 될 겁니다."

"어머니가 계셨던……."

그렇게 말하며 모친이 남긴 반지를 세게 쥐는 셀레네.

그리하여 그대로 왕도의 여신 리리엘을 포함한 오대신을 모시는 대성당으로 향한다.

마차에서 내린 우리는 안내를 받아 교회 시설로 들어갔다.

"…………엘리제 님?"

"네?"

셀레네가 고개를 작게 갸웃하는 걸 보고, 나타난 연로한 성직자가 고개를 가볍게 젓고 인사를 하러 온다.

"처음 뵙겠습니다. 저는 오대신교의 추기경 마리우스라고 합니다."

"아, 안녕하세요. 셀레네라고 합니다!"

"허허허, 엘리제 님 어렸을 적 모습을 쏙 빼닮으셨군요. 순간 제가 잘못 본 줄 알았습니다."

그러면서 친근감 있게 인사를 건넨다.

이어서 마리우스 추기경이 우리 쪽으로 시선을 돌린다.

"말씀은 익히 들었습니다. 셀레네 님을 보살펴 주셔서, 감사드립니다. 성함을 여쭈어도 되겠습니까?"

내 외모와 나이 등의 특징은 이미 들어서 아는지 딱히 놀라지 않는다.

"마녀 치세예요. B등급 모험가고요."

"마찬가지로, 검사 테토입니다!"

그런데 우리 이름을 들은 마리우스 추기경이 놀라운 표정을 금치 못했다.

"치세 님이시라고요? 설마, 옛 왕도 아파네미스의 고아원 개혁의 주역 말씀입니까?"

"엄마, 뭔가 했어?"

셀레네가 의아해하며 묻는다.

셀레네와 만나기 전에 있었던 일은 따로 얘기할 만한 과거도 아닌지라 말하지 않았을 뿐이지, 딱히 숨긴 건 아니다.

"너와 만나기 조금 전의 얘기야. 알고 지낸 고아원 아이들이 스스로 돈을 벌 수 있도록 도와준 것뿐이야."

내가 별일 아니라는 듯이 말하지만, 마리우스 추기경이 그렇지 않다면서 호들갑스럽게 고개를 내젓는다.

"그뿐만이 아닙니다. 치세 님이 개인 재산으로 가르쳐 주신 포션 조합 기술과 제지 기술 교본은 현재 고아들을 교육하는 데 쓰이고 있고, 종이를 사용한 부업이 다양한 사회적 약자를 구제하는 데 쓰이고 있습니다! 치세 님은 수많은 사람에게 희망을 주신 성녀님이십니다!"

듣자 하니, 내가 손을 뗀 뒤에도 제대로 유지되고 있는 모양이다.

그리고 던전 도시의 고아원에서 조합과 제지 기술을 배운 아이들이 각지에서 같은 제도를 도입하기 위해 파견되어 나라의 고아원에 조합 기술과 제지 기술이 널리 알려졌다.

특히 포션 생산량이 늘어 왕국 내의 건강 사정이 좋아진 데다가, 생산량이 늘어난 종이를 쓴 활용한 제작품 등은 남편을 잃은 과부와 아이가 부업으로 할 수 있게 되었다고 한다.

"그렇구나. 엄마, 대단하다……!"

낳아 준 어머니인 엘리제 님은 각지로 발걸음하여 사람들을 치료하는 구제를 한 성녀이고 길러 준 엄마인 나는 기술을 가르치고 사회적 약자의 자립을 촉진하여 성녀 취급을 해 주었다.

셀레네에 대한 이스체어 왕국 내 교회의 입장은 꽤 호의적일지도 모른다.

그리고 여기까지 호위해 준 셀레네 수색대원들도 몰랐는지 놀라고 있다.

현재는 목재로 만든 식물 종이가 교회의 중요 재원임과 동시에 타국으로 수출하는 교역품이기도 하다고 한다.

"세 분은, 이 대성당의 중요한 손님이십니다. 모쪼록 집이라 생각하시고 편하게 지내 주십시오."

그리하여 수녀 몇 명이 붙게 된 우리는 대성당의 안쪽 객실로 안내받아, 거기서 묵게 되었다.

밤에는 교회다운 검소하지만 영양이 균형 잡힌 식사를 하고 청결 마법으로 몸을 깨끗이 한 뒤, 잠옷으로 갈아입었다.

"목욕하고 싶어……."

"그러게. 나도 목욕하고 싶으니까, 내일은 대욕탕을 가볼까?"

"응!"

어릴 때부터 욕조에 몸을 담그는 습관이 든 셀레네가 희망 사항을 입 밖에 낸다.

마차를 타고 올 때는 아무래도 수색대원들 앞에서 즉석 욕조를 만들어 씻기가 좀 그래서 매일 《클린》 마법으로 간단히 때웠다.

밤에 자기 전까지 느긋하게 쉬는데 셀레네가 이번에는 다른 희망을 말한다.

"엄마, 테토 언니, 있잖아……."

"왜, 셀레네?"

"나 말이야. 엄마가 무슨 일을 해 왔는지, 궁금해."

셀레네가 말하는 엄마는, 낳아 준 엄마인 엘리제 님을 말하는 것이리라.

"그래서 말인데, 교회에서 일해 볼까 해."

"그래. 내일, 마리우스 추기경님에게 부탁해 보자."

"응, 고마워, 엄마……."

그렇게 말하고는 새근새근 조용한 숨소리를 낸다.

나는 잠든 셀레네가 깨지 않도록 방의 불을 끄고 잠자리에 들었다.

다음 날, 식사를 마친 뒤에 마리우스 추기경에게 면회를 요청하니, 그날 오후에 볼 수 있었다.

바쁜데도 우리에게 시간을 내준 추기경에게 고마울 따름이다.

"오늘은 어쩐 일로 보자고 하셨습니까? 셀레네 님, 치세 님."

"교회에 머무르는 동안 하고 싶은 게 있어서 부탁드리러 왔어요."

"듣겠습니다."

"셀레네가 성녀 엘리제 님이 어떤 식으로 일했는지 궁금한가 봅니다. 여기 머무르게 해 주시는 답례로 교회의 일손을 돕게 해 주실 수 있나요?"

"그건, 저희로서도 감사한 제안이군요. 알겠습니다, 찾아보겠습니다."

승낙을 받은 다음 날, 어린이용 수녀복으로 갈아입은 셀레네는 귀여웠다.

그리고 나는——.

"엄마, 잘 어울려."

"마녀님, 귀여워요."

"아니, 왜 나까지 입은 거야?"

솔직히 말해, 셀레네만 돕는 건 줄 알았는데 나도 교회 일을 돕기로 된 모양이다.

뭐, 상관은 없다면서 반쯤 자포자기식으로 나도 교회 일손을 돕기로 한다.

일주일 중에 이틀은 교회 일을 도와주고 남은 닷새는 왕도의 마을로 외출해 관광하며 보낼 예정이다.

가까운 시일 내로 모험가 길드에 인사하러 갔다가 왕도의 서점과 대도서관에도 들르고 싶다.

"그럼, 따라오십시오. 여기가 치료원입니다."

나와 셀레네, 호위로 동행해 준 테토, 그리고 왕궁에서 파견된 기사로 보이는 사람이 회복 마법을 쓸 줄 아는 수녀의 안내를 받아 병설된 건물로 들어간다.

건물 상태가 청결한 것을 보니, 병원 같은 시설이리라.

딘전 도시에서처럼 신부님이 교회에서 직접 치료하는 게 아니라, 치료 전용 시설이 있다는 것에 감탄한다.

"저희 일은 환자를 치료하는 겁니다. 셀레네 님과 치세 님의 실력은 저희도 파악하고 있으니, 오늘 하루는 제가 보조하겠습니다."

"잘 부탁해."

"자, 잘 부탁드립니다."

모험가 길드에서 수습 치료사로 일을 도왔던 셀레네지만, 교회 치료원은 분위기가 또 달라서 당황스러워하고 있다.

살짝 걱정됐지만, 막상 치료를 시작하는 걸 보니 괜한 걱정이었다.

"──《서치》. 갈비뼈와 등뼈에 금이 갔네요. 《힐》."

"경상자는 이리로 모이세요. ──《에리어 힐》. 됐습니다, 저쪽으로 나가시면 돼요."

"이건, 가벼운 식중독 증상이네요. ──《안티도트》. 독은 뺐지만, 무리하지는 마세요."

다양한 부상자와 병을 앓는 환자가 치료원으로 이송된다.

──일하다 높은 곳에서 추락해 발이 부러진 사람.

──다년간 계속된 병증을 호소하는 사람.

──갑자기 몸이 안 좋아진 사람.

셀레네는 그런 환자들을 상대로 천천히 회복 마법을 써서 치료해 나갔다.

"나도 셀레네에게 질 수 없지. ──《하이 힐》."

나도 지식과 경험이 부족한 셀레네가 감당할 수 없는 중상자를 중심으로 치료한다.

"와……. 아직 어린데도 우리보다 회복 마법을 잘하시네……. 역시 성녀님들."

회복 마법 실력을 칭찬받은 건 기쁘지만, 이래 봬도 공적으로는 스물다섯 살인지라 아이 취급을 당하면 씁쓸해진다.

아마 방금 말한 수녀보다 내가 더 연상일 것이다.

그렇게 환자가 많은 이른 아침 시간대가 지나가니, 이번에는 낮에 일하다가 다쳐서 실려 온 사람이 많다.

"정신 차려! 괜찮으니까!"

"──팔과 다리가 절단됐군요. 셀레네는 다리를 맡아 줘. 나는 팔을 치료할 테니."

"알겠어. ──《클린》, 《하이 힐》."

사고로 한쪽 팔과 다리가 잘리고 만 사람이 실려 왔다.

원래는 나 혼자서 치료해도 문제없지만, 셀레네와 분담해서 치료한다.

함께 실려 온 팔과 환부를 《클린》 마법으로 청결하게 하고 회복 마법으로 팔을 이어 붙인다.

뼈를 이은 다음에는 신경, 혈관, 근섬유, 마지막으로 피부를 차례로 회복시키며 어렵지 않게 팔을 붙여 치료한다.

이어 붙이는 건 힘들지만, 재생시키는 것에 비하면 마력 소비량은 적게 든다.

손발이 완전히 없어졌다면, 재생 마법으로 새로 자라나게 해야 한다.

오늘 가장 중상인 환자는 이 사람뿐이어서 일단 점심을 먹은 뒤, 저녁에도 치료를 이어 나갔다.

"말도 안 돼……. 어떻게 온종일 마력을 쓰는 거예요……?"

아침에 안내해 준 수녀가 물어보기에──.

"나는, 마력량이 커."

마력량이 10만이라, 하루 내내 써도 별로 부담이 없다.

"저는, 엄마만큼 많지 않아서, 요소요소에 쓰고 있어요."

셀레네의 현재 마력량은 2만이다.

2만 정도의 마력량이면 다른 사람보다 평균 수명이 늘어나 백

살까지 살 수 있을지도 모른다.

최근에 깨달은 건데 마력량이 큰 사람에게 나타나는 노화 지연 현상은 신체 능력의 최전성기까지는 평범하게 성장했다가 그 뒤로 노화가 느려진다.

그렇다면 똑같이 마력량이 큰 나는 성장이 일찍이 늦어지고 늙지 않는 몸이 되어, 일절 성장하지 않게 된 것이 여러 가지로 의문이 남는다.

이건 진상을 밝혀야──. 여담은 그만하고.

그렇게 오늘 일을 끝마쳤는데, 그날 밤──.

"저희에게도 회복 마법을 가르쳐 주세요!"

이미 회복 마법을 쓸 수 있는 수녀와 재능은 있지만 쓸 수 없는 수녀들이 몰려들었다.

"엄마……."

"아──, 그래, 알겠어. 그럼, 빈방 있어? 강의해 줄게."

그리하여 갑작스레 회복 마법 강의를 하게 되었다.

인체 해부도를 이용해 인간의 신체 기능을 이해하여 이미지를 보완하는 게 주된 내용이다.

무속성 마법 《서치》를 사용해 환부를 특정하고, 전신에 듣는 《힐》을 환부에만 제한하고, 약 등을 병용해 마력량을 절약하는 마력 절약술.

그리고 상처가 메워지는 세포 수복의 이미지 보완을 그림으로 설명하며 가르친다.

《서치》를 병용함으로써 잠재한 병과 합병증 등도 조기에 발견할 수 있다는 이점을 설명한다.

회복 마법의 사용 횟수를 늘리기 위한 마력 증강 훈련법.

이러한 것들을 가르치니, 수녀들이 교회에 있는 종이를 꺼내어 메모한다.

마치 대학교 강의 같다고 생각하면서 쓴웃음을 지으며 진지한 수녀들의 질문에 일일이 대답한다.

이때 적은 메모가 나중에 오대신 교회의 회복 마법 교본의 기초가 되어 교회 마법서와는 별개로 성녀의 교과서라고 불리게 될 줄은, 당시에는 생각지도 못했다.

그 결과, 이 훈련법을 실행한 수녀들 가운데 여태껏 회복 마법을 쓸 수 없었던 사람이 쓸 수 있게 되고, 현재 쓸 수 있는 사람은 재능을 더 키울 수 있었다.

21 화 【재회한 부녀】

교회 일을 돕지 않는 날은 테토와 나, 셀레네, 그리고 왕궁에서 파견된 호위 몇 명을 데리고 왕도로 외출한다.

"역시, 왕도. 좀처럼 보지 못한 책들이 잔뜩 있네."

닥치는 대로 책을 구매하는 나와 달리, 테토와 셀레네는 포장마차에서 군것질을 즐기고 있다.

나와 테토의 영향인지, 셀레네도 옷이나 보석품에는 별로 흥미를 보이지 않는다.

약간 거리를 두고 지켜보는 호위들이 왕녀인 셀레네가 서민처럼 포장마차에서 군것질하는 모습에 졸도하려 하지만, 무시한다.

그렇게 왕도를 만끽한 뒤에는 모험가 길드에 방문했다.

길드에서는 셀레네 같은 어린아이에게 시비를 거는 사람이 없었다.

누가 봐도 말쑥한 호위가 멀찍이 뒤따라오는 것을 보고는 잠행 귀족의 관계자라고 생각했는지도 모른다.

"실례합니다. 다른 마을에서 온 모험가인데 왕도 길드에 인사하러 왔어요."

"잘 부탁해요."

"일부러 인사까지 오시다니, 감사합니다."

나와 테토가 접수원에게 인사하고 A등급 승급 시험에 관해 묻는다.

"A등급 승급 시험은 언제쯤 열리나요?"

"A등급, 이요? A등급 승급 시험은 비공개로 치러집니다만……."

접수원이 뭔가 오해한 듯하다.

하긴, 이렇게 어린 여자애들이 승급 시험을 치러 왔다고 생각하기보다는 선망하는 상급 모험가들이 모인 모습을 보고 싶어 한다고 생각했을 수도 있다.

그래서 나와 테토는 길드 카드를 보여 주었다.

"저희는 B등급 모험가여서 A등급 승급 시험에 응시할 자격이 됩니다. 확인 부탁드려요."

"네?! 실례했습니다! 바로 확인하겠습니다!"

잠시 뒤, 우리의 승급 시험 등록이 인정되어 자세한 설명을 듣는다.

A등급 승급 시험은 승급 시험 자격이 있는 B등급 모험가들 중 이긴 사람이 계속해서 다음 상대를 맞는 올킬전으로 진행된다고 한다.

"어려운 의뢰를 맡기고 그 성과로 승급이 결정되고 그러는 게 아니군요."

"예전에는 그랬지만, 수험자 사망 사례도 있고 해서 길드의 귀중한 인재를 잃지 않기 위해 지금과 같은 형식으로 바뀌었다고 합니다."

모험가는 파티에서의 강인함을 발휘하는 것은 물론이고, 긴급 사태 때는 혼자서 다방면 대응이 가능한 응용력이 요구된다.

그것들을 보기 위해 운에 좌우되는 토너먼트 전투가 아닌 일대일 올킬전으로 바뀐 듯하다.

"알겠습니다. 테토는 물어볼 거 있어?"

"음, 올킬이란 말을 모르겠어요! 이기면 좋은 거예요?"

"뭐, 쉽게 말하면 그런 거지."

"그러면 테토는 지지 않게 단련을 아주 많이 하고 싶어요!"

그렇게 말하는 테토를 보며 내가 못 말린다는 듯 웃는데 접수원이 한 가지 충고한다.

"훈련소는 이용하셔도 됩니다. 다만, 승급 시험을 치르는 분들도 경쟁자의 정보를 사들이거나 하세요. 그런 점에서 시험은 이미 시작됐다고 할 수 있죠."

올킬 전투라서 2차전 이후로는 상대의 실력을 아는 상태에서 싸울 수 있다.

두 번째 바퀴를 돌기 시작하면 대책을 세우거나, 세워지거나 하는 그러한 응용력을 시험한다.

하지만 그 이전에 미리 다른 모험가들의 정보를 수집하는 것도 승급 시험의 결과를 좌우하고, 반대로 그런 정보 수집을 경계하여 실력을 숨기는 것도 중요하다는 걸 접수원이 넌지시 일러 준다.

그렇지만 정작 테토는 이해하지 못했는지 어리둥절해하는 모습에 나는 작게 웃음이 새어 나오고 말았다.

"승급 시험은 석 달 후에 있습니다."

"알겠어요. 여러모로 알려 줘서 고맙습니다."

"고마워요! 또 올게요!"

우리는 길드에서 돌아와 또 당분간 교회에 신세를 지기로 했다.

가끔 나와 테토가 있는 대성당과 치료원으로 몰래 염탐하러 오는 모험가들은, 같은 승급 시험을 치는 모험가일까, 아니면 다른 모험가에게 부탁받은 사람들일까.

시간이 흘러, 드디어 셀레네의 부친인 국왕과 만날 날이 정해졌다.

"셀레네리르 님, 치세 님, 테토 님, 이쪽입니다."

왕궁에서 마차를 보내 줘서 뒷문을 통해 성에 들어간 우리는 대기실로 안내받았다.

"그럼, 공주님께서 갈아입으실 옷을 준비할 테니, 잠시만 기다려 주십시오."

어디선가 인기척도 없이 나타난 메이드들이 셀레네의 양옆에 서서 데려간다.

"어? 잠깐, 엄마. 도와……."

"예쁘게 하고 와~."

"다녀와요~."

셀레네가 희망했던 욕실로 끌고 갔다가 오랜 시간을 들여 예쁘게 꾸며 준다.

그리고 셀레네의 키에 맞춘 드레스를 입으니, 근사한 공주님이 탄생했다.

다만, 남이 씻겨 주는 게 익숙지 않아서 그런지 돌아왔을 때는 지친 기색이 역력했다.

"엄마. 이거, 부끄러워. 그리고 움직이기 불편해."

"뭐, 왕족은 그렇게 입어야 하나 보지. 이거나 다시 달자."

목욕하러 갈 때는 방어 마법 등을 걸어서 보냈다가, 돌아온 셀레네에게 내가 준비한 마도구를 지니게 한다.

몸에 달기에는 멋없는 장식품과 드레스가 조화롭지 않아서 메이드들이 미묘한 표정을 지었지만, 셀레네의 안전을 우선시했다.

"국왕 폐하께서 이쪽으로 드실 겁니다."

"으으, 긴장돼."

"괜찮아. 그보다 차라도 마시면서 진정하자."

"셀레네, 이 과자 맛있어요. 안 먹으면 아까워요."

나와 테토는 긴장감도 느끼지 않고 왕궁의 맛있는 차를 마신다.

역시, 차를 타는 방식과 찻잎의 품질이 좋은 건지 향기가 좋고 마시기가 쉽다.

평소에 집에서 타 마시는 【창조 마법】으로 만든 싸구려 찻잎(한 캔당 500마력)과 여러모로 다르다.

"이건, 어디서 나는 찻잎이야?"

"다질 영지의 로제린이라는 종류의 홍차로 왕실 어용상인들이 납품한 최고급 찻잎입니다."

"헤에, 좋네. 다음에 사러 갈까."

"엄마, 너무 자연스러운 거 아니야~?"

"셀레네도 차와 곁들여 나온 쿠키를 먹어요. 맛있어요."

"으으, 테토 언니도……. 아, 진짜네, 맛있다……."

일단, 미리 부여해 둔【예의범절】스킬과 귀족의 자녀였던 대성당의 수녀들에게 배운 매너 강좌로 벼락 지식이지만, 셀레네도 깔끔한 동작으로 차를 마신다.

그러고 있는데 방문을 노크하고는 남성들이 들어왔다.

한 명은 아직 30대 정도로 보이는 젊은 국왕. 나머지 두 명은 측근인가. 한 사람은 문관, 또 한 사람이 호위 기사.

호위 기사의 행동거지와 마력의 질로 봤을 때, A등급 모험가인 알사스 씨와 필적할 강함이 느껴진다.

남성들이 등장하면서 셀레네가 긴장해 표정이 굳어졌지만, 국왕이 조용히 미소 짓는다.

"오늘은, 비공식 면회다. 편하게 있는 것을 허락하지."

"그럼, 말씀하신 대로……."

그렇게 말하고 국왕의 입실로 인해 안 먹고 있었던 쿠키로 손을 뻗고, 메이드에게 차를 한 잔 더 달라고 부탁한다.

셀레네가 작게 '엄마'라며 콕 찔렀지만, 딱딱한 분위기를 누그러뜨리려고 일부러 그런 거다.

그리고 국왕과 그 측근들의 반응에 따라서는 이대로 셀레네를 데리고【허무의 황야】로 돌아가려고도 생각 중인데——.

"그러면 다시 한번 소개하지. ——이스체어 국왕이자 셀레네리르의 아버지인 알버드다."

"나는 셀레네를 길러 준 엄마로 B등급 모험가, 마녀 치세야."

"셀레네의 언니인 테토예요!"

그리고 알버드 국왕의 시선이 셀레네에게로 향하고, 셀레네가 긴장한 채 자기소개를 한다.

"치세 양엄마와 엘리제 엄마의 딸 셀레네입니다. 당신이 저의 아빠예요?"

"그래, 그렇단다, 셀레네리르."

"그……. 셀레네리르라는 이름은 아직 익숙하지가 않아요……. 셀레네라고 불러 주셨으면 좋겠어요."

"그렇구나, 그러마. 그나저나 많이 컸구나."

자리에서 일어선 국왕이 셀레네 가까이 다가와, 작은 몸을 끌어안는다.

딸의 성장을 실감 중인지, 드디어 찾아서 감격했는지 꼭 껴안는다.

"알버드 아빠?"

"너는 악마 교단에 의해 헤어지지도, 잃지도 않을 거다!"

그 말에 메이드와 국왕이 거느리고 온 측근들까지 감동의 재회를 보고 훌쩍거린다.

나도, 테토도 가만히 지켜봤다.

잠깐 그러안고 있다가 진정했는지 국왕이 셀레네와 떨어지고는 우리 쪽으로 시선을 향했다.

"셀레네를 보호하고 이제까지 키워 준 것. 그리고 엘리제와 그 일행들의 시신을 근처 마을까지 옮겨 준 것에 감사한다."

국왕이라 쉽게 고개는 숙이지 않지만, 그래도 눈으로 고마워하는 마음이 전해져 온다.

"그 감사, 받죠."

내가 가볍게 묵례하고 감사를 받아들이자, 국왕이 만족스러운 듯 고개를 끄덕이고는 셀레네 쪽으로 눈길을 돌린다.

"셀레네. 오늘부터 이 왕성에서 잃어버린 우리의 시간을 되찾자꾸나."

"어, 저……."

힘차게 말하는 국왕에게 셀레네가 당황하기에, 내가 참견한다.

"그건, 양모로서 동의할 수 없겠는데."

"뭐?"

"셀레네는, 평민에 가깝게 생활해 왔어. 그런데 갑자기 왕족으로 지내자고 하면 셀레네가 행복해질 수 있을까?"

내가 담담히 말하자, 국왕의 측근들 눈썹이 꿈틀하며 올라간다.

불경한 나의 태도에 국왕의 측근들이 못마땅해하는 기색을 내비친다.

하지만 국왕이 무언의 압력으로 그들을 제지하고 내게 묻는다.

"부녀가 재회하지 않았나. 그리고 다시 함께 사는 게 가장 좋은 행복일 걸세. 게다가 나라면, 셀레네가 원하는 건 뭐든지 줄 수 있어."

그만큼의 권력과 재력이 있다고 국왕이 말하지만, 나는 차가운 눈으로 쳐다볼 뿐이다.

"평민과 귀족의 가치관 차이, 예절의 차이로 힘들어할지도 몰라. 그리고 셀레네에게는 자립해서 생활할 방법을 가르쳐 온 데다가 원하는 게 있으면 자력으로 얻을 수 있는 수단도 갖고 있어."

그리고 애초에 원하는 것을 줄 수 있는 건 나도 마찬가지라고 생각은 하지만, 말하지는 않는다.

"……모험가 치세 공. 그러고 보니 내가 셀레네를 양육해 준 사례를 깜박했군. 나와 셀레네가 함께 사는 걸 인정하는 데 얼마가 필요하지? 아니면 작위를 원하나?"

"돈과 작위 따위가 가장 필요 없어. 내가 바라는 건, 셀레네가 가장 행복해지는 선택을 하는 거야."

국왕의 제안을 단칼에 거절한 내게 국왕이 쓴웃음을 짓는다.

"보고받은 대로, 정말 시원할 정도로 권력에 관심이 없군."

씁쓸하게 웃는 국왕이 뒤에서 대기하는 측근들에게로 눈을 돌린다.

조금 전, 국왕 앞에서의 내 불경스러운 태도에 대한 못마땅함은 지우고, 차분한 눈으로 우리를 쳐다보고 있었다.

아무래도 국왕 일행이 우리를 시험한 듯하다.

우리가 왕도에 도착했을 때, 곧장 셀레네를 만나러 오고 싶었다고 한다.

그렇지만 그 전에 셀레네의 생활 태도와 사상, 그리고 인격 형성에 관여한 우리에 관해 알아본 모양이다.

"전달받은 바로는, 셀레네의 성격이 선량하고 활동적이면서 자립심이 있다고 했지. 그게 왕족의 관례와는 안 맞는다는 것도 알고 있네. 엘리제에게도 고생을 많이 하게 했으니까."

셀레네의 모친인 엘리제 님은, 교회의 성녀이지만, 본디 평민이었다.

측실이 되고 끝이 아니라, 왕족의 일원이 되기 위해 예절을 배워야 했다.

"셀레네가 가장 행복해지는 선택이라. 셀레네가 치세 공들과의 모녀의 연이 끊어지지 않기를 원한다면 치세 공을 내 측실로 맞이하는 것도, 한 방법인데 말이야."

"거절하겠어! 무슨 결혼이야!"

서른 중반에 훤칠하고 지위도, 돈도 있는 남성의 말에 나는, 반사적으로 그렇게 대답하고 테토는 나를 지키듯 끌어안는다.

"아쉽군. 우수한 마법사를 수중에 둘 수 있을까 했더니만."

"폐하, 농이 지나치십니다."

문관의 복장을 한 남성——이스체어 왕국의 재상이 국왕에게 간언한다.

국왕이 내게 거절당하고 장난스럽게 한숨을 쉬지만, 시중을 들어 준 메이드들이 약간 거리를 둔 것을 알아차린다.

"왜들 그러나? 그렇게 쌀쌀맞게 굴고."

"그게, 국왕 폐하께서 어린 여자애를 측실로 삼으시려는 건가 해서요."

"지금도, 아리아 왕비님을 포함해 세 분. 엘리제 님이 살아 계셨다면 네 분. 가장 젊은 측실께서 5년 전에 왕실로 시집오셨을 때도 열여덟 살이셔서 폭넓게 만나신다는 말씀을 들으셨는데 이제는 어린애한테까지 손을 대시려 하다니……."

"아빠……."

"왜 내가, 내 딸과 메이드들에게 그런 눈빛을 받아야 하나! 그리고 치세 공은 스물다섯이야. 가장 젊은 측실보다 연상이란 말이다!"

일단 셀레네는 수인국 마을에서 사회성을 길러서 수인족의 일부다처제도 다소 이해하고 있다.

특히 모험가에게는 그런 경향이 강하다. 셀레네의 친구인 투리에게도 엄마가 두 명인데 사이좋게 지내는 걸 봤다.

하지만 합법 로리라고 할 수 있는 나를 아내로 맞겠다고 하는 건, 일반적으로 특수한 성벽을 가진 부류로 들어간다는 건 안다.

"나는 셀레네의 엄마 역할을 하고 있지만, 누군가와 결혼할 마음은 그다지 없어. 셀레네의 행복을 위해서 여러 가지를 고려해 주길 바랄 뿐이야."

"아니, 왜 내가 차인 것처럼 흘러가는 거지……. 뭐, 됐어. 그럼, 두 사람이 셀레네의 호위 겸 메이드로서 곁에 있는 건 어떤가? 셀레네한테는 예전에 엘리제가 썼던 별궁을 줄 테니, 거기서 조금씩 왕족의 생활에 익숙해졌으면 하네."

국왕의 제안에, 그거라면 괜찮을 것 같아서 나도 긍정의 뜻으로 고개를 끄덕인다.

"좋아. 그러면 셀레네의 엄마이자 메이드가 되어 셀레네가 결혼할 때까지 곁에 있을게."

국왕의 측실이 되는 건 받아들일 수 없지만, 셀레네의 메이드라면 될 수 있다.

셀레네가 내게서 【허무의 황야】에서의 생활을 빼앗는다고 생각해 망설이는 것 같아서 마음 쓰지 않도록 웃는다.

"음, 언젠가 셀레네도 결혼을 하겠지. 그렇게 되면 앞으로 6, 7년 정도인가. 아아, 셀레네와 그만큼밖에 함께 못 사는 건가!"

그리고 결혼이라는 단어에 고뇌하는 국왕이 조금 재미있어서 나와 테토가 장난을 친다.

"여자아이는 조숙하니까 좀 더 빨라질지도 모르지."

"그러고 보니 셀레네는 가르드 수인국에 친하게 지내는 남자아이가 있어요."

"그딴 거, 용납 못 해애애애애애애애!"

살짝 놀리니, 국왕이 상당히 재미있는 반응을 보인다. 그런 우리를 셀레네가 못 산다는 눈으로 쳐다본다.

"엄마, 테토 언니. 아빠를 놀리면 못써. 그리고 친하게 지내는 건 투리의 남동생이잖아. 걔는 아직 두 살이라고."

그건 나와 테토도 알고 있던 사실이기에 키득, 작게 웃음이 터진다.

친하게 지낸다는 남자아이란, 셀레네의 개 수인 친구 투리의 남동생을 말한 것이다.

복슬복슬한 털과 동글동글한 눈이 귀여운 아이로, 마찬가지로 친구인 카르와 함께 그 아이의 성장을 지켜봐 왔다.

"그리고 나는 엄마와 테토 언니를 사용인?처럼 대해야 하는 건 싫어."

"곤란하게 됐네. 그러면 엘리제 성녀님께 성묘하러 갔다가 집으로 가서 가르드 수인국에서 괜찮은 남편감을 찾아볼까."

"고생해서, 이제야 딸이 곁으로 돌아왔건만! 또 떠나가는 건 안 돼!"

여전히 거부하려는 국왕과의 대화가 계속 제자리를 맴돌 것 같다.

그래서 이쯤에서 우리의 히든카드를 꺼내기로 했다.

"그럼, 사용인분들을 잠깐 물러 줄 수 있을까? 긴히 할 얘기가 있거든."

"알겠네. 치세 공이 중요한 이야기가 있다신다. 잠시 나가 있도록."

내 제안에 국왕과 재상이 고개를 끄덕이고 메이드들에게 퇴실하라고 명한다.

메이드들이 나가고 지금 이곳에는 나와 테토, 셀레네. 그리고 국왕과 재상. 기사가 마주 보고 있다.

온화했던 분위기에서 갑자기 진지한 분위기로 바뀌니, 셀레네가 불안해한다.

그런 공기 속에서 내가 제안할 수 있는 타협안을 국왕과 그의 측근들에게 제안한다.

"내 제안은 우리와 셀레네가 지내던 곳과 이 왕궁을 오가면서 조금씩 이곳 생활에 익숙해지는 거야."

"지내던 곳이라. 아아, 대성당과 왕궁이라면 허가할 만한데, 자네는 어떻게 생각하나?"

"기사단장으로서 한 말씀 올리자면, 경호 부담이 커짐과 동시에 습격할 틈이 생기기 쉽습니다. 가능하다면 기사단의 태세를 정비할 때까지는 지금처럼 대성당에서 지내시게 하고 왕궁에서 강사들을 보내는 게 낫지 않을까 싶습니다."

국왕이 질문한 기사──기사단장이 경호를 생각하면 왕궁에 있는 게 좋지만, 갑자기 낯선 곳으로 보내는 것보다는 대성당으로 왕족의 예절 강사를 파견하는 게 셀레네의 정신건강이나 경호상으로 부담이 덜할 것이리라고 판단한다.

하지만 나는 조용히 고개를 가로젓는다.

"아니, 글자 그대로야. 우리가 지내던 곳과 이 왕궁을 연결할 거야."

그렇게 말하고 마법 가방에서【창조 마법】으로 미리 창조해 둔【전이문】을 카펫 위에 끄집어낸다.

털이 긴 카펫에【전이문】의 자국이 남으면 메이드들에게 사과해야겠다는 지금 상황과 상관없는 생각이 머리를 스친다.

"이게, 뭔가요? 문 모양 마도구 같은데……."

재상의 물음에 내가 솔직하게 대답한다.

"【전이문】. ──한 쌍을 이루는 문과 공간을 넘어 연결되는 마도구야."

"저,【전이문】이라고?!"

마도구의 정체에 경악하는 세 사람.

본직이 마법사는 아니지만,【전이문】의 존재는 아는 듯하다.

"지, 진짜인가?! 전이 가능한 마도구가, 정말 존재하는 건가?!"

전이 마법은 공간 마법 중에서도 꽤 난도가 높은 마법이다.

게다가 마력량에 따라 전이할 수 있는 거리도 달라서 궁정 마술사 중에도 쓸 수 있는 사람이 한 명이 있거나 없거나 한 수준으로 희소하다고 한다.

나도 몰래 연습하는 마법 중 하나다.

"실제로 왔다 갔다 해 보자고."

【전이문】통과 설정을 '자유'로 설정해, 셀레네를 데리고【전이문】을 통과한다.

수면처럼 파도치는【전이문】을 빠져나가니, 우리가 잘 아는 집으로 돌아왔다.

"아, 역시 집을 두 달이나 비웠더니 습기가 찼네. 환기 좀 해 야겠다."

그렇게 말하며 집의 문과 창문을 열어젖히자, 곰 골렘들이 밭 일을 하는 게 보인다.

곰 골렘들이 잡초를 뽑거나 작물을 수확하는 등의 섬세한 작 업이 서툴러서 땅에 떨어진 작물을 주워 퇴비 보관소에 버리고 물을 주고 있다.

그대로, 땅에 떨어진 작물은 【허무의 황야】의 새로운 땅이 되 겠지.

그러는 중에 【전이문】으로 기사단장이 확인을 위해 이쪽으로 건너왔다가 다시 왕궁으로 돌아가서 국왕 일행을 데리고 왔다.

"정말로, 다른 곳으로 전이한 건가? 이곳이 셀레네가 살던 집 이군……."

"그래, 맞아."

그렇게 말하며 집 안을 둘러본다. 평범하게 부엌과 식탁, 각 자의 방과 작업실 정도만 갖춘 작은 집이다.

그리고 창밖으로 보이는 텃밭과 텃밭을 관리하는 곰 골렘, 안 쪽에는 작은 숲에 나무들이 서 있지만, 저 멀리로는 황무지가 펼쳐져 있다.

"여기는 어디지? 셀레네가 살던 곳이라면…… 가르드 수인국 인가?"

"아니. 이곳은, 어느 한 나라의 땅이 아닌, ──【허무의 황야】

의 대결계 안이야."

내가 그렇게 답하자, 국왕은 놀라고, 재상은 납득했으며 기사단장은 퇴로를 확보하려고 【전이문】 앞에 자리를 잡는다.

"수인국의 귄튼 왕자가 치세 공과 【허무의 황야】에 관한 계약을 체결했다고는 조사로 알고 있었지만, 설마 【허무의 황야】를 출입하고 있었다니……."

"아무리 찾아도 셀레네리르를 못 찾을 만했군. 이런 곳으로 도망치면, 그 누구도 쫓아올 수 없지. 치세 공. 이 【전이문】은, 혹시 【허무의 황야】에 잠들어 있었던 고대 마법 문명의 마도구인가?"

"그래, 맞아."

실은 【창조 마법】으로 만든 거지만, 어차피 지금은 사람이 만들지 못하는 건 마찬가지니까 다를 바 없으리라.

"셀레네에게 내어 줄 별궁에 이 【전이문】을 설치해서 이곳과 왕궁을 왔다 갔다 하며 생활하는 게 좋지 않을까 싶어."

"그래서 사용인을 물리라고 했군 그래……."

그렇게 중얼거린 국왕이, 이번에는 부모의 얼굴이 아니라 국왕의 얼굴로 바뀐다.

"치세 공. 이 【전이문】을 우리 나라에 팔아 줄 수는 없겠나?"

"미안하지만, 그건 안 돼."

나는 딱 잘라 거절하고 이유를 하나씩 설명한다.

"먼저 첫째로, 【전이문】을 사용하면 병사를 어디든 쉽게 보낼 수 있기 때문이야. 나는 전쟁에 쓰일 수 있는 건 팔고 싶지 않아."

한쪽 【전이문】을 병사의 대기소에 놓고 다른 한쪽을 밀정에게 주어 마법 가방 속에 넣어 두면, 어떤 곳에서든지 즉시 군대가 쳐들어가게 할 수 있다.

그건, 매우 위험하다.

게다가──.

"만약 셀레네의 별궁에 설치한 【전이문】으로 【허무의 황야】를 점령하려 기사단을 보내도 소용없어. 사전에 내가 등록한 마력을 지닌 사람 말고는 통과할 수 없게 되어 있으니까."

설사 통과했다고 해도 내가 【전이문】을 파괴하면 【허무의 황야】로 온 사람들은, 고립되고 만다.

또 우리 집 주변에는 마력 유출을 저해하는 결계를 쳐 뒀는데 결계 밖의 황야로 한 발짝 내디딘다면 저마력 환경에 노출된다.

익숙지 않은 사람은 급격한 마력 유출로 인한 허탈 상태에 빠진다. 그리고 더욱이 이 주변에는 얻을 수 있는 자원이 적다.

그건, 무의미하고 무가치한 곳이다.

"……그렇군. 그러하다면 【전이문】은 포기하도록 하지. 셀레네는 어쩌고 싶니?"

내 이야기를 듣고 【전이문】 소유를 포기한 국왕이 부모의 얼굴로 돌아와 셀레네에게 묻는다.

"저는, 가능하다면, 치세 엄마들과 살았던 이 집에서도 있고 싶어요. 근데 아빠와 엘리제 엄마도 더 알고 싶어요."

'제멋대로일까요'라며 우리와 국왕을 올려다보는 셀레네.

"그럴 리가. 이제까지 우리에 관해 몰랐잖니. 앞으로 조금씩 알아 가면 되지. 이【전이문】을 별궁에 설치하는 걸 허가하마. 그리고 이 집과 자유로이 오가며 생활해도 된단다."

"그래. 왕궁의 여러 가지가 숨 막히게 느껴지면 이쪽으로 도망치면 되니까. 도망치는 건 나쁜 게 아니야."

나도, 국왕도 셀레네와 함께 있고 싶기에 타협안인【전이문】을 설치하기로 했다.

셀레네가 어딘가로 시집갈 때까지가 될지, 아니면 우리에게서 완전히 독립해 왕족으로서 살아갈지, 아니면 나와 함께 평민으로 살 각오와 준비가 된다면, 쌍을 이루는【전이문】의 기능을 정지할 생각이다.

"폐하……. 외부에서 왕궁 내부로 직접 이동할 수 있는 마도구를 설치하는 건, 왕궁 경비 관점에서 찬성하기가 어렵습니다. 그리고 치세 공이【허무의 황야】의 대결계를 넘어서 테토 공과 셀레네리르 님을 모시고 올 수 있었다는 건, 외부인도 데리고 오는 것도 가능합니다."

"그 점은 저도 동의합니다. 등록된 마력의 소유자만【전이문】을 지날 수 있다고 해도 그 설정을 할 수 있는 게 치세 공입니다. 셀레네리르 님을 보호하고 양육해 주신 은혜는 있습니다만, 만일의 가능성도 고려해야 합니다."

"마녀님은 그런 짓 안 해요."

기사단장과 재상의 반론에 테토가 불만스럽게 중얼거린다.

국왕은 측근 두 명이 낸 의견에 고민하는 표정으로 이에 대한 내 견해를 묻는다.

"테토 공은 어떻게 생각하나?"

"일리 있네. 【전이문】의 존재를 알 수밖에 없는 사용인들은 마법 계약으로 입을 막든가, 나하고 테토와는 【전이문】 사용 시에 다른 사람을 동행하지 않는다는 마법 계약을 맺어도 좋아."

마법 계약——. 권튼 왕자와 맺기도 한 마법 계약은 계약이 파기되거나 계약이 완료될 때까지 계속 남는 강력한 저주와 비슷하다. 계약서에 쓰인 내용은 어떠한 상황을 막론하고 준수해야만 한다.

"계약을 맺는다면 문제없지. 계약 내용은 【전이문】 설치와 비밀 엄수로 하지. 근데, 그에 대한 대가로 뭘 요구할 건가?"

다만 강력한 마법 계약일수록 그 제약에 대해 대가를 설정해야 한다.

"대가는, 그러게. 이스체어 왕국에 인접한 【허무의 황야】의 소유권을 인정해 주겠어?"

"가르드 수인국과 같은 계약을 하자고? 흠……."

국왕이 재상을 쳐다보니, 난감해하면서도 고개를 끄덕인다.

"좋다. 단, 셀레네가 돌아온 것을 귀족들에게 알리는 사교계가 끝난 다음에. 그 후에 치세 공의 【허무의 황야】 소유권을 인정토록 하겠네."

현 상황에서 이 황야는 어느 나라든 손댈 수가 없기에 인정할 수밖에 없는 듯하다.

"그래, 고마워. 그럼, 다시 왕궁으로 돌아가서 마법 계약을 맺고 셀레네의 별궁에 【전이문】을 설치할까."

그리하여 모두 함께 【전이문】을 통과해 왕궁으로 돌아와, 마법 계약을 맺는다.

계약을 맺은 뒤, 바로 셀레네의 모친인 성녀 엘리제 님이 쓰셨던 별궁으로 안내받아 셀레네가 쓸 방과 연결된 작은 방에 【전이문】을 설치하기로 했다.

【전이문】 자체는 등록한 이용자 이외에는 사용할 수 없게끔 설정했지만, 【전이문】을 발견하면 곤란하기에 작은 방에 【인식 저해】 마법 등을 걸어서 의식의 사각지대에 스미도록 했다.

그리고 마지막으로──.

"아빠. 엘리제 엄마의 묘에 가서, 치세 엄마와 테토 언니를 소개하고 싶은데요……."

"음. 그건 어렵겠구나."

"왜요?"

셀레네가 국왕에게 엘리제 님의 성묘를 우리와 함께하고 싶다고 하니 국왕이 난색을 보였다.

"엘리제가 있는 왕가의 묘는 엘리제뿐만 아니라, 다른 왕족들이 잠든 신성한 묘소란다. 출입하려면 상응하는 지위를 갖춘 자가 아닌 이상, 허가해 줄 수가 없단다."

관습상, 최저 귀족 이상이거나 신뢰할 만한 신분이 아니면, 왕가의 묘소에 들어갈 수가 없다고 한다.

"치세 공 일행을 셀레네를 길러 준 어머니로서 신용할 수 있다고 해도 공적으로는 B등급 모험가일 뿐이야."

"그렇군요……. 그럼, 준귀족 대우를 받는 A등급 모험가가 되면 허가받을 수 있어요?"

"그래. 셀레네의 호위로 A등급 모험가가 동행하는 형식이라면 문제없을 거다."

그 이야기를 들으니, 마음이 별로 내키지 않았던 A등급 승급 시험에 목표가 생겨서 의욕이 솟았다.

"테토, A등급 승급 시험, 열심히 하자."

"네! 마녀님과 함께 A등급이 돼서 당당하게 셀레네의 엄마를 보러 가요!"

그리고 셀레네와의 면회가 끝나고, 아쉬워하는 국왕의 시선을 무시하며 나와 테토, 셀레네는 별궁에 설치한 【전이문】으로 【허무의 황야】의 집으로 돌아와, 편히 쉬었다.

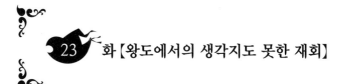

23화【왕도에서의 생각지도 못한 재회】

셀레네는 격일로 왕궁과【허무의 황야】를 오가는 변칙적인 생활을 시작했다.

그런데 일주일의 반이야 각자의 곁에 셀레네를 둘 수 있다고 하지만, 어떻게 해도 딱 떨어지지 않는 이렛날이 있다.

이렛날은 어디서 지내느냐로 나와 국왕이 눈빛으로 타닥타닥 불빛을 튀기는데 테토가 셀레네의 요망을 알아낸 듯하다.

"마녀님. 셀레네는 교회로 가서 일을 계속 돕고 싶대요."

"엄마…… 아빠……. 치료원의 일을 도와주면 안 돼요?"

"교회 치료원에서 봉사 활동이라……. 그래, 그런 거라면 하는 수 없지."

"엘리제도 일주일에 한 번은 다녔지. 알겠어, 조치를 취하마."

이리하여 셀레네는 일주일에 사흘을 왕궁에서 다양한 레슨을 받고 나머지 사흘은 재생하기 시작한【허무의 황야】의 자연에서 휴식을 취했다.

마지막 하루는 교회의 치료원에서 봉사 활동을 하기로 정해졌다.

나는 셀레네가 왕궁에서 생활할 때는 국왕과 호위 기사들을 믿고 셀레네를 보내고 있다.

"괜찮아. 국가의 기사인걸. 셀레네를 안전하게 지켜 줄 거야."

"마녀님, 마력이 흘러나오고 있어요. 진정해요. 그리고 셀레네에게 마도구도 줬잖아요."

테토에게 진정하라는 말을 들은 나는 새어 나오는 마력을 억누르며 테토의 말에 고개를 끄덕인다.

"응, 줬지. 국왕의 허가를 받고 방범용 마도구를."

나는 국왕과 호위 기사들을 믿는다.

하지만 만일, 나의 소중한 셀레네가 다치거나 문제에 말려들지도 모르는 일이니, 방범용 마도구를 휴대하고 다니게 했다.

가르드 수인국에서 셀레네를 찾으러 온 기사들을 포박한 마도구와 같은 기능의 물건을, 왕궁에 두어도 부자연스럽지 않은 디자인으로 바꾸어 들려 보냈다.

그 일을 떠올리고 그제야 진정할 수 있었다.

"그럼, 우리도 가 볼까."

그리고 우리도 새롭게 설치한 다른 【전이문】을 통해 간 곳은, 이스체어 왕도 구석에 있는 단독 민가이다.

국왕이 셀레네의 별궁에 설치한 【전이문】을 사용하여 나와 테토도 이스체어 왕국과 【허무의 황야】를 왔다 갔다 하라고 제안해 왔다.

하지만 아무리 셀레네를 길러 준 엄마라고 해도, 왕족이 사는 별궁에 모험가가 드나드는 건 별로 좋지 않다고 생각했다.

대신에 필요 경비로 민가 한 채를 받아, 거기에 따로 【전이문】을 설치해 왕도로 이동하고 있다.

셀레네가 왕도에서 지내거나 교회의 치료원에서 활동하는 날은 친분이 있는 가르드 수인국 쪽에 얼굴을 내밀거나 이스체어 왕국 왕도에서 구경하며 지내거나 했다.

"아, 이 과자, 셀레네가 좋아할 것 같아."

왕도에서 발견한 마을의 먹거리를 셀레네가 집으로 돌아와 쉴 때 같이 먹고 느긋하게 왕궁에서 있었던 이야기를 듣는 게 우리의 요즘 낙이다.

그리고 나는 국왕에게 왕도 도서관 출입 허가도 받아서 다양한 책을 탐독하며 지내고, 테토는 모험가 길드의 훈련소에서 취미인 모의 전투를 하고 있다.

산책하는 김에 마을의 잡무 의뢰를 맡거나 휴일에는 셀레네의 성장을 지켜보면서 A등급 승급 시험 날을 기다렸다.

"행방이 묘연했던 셀레네리르 왕녀님께서 왕궁으로 돌아오셨다던데."

"11년 전에 행방불명되셨다던 성녀 엘리제 님의 따님 말이야?"

"내가 듣기로는 교회 관계자의 보호를 받으며 자랐다더라고."

"최근에 치료원에서 엘리제 님과 닮은 여자아이가 회복 마법을 쓰는 걸 봤어. 듣자니, 엘리제 님이 맡기신 다른 성녀님께 마법을 배워서 실력이 상당하다고 해."

"나는 그 아이에게 치료받아 봤어. 이 부러진 팔도 원래대로 고쳐 줬지."

왕도에서는 왕궁의 주도로 셀레네리르 왕녀의 귀환에 관한 이야기가 유포되고 있었다.

셀레네를 기른 사람은 모험가보다는 교회 관계자인 편이 민중들이 받아들이기 쉽고, 치료원 일을 돕는 것도 민중들에게 인기를 끌고, 셀레네의 지반을 다지는 데 도움이 된다.

귀족들에게 선보이기 전에 셀레네의 존재를 어지간히 알리고 싶어 한다는 의도를 느끼며, 그날은 모험가 길드에 들렀다.

가르드 수인국에서도 했던 것처럼 【허무의 황야】의 세계수 주변에 조성한 약초 군생지에서 채취한 약초와 그 약초로 만든 포션을 길드에 납품한다.

"감사합니다. 왕도는 교회 치료원의 규모가 크지만, 길드에서도 품질이 좋은 포션을 확보할 수 있어서 기쁩니다."

"그래, 다행이네. 나도 내가 만든 포션이 도움이 된다니 기뻐."

전에는 일반 포션과 마나 포션이었지만, 왕도 도서관에서 발견한 레시피로 각종 상태 이상 약과 상위 하이 포션, 마나 하이 포션 등의 약을 제조할 수 있게 되었다.

그렇게 접수처에서 가벼운 대화를 주고받는데 우리에게 큰 소리가 날아들었다.

"아! 너희, 치세?! 그리고 테토?!"

누군가 해서 돌아본 곳에는, 낯익은 엘프 소녀가 우리를 손가락으로 가리키고 있었다.

"어, 라필리아……였나?"

던전 도시의 최상급 파티 【새벽 검】의 후위 담당인 엘프 궁사,

라필리아다.

벌써 10년도 더 전인데 모습은 별로 다르지 않지만, 약간 성장한 것 같다.

"너희! 오랜만이다! 그나저나, 하나도 안 변했잖아! 어떻게? 인간이잖아?!"

"라필리아는, 그때보다 어른스러워진 것 같은데?"

만났던 게 엊그제 같은데 날카로웠던 분위기가 조금 둥글둥글해진 것 같다.

그리고, 테토는——.

"응? 누구세요?"

"거짓말?! 나를 잊은 거야?!"

"장난이에요! 오랜만이네요, 라필리아!"

테토의 장난에 힘없이 어깨를 내뜨리고 쓴웃음을 짓던 라필리아가 다음 순간에 반가워하며 웃는다.

"정말 반갑다. 너희가 떠나고 여러모로 일이 많았어."

"라필리아의 이야기, 많이 들려줘. 밥 살 테니까."

그렇게 말하고, 우리는 모험가 길드에 있는 술집의 구석 자리를 빌려 라필리아의 이야기를 들었다.

우리가 던전 도시를 떠난 뒤——.

알사스 씨가 이끄는 파티 【새벽 검】은, 내가 【창조 마법】으로 만든 성검——【여명의 검】과 함께 던전 공략을 계속했다고 한다.

원래 A등급이었던 알사스 씨와 강력한 성검의 시너지 효과로 던전 코어가 있는 최심부 30층 부근까지 순조롭게 내려갔다고 한다.

그 후, 던전 코어를 회수하지 않고 던전은 그대로 남긴 채, 지금은 후진을 양성하고 있다고.

"그리고 알사스 씨와 레나는 결혼해서 아이도 낳았어. 귀여운 남자아이와 여자아이 한 명씩."

"그랬구나. 그 두 사람이……."

멋진 검사와 요염한 마녀의 조합은 모험가로서 그림이 됐다는 걸 떠올린다.

"또——."

척후 담당이었던 남자는 파티를 끊고 다른 파티로 들어갔다고 한다.

마력량은 보통이지만, 이미 신체 전성기가 지났다고는 하나 오랜 세월 쌓은 정찰수로서의 경험과 감은, 연로하다는 결점을 메울 정도다.

성직자였던 나머지 동료는 원래 파울루 신부님이 돌봤던 고아여서, 모험가를 은퇴한 후에는 파울루 신부님을 도우러 교회로 돌아갔다고 한다.

"그렇구나. 고아원 아이들은 어떻게 지내려나."

"다들 건강하게 잘 지낸대. 그보다 세월이 10년이나 흘러서 이제는 아이가 아니라고."

'키가 이렇게 큰 애도 있어'라면서 단 소년이 엘프 라필리아보다 머리 하나만큼 더 커졌다면서 유쾌하게 웃는다.

많이 컸다면서 감탄하는 한편, 성장하지 않는 내 몸에 섭섭해진다.

"그나저나 라필리아는 왜 왕도에 있어?"

"A등급 승급 시험 치러 왔어. A등급 승급 시험 자격을 얻어서 매년 여름 승급 시험 일정에 맞춰서 왕도에 머무르는 중이야. 올해로 3년째지."

그러면서 한숨을 쉬는 라필리아.

예전 라필리아의 실력도 상위 모험가로서 우수했는데 그런 그녀조차 매년 떨어질 정도라니, 생각 이상으로 어려울지도 모른다.

그리고 올해 이스체어 왕국에서 열리는 승급 시험에 도전하는 사람은 나와 테토, 라필리아를 포함해 총 열여섯 명이라고 했다.

그중에서 승급자는 두세 명 정도지만, 길드의 판단에 따라서는 한 명도 안 나올 때도 있단다.

이스체어 왕국에는 A등급 승급 시험 응시 자격이 있는 B등급 모험가가 이번 수험자 수의 네 배에서 다섯 배가 있다고 한다.

하지만 전원이 승급 시험을 칠 수 있는 건 아니고 각 지역의 전력이 저하하지 않도록 차례를 기다렸다가 승급 시험을 치른다.

그래서 승급 시험 개최 회수가 연에 두 번 이상이라고.

그 밖에도 승급 시험을 치지 않는 모험가 중에는, B등급으로 만족하거나 이미 모험가로서의 전성기를 맞은 사람들이 있다고 했다.

우리보다 A등급 승급 시험 선배인 라필리아에게서 그런 이야기를 듣는다.

그리고 이번에는 우리의 11년을 라필리아에게 이야기했다.

중간중간 어물쩍 설명하고 넘어갔지만, 셀레네와 생활한 이야기를 듣고는 기뻐하며 맞장구를 쳐 주었다.

"그랬구나. 그 양딸은, 귀엽겠지?"

"응, 당연하지. 우리의 소중한 딸이야."

"테토의 소중한 동생이기도 해요!"

힘차게 대답하는 나와 테토를 보고 라필리아가 못 말린다는 듯 웃는다.

"아아, 부럽다. 고향을 뛰쳐나와서 모험가가 된 건 좋은데 동족과 만날 일도 없고, 애초에 엘프는 아이를 갖기가 어렵단 말이지. 아이 있는 거 부러워~."

'앞으로 10년 정도만 더 하다가 고향으로 돌아갈까'라는 둥 여유 부리는 소리를 하는 라필리아를 보며 역시 장수 종족 엘프라면서 쓴웃음을 짓게 된다.

뭐, 불로의 몸이 된 나도 비슷한 처지일지도 모른다.

"아……. 곧 딸이 돌아올 시간이야."

"데리러 가야 해요!"

나도 모르게 라필리아와 대화하는 데 열중하느라 몰랐는데 깨닫고 보니 시간이 꽤 흘러 있었다.

"그래, 그러면 가야겠네. 또 기회 있으면 얘기 나누자."

그러고 나서 우리는 라필리아와 헤어졌다.

A등급 승급 시험을 보기 위해서 왕도에 온 라필리아와는 그 후에도 여러 번 대화를 나눴다.

때로는 라필리아와 임시로 파티를 맺고 의뢰를 맡기도 하면서 A등급 승급 시험까지의 나날을 보냈다.

24화 【셀레네의 왕궁과 황야를 오가는 생활】

SIDE: 셀레네

내가 왕궁에 드나든 지 석 달이 지났다.

아버지께서 붙여 주신 강사들에게 왕족이 갖춰야 하는 레슨을 받고 교양을 배웠다.

교회의 수녀들이 가르쳐 준 것보다 몇 배나 어려웠지만 배우는 것 자체는 즐거웠다.

그리고 일주일에 한 번 치료원에서 봉사 활동 휴식 시간에 엄마와 테토 언니, 교회 수녀 언니들에게 배운 성과를 보여 주고 칭찬받는 게 기뻤다.

왕궁으로 향하는 날, 국왕이신 아버지와 매번 만날 수는 없지만, 가끔 함께 차를 마시며 이야기를 나눌 때가 있었다.

"이것이 왕궁에 있는 엘리제의 초상화란다."

"이게 어머니의……."

아버지는 차를 마실 때마다 아버지와 내가 모르는 엘리제 어머니에 관해서 여러모로 알려 주셨다.

어머니의 초상화를 올려다보면서 무슨 꽃을 좋아했는지, 어떤 음식을 같이 먹었는지, 아버지와 어머니가 어떻게 사귀게 되었는지 등의 이야기를 들었다.

나는 매일 받는 레슨이 즐겁기도 하면서 어렵다는 이야기를 비롯해, 레슨이 없는 날에는 엄마와 테토 언니와 어떻게 보내는지, 서민의 생활, 가르드 수인국에서 있었던 일을 이야기해 드렸다.

이야기를 들으며 나를 다정하게 쳐다보는 아버지를 볼 때, 내 아버지라는 것이 실감이 났다.

또 어느 날에는 왕비님에게서 같이 차를 마시자는 초대장이 왔다.

"어서 와. 잘 왔어. 너와 만날 수 있어 기뻐, 셀레네리르."

"처음 인사드립니다, 왕비님. 오늘은 초대해 주셔서 감사합니다."

한 발을 뒤로 빼고 무릎을 굽혀 경의를 표하는, 배운 지 얼마 되지 않은 귀족식 인사를 어색하게 펼치는 내게 아버지의 아내 중 한 분이신 아리아 왕비님이 기쁜 듯 미소를 지어 주신다.

상냥해 보이고 아름다운 귀부인, 이렇게 아름다운 사람처럼 되고 싶다는 동경을 품게 되었다.

"내게는 너도 내 아이나 마찬가지란다. 좀 더 편하게 행동해도 좋아."

그렇게 말하면서 얼른 의자에 앉으라며 재촉당한 나는 아리아 왕비님과 대화를 나누었다.

"조금 전에, 넌 처음 봤다고 인사했지만, 실은 네가 갓난아기였을 때 만난 적이 있단다."

"네?"

무심결에 되묻고 만 나는, 황급히 입가를 손으로 가렸다.

그런 나를 보며 아리아 님은 유쾌한 듯 쿡쿡 웃으시더니, 엘리제 어머니와 있었던 옛이야기를 들려주셨다.

"엘리제 님이 안 계셨다면, 나는 분명 이 자리에 없었을 거야."

"그게, 무슨 말씀이세요……?"

"셀레네리르의 오빠를 낳을 때, 나는 굉장히 위험한 상태였어."

제1 왕자의 출산은 난산이었으며 아리아 님도 출혈이 굉장히 심하셨다고 한다.

그때, 성녀였던 엘리제 어머니께서 왕궁 치료사들과 함께 아리아 님의 출산을 돕고 치료하고, 출산 후에는 극진히 챙겨 주셨다고 한다.

"그때, 내게 회복 마법을 쓰면서 위로하고 아이가 태어난 걸 누구보다 기뻐해 주셨지. 그래서 엘리제 님은 내 생명의 은인이기도 해."

"그런 일이 있었군요……."

"그래서, 엘리제 님이 너를 낳았을 때는 나도 기뻤어. 그리고 몇 번 만나 안아 주기도 했지. 그런데 그 후에……. 참으로 안된 일이야."

옛일을 떠올리며 기뻐하면서도 그와 동시에 슬퍼하며 눈을 내리뜬다.

악마 교단에 습격당해 돌아가신 엘리제 어머니를 안타깝게 생각해 주시는 것이리라.

"셀레네리르? 아니지, 셀레네라고 부르는 편이 나을까?"

"아, 네, 네!"

"네가 어떻게 자랐는지는 알버드 님께 들었어. 그리고 너를 길러 주신 모험가 어머니들 이야기도. 내게도 그분들에 관해 들려주겠니?"

"그, 그럼요! 기꺼이요!"

그리하여 여러 번 아리아 왕비님과 다과회를 가지면서 엘리제 어머니의 이야기를 듣고 치세 엄마와 테토 언니의 이야기도 하게 됐다.

함께 차를 마시는 횟수가 늘수록 다른 오라버니와 언니, 그리고 남동생과 여동생의 얼굴을 볼 기회도 있었다.

행방불명되어 모험가 치세 엄마 일행이 키워 준 나를 모두 따뜻하게 받아들여 주었다.

이스체어 왕실에는 따뜻한 마음씨를 지닌 사람들이 많았다.

그와 동시에 의문이 들었다.

일부다처제인 가르드 수인국에서 자라서 거부감은 없지만, 일반적으로는 일부일처라는 걸 안다.

"아리아 님은, 제 어머니나 다른 측실분들이 들어왔을 때, 어떻게 생각하셨어요?"

역시, 자기만 봐 주길 원했을까? 그런 생각을 하는데 아리아 님이 난감하다는 듯 웃으신다.

"음. 젊은 시절의 알버드 님은 여성에게 인기가 아주 많으셔서, 약혼자로서 다소 질투하기도 했어. 근데 말이지……."

"……근데요?"

"알버드 님은…… 아니, 이스체어 왕족분들은, 애정이 매우 깊어서 나 혼자서는 힘들 거라고 당시의 왕비님께서 그러셨단다."

그윽한 눈으로 말씀하시는 아리아 님의 말에, 나는 고개를 작게 갸우뚱한다.

"그래서, 왕비 후보였던 영애 중 한 명을 측실로 맞아 결혼했지만, 역시 둘로도 힘들었어. 그 후, 알버드 님도 왕태자로서 마물을 퇴치하러 원정을 나가셨지."

"그 이야기, 아버지께 들었어요. 원정을 나갔다가 어머니와 만나셨다고요."

"그래, 맞아. 성녀 엘리제 님을 측실로 들이셨지. 그때는 우리의 부담이 줄어든다는 것에 울면서 기뻐했단다."

아리아 님의 이야기는 에두른 표현이 많아서, 살짝 이해하기가 어려웠다.

이것도 귀부인의 표현 방식인 건가 하면서 감탄해, 나중에 치세 엄마한테 물어봤더니——.

「아아, 그렇지. 슬슬 성교육을 하는 게 좋으려나?」

치세 엄마는 먼 데를 보는 듯한 눈을 하고 여러모로 고민하고 있었다.

아리아 님과 몇 번인가 차를 마셨을 때, 부탁을 받았다.

"셀레네?"

"네, 아리아 님. 왜 그러세요?"

"언젠가, 나를 양어머니라고 불러 줬으면 좋겠구나."

억지로 강요하는 부탁이 아니라, 언젠가는 불러 달라는 느낌의 부탁에 나는, 애매한 미소를 지을 뿐이었다.

아버지와 오라버니들, 아리아 왕비님과 동생들을 나를 받아들여 준 가족으로서 느끼기 시작했다.

그리고 그와 동시에 쓸쓸함을 느끼는 나도 있었다.

엘리제 어머니의 이야기를 듣고 여러 가지를 알게 되었지만, 그래도 진짜 엄마라는 실감은 아직 나지 않았다.

아버지와 아리아 왕비님, 오라버니들과 거리가 가까워질수록 치세 엄마와 테토 언니와의 거리가 멀어지는 것 같은 기분이 들었다.

SIDE: 마녀

여름 어느 날, 나는 테토, 셀레네와 함께 소풍을 나왔다.

초봄부터 셀레네가 왕궁을 오가는 등 여러모로 바쁘다가 드디어 작년 셀레네의 생일 때 약속한 대로 셋이 외출할 수가 있었다.

"엄마, 테토 언니! 소풍 기대된다, 그렇지?!"

"응. 오늘은, 느긋하게 쉬자."

"놀거리도 많이 가져왔어요!"

【전이문】으로 【허무의 황야】 중심지까지 온 우리는, 심은 나무들을 빠져나간 곳에 있는 샘과 그 근처의 들판에 왔다.

나는 아침에 셋이 만든 빵과 속을 채운 샌드위치를 담은 바구니를 들고, 테토는 미리 준비한 수많은 놀이 도구를 품에 끼고 있다.

비누 식물에서 추출한 비눗물과 가죽을 이어 붙인 공, 가느다란 나무로 짠 틀에 천을 붙인 연까지 들고. 오늘을 고대한 모양이다.

"오늘은 우리 셋이 사진 많이 찍자."

작년 생일에 선물 받은 검은 마도 사진기를 들고 있는 셀레네. 그 뒤를 곰 골렘들이 졸졸 따르고 있다.

들판에 도착한 우리는 곧바로 나무 그늘에 돗자리를 펼쳐 짐을 내렸다.

"셀레네! 바로 공놀이해요!"

"응, 지지 않을 거야! 사진 찍어 줘!"

테토가 놀이 도구 중에 공을 꺼내 거리를 두는데 셀레네가 사진기를 곰 골렘 중 한 명에게 맡기고 테토와 캐치볼 하는 사진을 찍어 달라고 부탁한다.

촬영을 부탁받은 곰 골렘이 엄지를 척 세우며 셀레네를 배웅한다.

다른 곰 골렘들도 테토와 셀레네와 함께 캐치볼을 하거나 조금 떨어진 곳에서 응원하듯 춤을 추면서 즐기고 있다.

"실컷 즐기고 있네."

테토와 셀레네가 【신체 강화(強化)】를 사용한 강속구 캐치볼을 벌이고 있다.

왕궁에서는 몸을 움직일 기회가 적어서 그런지, 셀레네는 스트레스를 발산하듯 온 힘을 다해 공을 던지고 테토와 곰 골렘들이 그 공을 받는다.

그 모습이 마치 피구를 하는 것 같아 못 말린다는 듯 웃었다.

"아, 재미있었어~! 그리고 덥다~."

"이제 여름이니까. 차 마셔."

"고마워요~."

강한 여름 볕을 쬐며 전력으로 움직여서 더웠는지 목 언저리를 손으로 부채질하는 테토와 셀레네에게 차가운 차를 따라서 준다.

왕궁에서는 절대 불가능한 모습이리라고 생각하면서 그 뒤에도 우리는 함께 소풍을 만끽했다.

함께 샌드위치를 먹기도 하고, 잡초로 자라도록 씨앗을 뿌린 클로버 중에서 네잎클로버를 찾기도 하고, 클로버 화관을 엮기도 하고, 테토가 가져온 비눗물로 비눗방울을 하늘로 한껏 부풀려 불기도 했다.

"엄마, 테토 언니! 골렘이 찍어 줄 거니까 좀 더 가까이 와!"

"그래, 알았어."

"이렇게요?"

셀레네를 사이에 끼우듯 나와 테토가 달라붙는 모습을 곰 골렘들이 사진을 찍으며 추억을 남긴다.

그리고 놀다 지쳐 나무 그늘에서 쉬던 셀레네가 물어봤다.

"나, 엄마하고 테토 언니의 A등급 승급 시험 보러 가고 싶어. 안 돼?"

"그렇지만……."

A등급 승급 시험은 팔월에 있어서 곧 개최된다.

"아버지께도 부탁했는데 엄마들한테 허락받으면 가도 된대."

셀레네는 국왕을 아버지라고 부르고 사망한 엘리제 님을 어머니라고 부르며 호칭을 구분하게 되었다.

그리고 이제까지 셀레네의 생일을 정확하게 몰랐는데 시월생이라서 열두 살 생일에 귀족들에게 인사하기로 일정이 정해졌다고 한다.

아무튼——.

"몰래 오는 거야? 음, 아니면 호위 붙여 준대?"

"응. 같이 가 준댔어."

"셀레네, 응원하러 올 거예요? 그러면 테토, 열심히 할게요!"

뭐라고 할까, 모험가끼리의 모의 전투라고는 하지만, A등급이 걸린 대결이다.

게다가 상급 모험가라고 모두가 품행 방정한 게 아니다.

그런 사람들이 싸우는 모습을 셀레네에게 보여 주고 싶지 않은데…….

"음——. 하아, 하는 수 없지. 알겠어."

"고마워, 엄마! 꼭 응원하러 갈게! 그럼, 나는 좀 더 놀다 올게!"

그렇게 말한 셀레네가 곰 골렘들을 이끌고 들판을 달린다.

"거친 모습 같은 거 보이기 싫었는데……. 뭐, 됐어. 테토, 우리도 가자."

"네."

나와 테토는 셀레네를 뒤쫓으면서 원 없이 놀고 저녁이 되어 피곤함에 잠들어 버린 셀레네를 테토가 업으며 【허무의 황야】에서의 하루가 끝이 났다.

그리고 오늘 찍은 사진 중에서 셋이 찍은 가장 잘 나온 사진을 액자에 넣어 장식한 뒤, 남은 사진을 앨범에 끼웠다.

그렇게 셀레네가 왕궁과 【허무의 황야】를 오가는 생활을 계속하는 중에, 우리도 A등급 승급 시험 날을 맞이했다.

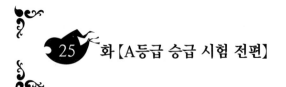

25화【A등급 승급 시험 전편】

A등급 승급 시험 당일, 국왕에게 받은 왕도의 집에서 시험 회장인 길드 훈련소로 향했다.

왕도의 길드 훈련소는 투기장처럼 원형 지면과 관객석이 마련되어 있었다.

길드의 A등급 승급 시험 회장의 투기장에는 이스체어 왕국 내의 B등급 모험가들이 집합해 있었고, 모두 열여섯 명이다.

"이 열여섯 명과 올킬 전투라."

"이 사람들과 싸우는 거, 기대돼요!"

열여섯 명 중, 2회 이상 승급 시험을 치른 적이 있는 사람은 열 명이라고 한다.

나머지는 올해 응시 조건을 충족한 모험가라는 뜻이다.

시험이 일대일 올킬 전투라는 특성상, 나 같은 후위직이나 보조 계열의 기능을 지닌 모험가에게는 불리하다고 할 수 있다.

"수험자 외에도 보러 온 사람들은, 파티원들인가?"

기본적으로 일반 공개는 하지 않지만, 동료의 응원은 허락됐는지 적지만 사람이 있다.

그중에는 교회 수녀복을 입은 셀레네가 다른 수녀와 호위 기사들에게 에워싸여 보러 와 있었다. 셀레네가 내게 작게 손을 흔들어 준다.

"마녀님, 셀레네예요."

"응, 좋은 모습을 보여 줘야지."

그때, 왕도의 모험가 길드의 길드 마스터가 나타났다.

"이번에도 승급 시험을 치를 수 있어 기쁘게 생각하네. 길게 얘기하는 건 나도 좋아하지 않아. 시험을 처음 보는 수험자도 있을 테니 규칙만 간략하게 설명하도록 하지."

모험가 길드의 승급 시험인 올킬 전투의 규칙은──.

· 상대 모험가를 죽이지 않는다. 죽이면 즉각 실격. (귀중한 상급 모험가 수의 감소를 막기 위해)

· 죽이지만 않으면 어떤 수단이든 허가하며 치료는 길드에서 맡는다.

· 치료를 받았음에도 계속 싸울 수 없다고 판단되면, 그 시점에서 참전 불가. 단, 그때까지의 전투 내용을 포함하여 승격 여부를 결정한다.

· 승리 횟수를 겨루는 게 아니라 모험가로서 필요한 자질을 보기 위한 시험이다.

이런 느낌의 규칙을 설명하고, 바로 제비를 뽑는다.

"……나는, 8번이네."

"테토는, 3번이에요."

대결이 시작되기 전까지 시간적 여유가 조금 있는 나는, 나와 테토의 상태창을 확인했다.

이름: 치세(전생자)

직업: 마녀

칭호: 【개척촌의 여신】【B등급 모험가】【흑성녀】

Lv.80

체력 2500/2500

마력 108600/108600

스킬【장술 Lv.4】【원초 마법 Lv.9】【신체 강화(剛化) Lv.1】【조합 Lv.5】
　　　【마력 회복 Lv.8】【마력 제어 Lv.9】【마력 차단 Lv.7】 기타 등등…….

고유 스킬【창조 마법】【불로】

【테토(어스노이드)】

직업: 수호 검사

칭호: 【마녀의 종자】【B등급 모험가】

골렘 핵의 마력 87990/87990

스킬【검술 Lv.8】【방어술 Lv.4】【땅의 마법 Lv.8】【신체 강화(剛化) Lv.3】
　　　【괴력 Lv.5】【마력 회복 Lv.4】【종속 강화 Lv.4】【재생 Lv.4】
　　　기타 등등…….

레벨은 요 몇 년간 오르지 않았지만, 스킬과 마력량 등을 고려
하면 A등급 모험가까지도 충분히 통하리라고 생각한다.

그래도 실전에서는 무슨 일이 일어날지 알 수 없기에 방심하지 말자고 명심한다.

이윽고 승급 시험 올킬 전투가 시작되어 1번과 2번 모험가가 훈련소 중앙으로 나온다.

첫 번째 대결은 두 사람 다 인간 전사인 듯하다.

한쪽은 이번이 A등급 승급 시험이 첫 참가인 모험가이고 다른 한쪽은 고유 스킬을 지닌 거칠고 난폭해 보이는 모험가다.

대결은 처음으로 참가한 1번 모험가가 순식간에 녹아웃되며 끝이 났다.

첫 참가인 모험가도 실력은 나쁘지 않았다.

다만, 그냥【신체 강화(强化)】로는,【신체 강화(剛化)】에 신체 계열 고유 스킬로 강화된 힘으로 휘두르는 대검을 받아 낼 수는 없었다.

처음 참가한 모험가는 첫 합을 받아 낸 순간에 십수 미터 거리를 날아간 바람에 팔이 부러지고 말았다.

그때 승패의 향방이 정해졌다.

"【신체 강화(剛化)】와 고유 스킬이 곱해져서 파괴력이 굉장하네. 순수하게 강해."

"그럼, 다녀올게요~."

"테토, 조심해."

그리고 이어지는 대결은 3번 테토다.

보아하니, 고유 스킬을 보유한 모험가는, 통칭【절육(切肉)】의 록이라고 불리는 B등급 모험가인 듯하다.

작년에 치른 승급 시험에서는 대전 상대 모험가의 도발을 못 참고 살해해서 실격 처리되었다고 한다.

대전 중의 사고로 처리됐지만, 난폭한 성격과 욱하는 성미, 의뢰 시의 말썽 등의 평가가 합쳐져 실력은 있지만, 불량 모험가 취급을 받고 있다.

왜 저런 사람이 A등급 승급 시험을 칠 수 있는 건지, 심히 의문이다.

"잘 부탁합니다."

"켁, 애송이인 것도 모자라 여자? 얕보였구만. 잽싸게 죽여 주마!"

그렇게 시작한 전투는, 록이 투박한 대검을 내려치고 테토가 정면에서 검을 받아 내는 전개가 되었다.

회장에 챙, 챙 금속끼리 맞부딪히는 날카로운 소리가 울려 퍼진다.

"오, 굉장해요. 꽤, 힘이 세요."

"애새끼가아앗, 순순히 쓰러져라아앗!"

뛰어난 육체와 신체 강화, 그리고 고유 스킬의 상승효과로 강력한 마물을 도살해 왔으리라.

일반 모험가라면 손이 저리거나 충격을 이기지 못하고 날아가 팔과 갈비뼈가 부러질 정도의 힘이지만, 테토는 솜씨 좋게 휘두르는 대검을 가볍게 마검으로 받아 내었다.

"수준 차이가 너무 나네."

순간적으로 마력을 폭발시켜 힘을 얻는 고유 스킬과【신체 강화]의 배가로 힘을 강화한 거겠지.

그러나 방대한 마력으로 전신을 빈틈없이 감싼 테토 쪽이【신체 강화】숙련도가 더 높고 우수하다.

고유 스킬로 순간적으로 마력을 폭발시켰는데도 테토의 방어를 뚫지 못한 거한의 모험가는 마력이 방전되기 시작한다.

"제기랄, 어떻게 된 거야. 이 몸의 공격이."

"가벼워요. 공격은, 이렇게, 하는 거예요!"

테토가 움직임에 완급을 주어 거한 모험가의 품에 파고들어서 검을 휘둘렀다.

원래라면 몸통이 두 동강 났을 테지만,【신체 강화】의 마력으로 마검을 감싸, 검의 날을 일부러 무디게 하여 타격 무기처럼 쓴다.

그리고 마검에 맞은 거한의 모험가는 본인이 날려 버린 모험가처럼 지면에 굴러 기절하고 말았다.

"마녀님, 이겼어요~."

내 쪽으로 손을 붕붕 흔든 다음, 관객석에 앉아 있는 셀레네 쪽을 향해서도 흔든다.

승급 시험에서 거한의 모험가가 이길 거라고 예상한 다른 모험가들이 마치 합이라도 맞춘 것처럼 상대의 공격을 막고 이긴 테토의 강인함에 놀라고 있다.

관객석에 있는 셀레네도 테토의 승리에 작게 기뻐한다.

승리한 테토가 이어서 대치할 4번 모험가는 드워프 마법사다.

테토와 거리를 두고 마법으로 공격을 시도하려고 대결 개시

위치에서 뒷걸음질로 물러나면서 마법을 쏜다.

테토는 상대가 쏜 마법을 검으로 베면서 거리를 좁혀 상대의 몸에 검 끝을 들이댄다.

"하, 항복할게……."

"또 이겼어요."

4번 모험가의 패인은, 후위 마법사로서 보호받는 데 익숙하기에 자신에게 결계를 치고 방어력을 높이려 하지 않은 점일 것이다.

이런 식으로 보호받는 게 익숙한 모험가가 있어서, 굳이 후위직에게 불리한 형식의 시험을 치르는지도 모른다.

A등급의 의뢰는 그만큼 파티에서의 기량 외에도 개인의 생존 능력이 요구되는 거겠지.

계속해서 5번 모험가는 엘프 라필리아였다.

"테토! 나는, 그때의 나와 달라!"

"와요, 라필리아!"

라필리아가 전투를 개시함과 동시에 정령 마법을 부여한 화살을 속사한다.

그것도 다양한 각도에서 덮쳐 오는 마법을 부여한 화살이다.

테토가 화살을 피해 보지만, 피한 화살이 궤도를 바꿔 테토가 맞을 때까지 쫓아온다.

"으, 성가셔요!"

"자! 더 간다!"

쏘아 대는 화살의 수가 서른 발이 넘었다.

그리고—— 테토의 몸에 맞으면서 압축된 공기가 폭발하여 날아가고 만다.

화살이 연달아 테토에게 맞으며 연쇄 폭발을 일으켜 날아가다가 투기장 내벽에 박힌 테토는——.

"조금 아팠어요!"

"이럴 수가, 랜드 드래곤이라도 일격에 쓰러뜨리는, 내 필살기가……."

라필리아와 처음 만난 당시라면 위험했을 테지만, 【신체 강화】로 전신 방어를 견고히 한 현재의 테토는 흙먼지는 묻었어도 상처 하나 없다.

"……졌어. 이거로 쓰러뜨릴 수 없다면 더는 손쓸 게 없어."

"알겠습니다. 모험가 테토의 승리!"

"오잉? 벌써 끝난 거예요?"

어리둥절해하는 테토가 자기가 부딪친 내벽을 땅의 마법으로 복구하면서 다음 모험가를 기다린다.

라필리아가 더 지체하지 않고 포기한 이유는 테토와의 대전으로 체력과 마력이 소모되는 것을 피해, 두 번째 바퀴 때를 위해서 온존하려는 생각인 듯하다.

그리고 6번 모험가는 척후 중심의 모험가였다.

개막과 동시에 무수한 나이프를 던지고 바람의 마법으로 뒤에서 밀어 가속한다.

테토가 나이프를 떨쳐 내자, 자루에 묶인 봉투가 터지면서 안에 들었던 가루가 테토 주위로 퍼진다.

"뭐죠? 이 연기, 이상한 냄새가 나요!"

"연기를 마셨군! 다 큰 성인도 손발을 움직일 수 없는 즉효성 마비약이다!"

상대 모험가는 마력량이 보통이라, 마법도 약한 바람의 마법밖에 못 쓰는 것이리라.

약물과 약물을 보내는 바람의 마법을 조합하여 사용하고, 높은【신체 강화(强化)】숙련도와 몸놀림을 보조하는 바람 마법의 제어력으로 B등급까지 올라온 거겠지.

승급 시험을 치는 모험가 중에서 가장 재능이 없다.

하지만 그의 노력과 독창적인 발상이야말로, 나는 가장 무서운 자질이라고 느낀다.

그러나──.

"테토에게는, 듣지 않아요."

"마, 말도 안 돼……. 큭!"

이번에는 상대가 안 좋았다.

골렘 마족인 테토에게는 약이 안 듣는다.

방독용 마도구를 준비해 왔는지, 아직 마비약이 퍼지고 있는 상태에서 단검을 들고 파고들지만, 접근하자마자 테토에게 팔을 잡혀 업어치기 비슷한 기술로 땅바닥에 굴려진다.

"하, 항복.【약물 내성】이라도 있어? 대체 얼마나 강한 거야."

다치지 않았다. 게다가 마력도 적게 소비하면서 이겨 나가는 테토를 보고 주변에 있는 이들의 눈빛이 바뀐다.

사전에 길드 훈련소에서 테토의 실력을 철저히 조사했겠지만,

예상 이상이었던 것이리라.

그리고 이어서 7번 모험가는 마법사 타입인 것 같다.

테토를 공격하기보다는 행동을 봉하기 위해 사방에서 만들어 낸 얼음 감옥으로 둘러싼 뒤, 그 감옥을 향해 거대한 얼음덩어리를 던졌다.

"이거로 끝이다!"

그 모험가도 이기기 위해서 테토에게 전력으로 덤비지만, 테토가 얼음 감옥 안에서 마검을 쥐고 자세를 취한다.

"영차! 입니다!"

여유로운 기합과 함께 감옥을 떨치고 마검에 두른 마력을 날린다.

【신체 강화】로 강도가 올라간 마력의 참격이 얼음 감옥을 가르고 얼음덩어리를 쳐부순다.

머리에 팔락팔락 내려앉은 쪼개져 작아진 얼음 조각을 손으로 가볍게 턴 테토가 최대 공격 마법이 막혀 망연해 있는 모험가에게 다가가 검을 내리꽂는다.

"끝이에요."

"내, 내가 졌어!"

"드디어, 마녀님과 싸우네요! 지지 않을 거예요~!"

올킬 전투라 테토와 맞붙으리라고는 예상했다.

솔직히, 테토와 싸우는 건 내키지 않지만, 이대로 가면 테토 혼자서 전원을 쓰러뜨릴 것 같으니 나도 A등급 승급을 목표로 열심히 하자.

그리고——.

"엄마, 테토 언니, 둘 다 파이팅……."

셀레네가 응원해 주고 있다.

테토에게 져서 뭔가 제대로 보여 주지도 못하고 끝나는 건, 좀 섭섭하다.

"셀레네 앞에서 못난 모습을 보일 수는 없으니까, 진지하게 할 거야."

"알겠어요. 테토도, 진지하게 할 거예요!"

마검을 들고 자세를 취한 테토가 이제까지 온존해 뒀던 마력을 한층 더 해방하여 위압해 온다.

대치하는 나는, 방대한 마력을 한계까지 압축한 【신체 강화】를 몸 겉에 살며시 흘린다.

"대, 대결 시작——!"

테토가 속공으로 달려와서 나는 뒤로 날 듯이 비행 마법으로 공중으로 도망쳤다.

"나부터 간다. ——《선더볼트》!"

랜드 드래곤과 싸울 때 썼던 벼락 마법이다.

그때보다 개량한 벼락 마법은 한 발당 일반 모험가의 마력량인 3,000마력 가까이 소비한다.

그러한 벼락을 열 발 연속으로 투기장에 내리치게 하자, 회장에 있던 모험가들이 경악하는 모습이 보인다.

나는 현재 10만 마력이 넘기 때문에 쉽게 쓸 수 있는 대마법이지만, 테토는 벼락 공격을 뛰어서 피했다.

"하늘로 도망치는 건, 치사해요. 그렇다면——."

테토가 한쪽 손을 땅에 내리꽂더니, 지면을 조작하여 점토처럼 찢어 들어 올린다.

"호잇, 이에요!"

"그건, 이런!"

공중에 있는 내게 돌을 던진다. 그러나 그냥 피했다가는 투기장 밖으로까지 날아갈 것만 같은 기세다.

나는, 결계로 감싸듯 해서 막아 보려 하지만, 돌 자체에 【신체 강화】에 쓴 마력을 두르고 던져서 위력과 강도가 포탄 같다.

"——《멀티 배리어》!"

다중 결계를 쳐서 받아 내기는 해도 결계가 조금씩 깨져 간다.

한 장당 1,000마력을 소비하는 다중 결계가 열 장이나 깨졌다.

이 시점에서 남은 내 마력은 6만 마력 정도.

반대로 테토는 아직도 마력에 여유가 있는 듯하다.

"이거로, 끝입니다!"

투석을 미끼로 지면을 조작해 발판을 만들어, 그 발판을 박차며 공중에 있는 내게 접근한다.

10m도 더 높게 떠 있는 내게 테토가 바짝 다가오지만——.

"——《그래비티》!"

테토의 마검이 아슬아슬하게 내게 미치려는 순간, 가중 마법으로 테토를 지면으로 돌려보내자, 끝내 닿지 못한 마검이 땅에 곤두박질쳐진다.

"으이익……. 마녀님, 더는 못 움직여요. 항복이에요, 테토가 졌어요~."

테토의 패배 선언으로 대결이 끝난 것에 안심하며 긴 한숨을 내쉬며 마법을 푼다.

마법전(戰)은 기본적으로 상대의 마력 자원을 얼마나 감소시키는지가 관건이다.

공격을 위해 마력을 쓰고 방어 결계를 파괴해 마력을 줄인다.

승부의 핵심은 상대의 방어력을 웃도는 공격으로 대미지를 입히든가 마력을 조금씩 줄여 나가며 싸우든가다.

"정말, 테토와 싸우고 싶지 않았어. 간담이 서늘하단 말이야."

"그 정도는 안 하면, 마녀님에게는 공격이 전혀 안 통해요."

테토는 【신체 강화】와 땅의 마법을 써서 효율적으로 내 마력을 줄이고 있었다.

실제로 내 마력량의 절반을 줄인 테토가, 이제까지 대결하며 소비한 마력량은 어림잡아 1만 마력 정도다.

가중 마법 구속도 【신체 강화】로 전력으로 저항하고, 참격을 날리기까지 했다면 내 마력을 더 깎고 테토가 이겼을 것이다.

그렇지만 남은 전투를 고려해, 이쯤이면 뺄 때가 됐다고 생각했는지도 모른다.

"자, 자네?! 치료 필요한가?"

"마녀님."

"알았어, 알았어. ──《하이 힐》! (그리고 《차지》로 마력도 보충해 줄게)."

회복 마법을 실제로 쓰면서 깎인 테토의 마력을 보충한다.

이제 내 남은 마력량은 4만이다.

뭐, 다음 대결을 하기 전에 마나 포션을 마실 여유가 있기에 조금은 회복될 것이다.

그리고 주변 사람들은 나와 테토의 격한 공방에 놀라고, 아직 다음 대결이 남았는데도 회복 마법을 쓴 것에 한 번 더 놀란다.

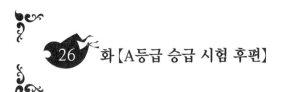

테토에게 이기고, 올킬전의 바통이 내게로 넘어왔다.

마나 포션을 마셨지만, 회복된 마력량은 일반 모험가의 마력량인 3,000마력으로, 벼락 마법 한 발 정도 양밖에 되지 않는다.

그리고 9번 드워프 모험가가 내 앞에 나타난다.

테토에게 쓴 《선더볼트》 같은 낙뢰 마법은 원래 복수 인원으로 토벌하는 랜드 드래곤용 벼락 마법이다.

A등급 승급 시험 수험자라고 해도 B등급 모험가가 단독으로 받아 내기에는 역부족이기에 다른 대결에서는 쓰지 말자.

일단은 결계를 치고 상황을 볼까 하는 생각을 하는데 상대 모험가가 달려들었다.

"마법사 주제에 먼저 공격하지도, 피하지도 않는다는 건, 나를 얕보는 건가!"

"그건 아닌데."

상대는 숙련도가 꽤 높은 【신체 강화(剛化)】를 사용하고 있다.

그러나 테토의 【신체 강화】의 위력을 가정하고 친 결계이기에 같은 【신체 강화】를 두른 일격이라도 주입된 마력과 고밀도 결계가 여유롭게 공격을 막아 낸다.

내리찍은 도끼가 내 눈앞에서 멈추고, 결계의 강도에 놀라면서도 상대는 몇 번이나 도끼를 세차게 내리쳤다.

하지만 전혀 깨질 기미가 안 보이는 결계에 내게서 거리를 두려 하지만——.

"늦었어. ——《스톤 월》, 《어스 바인드》."

"큭, 이런. ……졌다."

도망친 상대의 뒤로 흙벽을 세우고, 세운 흙벽에서 팔을 만들어 뻗어서 몸을 붙잡는다.

살상력은 《선더볼트》으로 이미 보여 주었다.

상대의 공격으로부터 몸을 보호하는 결계의 방어력과 비행 마법을 이용한 회피력, 그리고 테토에게 쓴 회복 마법——. 이번에는 상대를 무력화하여 구속하는 포박력을 보였다.

모험가 길드에는 약초 등의 소재를 정갈하게 납품하고 있으므로 채취 능력은 문제없다.

이제 A등급으로 올라가기 위해서 무엇이 필요한지 고민하는데 10번 모험가가 들어왔다.

그 사람도 다른 마법사와 같은 것 같다.

마력량도 많고 2만 마력은 넘지 않을까 싶다.

"그토록 다양한 마법을 쓸 수 있는 당신에게 경의를 표하며, 내 필살기를 보여 주마!"

사방팔방에서 닥치는 화염탄 폭풍.

그걸 하나씩 결계로 감싸서 안쪽에서 쥐어 으스러트리듯 제압한다.

예전에 들이닥친 습격자에게 대처하면서 쓴 방법인데, 그때

보다【마력 제어】스킬 레벨이 오른 덕분에 순조롭게 막을 수 있었다.

"——항복한다."

이어서 11번의 창잡이 모험가는【신체 강화(剛化)】를 사용한 가속과 창끝에 힘을 실어 일격 돌파를 노린다.

그에 맞서 다중 결계를 쳐 방어하려 했더니, 결계가 세 장까지 깨진 것에 놀랐다. 창잡이 모험가도 일격 돌파 공격이 막혀서 서로 놀란다.

이내 창잡이 모험가가 재차 돌격해 일격 돌파를 노리지만, 나는 기세를 타지 않게 끊임없이 마법을 쏘아 대고, 또 직선 진로에 장애물 등을 만들어 방해한다.

창잡이 모험가가 마법 탄막 공격을 맞고 움직임이 둔해졌을 때 땅의 마법으로 붙잡았다.

12번 모험가는 다른 마법사에 대한 대책으로 마법 봉인 마도구를 가져온 모양이다.

"이제 당신은 마법을 못 쓸 테지!"

"희귀한 마도구를 가지고 있네."

마법 봉인의 원리는 마력 방해이다.

마법을 구축하는 마력을 외부에서 다른 마력의 파장을 쏘아서 저해한다.

짐승 계열 마물이 쓰는 마력을 담은 포효는, 이와 비슷하게 마법 교란 효과를 지니고 있다.

그러나 그것도 상정하여 제어 능력을 높였기에 마법이 발동되는 게 조금 늦는다 싶은 정도다.

애초에 마력량이 많은 나는, 마력량으로 밀어붙여서 마법을 성립시킬 수도 있다.

하지만 이번에는——.

"나도, 대책 정도는 생각해 뒀단 말이지!"

"뭐야, 마법사가 아니었냐!"

단숨에 접근해 지팡이로 가격한다.

이번 마법 봉인의 원리는 마법사의 체외로 방출되는 마력을 방해하는 것이라서 체내 마력에는 작용하지 않는다.

그래서 테토와 비교하면 숙련도는 떨어지지만, 【신체 강화(剛化)】를 활용한 접근전도 못 하는 건 아니다.

"일단은 모험가니까. 나를 지키기 위해서는 다소 접근 전투를 할 수 있어야지!"

나는 작은 몸집으로 상대의 공격을 피하고 지팡이와 주먹으로 때리거나 발차기로 응전했다.

참고로 마법사들이 죄수에게 쓰는 구속구는 마력을 흡수하는 【흡마】 마도구도 병용한다.

이 방법은 체내 마력을 강제로 빨아내어 구속구 강화에 사용하므로 마법을 쓸 수 없으며 신체 강화도 할 수 없는 데다 구속구를 파괴하기도 힘들어진다고 한다.

그런 걸 생각하면서 5분 정도 상대 모험가와 공격을 주고받는 척하다가 마지막에는 품으로 파고들어 지팡이 끝을 복부에 꽂으니, 상대가 그 자리에서 무너져 내린다.

"어때, 내 근접 전투 능력은 이 정도야."

마법을 주로 쓰긴 하지만, 접근전도 가능한 나를 어떻게 공격해야 좋을지 몰라 다른 모험가들이 당황해하는 모습이 보인다.

"마녀님, 굉장해요. 멋져요!"

테토가 내게 성원을 보내며 자랑스러워하듯 가슴을 편 모습을 보고 못 말린다는 듯 웃는다.

"엄마는, 역시 대단해⋯⋯."

내 활약을 기뻐하는 셀레네를 힐끗 보고, 셀레네에게 좋은 모습을 보여 준 것에 안도한다.

"──타, 타임! 잠시 휴식을 요구한다."

13번부터 16번까지의 모험가들이 옹기종기 모여서 즉흥적으로 작전을 세운다.

올킬전 두 번째 바퀴에서 좋은 평가를 받아 A등급 모험가로 승격하기 위해서 월등히 강한 내게 이길 작전을 세우는 것이다.

그 후, 네 명의 모험가들은 서로 역할을 정하고 다양한 방법으로 내 마력을 소모해 결계의 방어를 뚫으려 했지만, 다 소용없었다.

그래도 그들의 노력으로 내 마력이 2만 마력 정도밖에 안 남은 걸 생각하면 아무리 마력량이 커도 집중포화 공격을 당하면 마력이 소진돼, 질 수도 있을 것이다.

그리고 올킬전 두 번째 바퀴가 시작되고──.

"첫 전투에서 부상을 당해서, 기권하겠습니다."

"아, 그래⋯⋯."

1번 모험가의 기권으로 두 번째 바퀴 첫 대전이 끝난다.

일단은 치료사가 모험가 길드에 파견을 나와 있는데 그 사람으로도 안 낫는다는 건 상당한 중상일지도 모른다.

그렇게 되면 다음 상대는――.

"마법 좀 쓸 줄 안다고 애송이가 허세 부리면 못쓰지."

"허세 부리는 것도 아니고 이래 봬도 스무 살이 넘어서 애송이로 불릴 나이는 아니야."

"네 놈처럼 마력도 전혀 안 느껴지는 애송이가 실력이 뛰어날 리가 없어!"

조금 전까지 기절해 있었던 2번 불량 모험가가 짜증을 내며 나에게 덤벼든다.

내가 방대한 마력을 군더더기 없이 제어하는 데다 결계까지 치고 있어서 마력량을 느끼기 어렵기는 하다.

하지만 다른 모험가들이 나를 얕보지 않았던 이유는 내 마력량이 얼마나 되는지 몰랐기 때문이다.

그래서 전원이 진심으로 공격한 것이다.

오히려 테토와 싸우다 기절해서 내 전투를 못 봤다고는 해도 현재 내 상태를 느끼지 못한다는 건, 본인의 마력 감지 능력이 낮다는 건데 알고는 있는 걸까.

어지간히 본인의 강한 실력에 자신이……. 아니, 고유 스킬만 믿고 교만하게 구는 것 같다.

"내 실력이야. 테토한테 져 놓고 잘도 짖네?"

"앙?! 네 놈도 이 몸을 무시하는 거냐?! 이 마검, '절육'을 가진 록 님으으을!"

마력을 방출하여 위압해 오지만, 산들바람으로밖에 안 느껴진다.

이 정도로는 던전에서 싸운 롱 윔이 더 위협적이다.

"좋아. 작년에는 욱해서 나도 모르게 죽여 버려서 승급 시험을 놓쳤지만, 올해는 안 죽인다! 대신, 다신 평범하게 못 사는 몸으로 만들어 주마!"

"……저열하기는."

내 결계에 대검을 내려치고 돌진한다.

테토를 제외하면 오늘 싸운 모험가 중에서 가장 공격력이 안정적이다.

하지만 일격 돌파를 노렸던 창잡이를 뛰어넘을 만한 순간 화력이 없기에 내 결계는 깨질 기미도 안 보인다.

'——몸이 단단해 보여. 적당히 하면, 계속 덤빌 것 같아.'

마음속으로 어떻게 쓰러뜨려야 하나 고민하는데 내가 손쓸 엄두도 못 낸다고 착각한 거한의 모험가가 도발해 온다.

"왜 그러냐! 이 몸한테 쪽도 못 쓰겠나 보지?!"

그러다 문득 이 단단한 몸을 가진 상대에게 실험을 해 보기로 했다.

"어디…… 이거로 해야겠다. ——《프리즈 워터》."

내가 마법을 발동시킨다.

그냥 물 공을 여러 개 띄워 거한의 모험가에게 발사한다.

"하, 그딴 빈약한 물의 마법이 먹힐 것 같아?! 아, 차가워!"

대검으로 베어, 촤악 부서져 바닥으로 떨어진 물 공의 물은 발치에 퍼지지만, 남자의 몸으로 튄 물은 순간적으로 얼어붙는다.

"단순히 상대의 체온을 뺏는 게 목적인 마법이야. 어때?"

잇달아 만들어 낸 물 공은 과냉각수로 구성된 0도 이하의 물이다.

마법으로 만들어서 어딘가에 닿기 전까지는 물로 유지되지만, 맞으면 순간적으로 순식간에 얼어붙는 물이 계속해서 겹쳐 거한의 모험가를 뒤덮는 큰 얼음덩어리가 된다.

"이 새끼가아악!"

그러나 상대도 숙달된 모험가다.

【신체 강화】로 강제로 몸의 근육에서 열량을 만들어 얼음을 녹이려 하는데——.

"——《브리즈》."

산들바람이 녹은 얼음의 수분을 날려 기화열로 더욱더 체온을 빼앗는다.

그리고 또 과냉각수 물 공을 맞아, 거한의 모험가의 체온이 뚝뚝 떨어진다.

이가 덜덜, 딱딱 맞부딪히며 떨리고, 검을 쥔 손도 굳어서 검을 제대로 움켜쥘 수 없다.

이 자리에 있는 다른 사람들은 다양한 반응을 보인다.

"이렇게 싸워도 되는 거야? 모험가로서, 전사로서의 긍지가 없나?!"

"이게 A등급 모험가가 될 자의 전투라고? 한계가 안 보여."

"마법은 지식량에 따라 좌우된다고들 하는데 벼락을 내리는 대마법도 쓰면서 저런 하급 마법으로 B등급 모험가를 제압할 줄이야. 무시무시하군."

"저 모험가는 확정이군. 실제로 공격력만큼은 A등급 수준인 록을 가지고 놀고 있어."

그런 말소리가 들리는 와중, 나는 대전 상대인 거한의 모험가에게 항복을 권유한다.

"항복할래? 이대로 있으면 죽을 거야."

"이 자식, 뭘, 한 거냐! 이 몸에게는…… 마법 내성이 있단 말이다!"

"그냥 생리 현상이야. 스킬로 마법 공격은 막아도 환경 변화는 막을 수 없으니까."

기합으로 팔을 휘두르지만, 혈액 순환이 잘 안되는지 움직임이 둔하고 위력이 실리지 않는다.

저체온증은 목숨까지 뺏을 수 있으니, 이쯤에서 포기하게 만들자.

"항복해."

"절대…… 안 해!"

"그래……. 그럼, 다시 한번 말하지. 항복해!"

지금까지 억누르고 있던 마력을 방출하여 위압한다.

B등급 모험가들과 연달아 싸우느라 마력이 꽤 줄었지만, 그래도 궁정 마술사 수준의 마력은 남아 있어, 남은 마력을 전부 위압으로 돌린다.

한 번 마력을 방출하는 양에는 한계가 있지만, 【신체 강화】의 응용으로 체내에서 밀도를 높인 마력으로 하는 위압은 추위와는 별개의 본능적인 공포를 불러일으킨다. 거한의 남자가 떨기 시작한다.

게다가 마력 위압에 지향성을 부여했기에 다른 사람은 못 느낀다.

거한의 모험가는 마력에 의한 위압으로 두려움에 항복하기 전에, 눈을 부라리며 기절하는 본능을 택한 모양이다.

"아……. 너무 과했나. 당장 치료해 줘."

마법을 해제하여 체온을 원래대로 돌려 따뜻하게 해 주지만, 그래도 피부가 동상 증세를 보여서 포션도 끼얹는다.

이거로 실력의 차이를 이해해 준다면, 편할 텐데.

그리하여 A등급 승급 전투는 다시 세 번째 순서인 테토와의 대결이 돌아왔는데——.

"테토는, 마녀님과 싸우지 않을 거라서 항복이에요."

긴장감 따위는 없는 항복.

그리고 첫 번째 바퀴에서 라필리아를 제외한 4번부터 7번까지의 모험가들과도 모의 전투를 했는데 다들 지금까지의 내 전투를 보고 항복했다.

마지막으로 라필리아만이 도전한다고 해서 싸웠다.

"받아라아아아앗!"

테토에게 쏜 것과 같은 정령 마법을 부여한 화살 연사 공격이 내 결계에 꽂힌다.

마력 치트인 마녀가 되었습니다 ~창조 마법으로 자유로운 이세계 생활~ 3

게다가 테토와 싸웠을 때처럼 다양한 각도가 아니라, 한 곳만 노린 다중 폭파로 인해 결계에 금이 가는 것을 느꼈다.

그를 기점으로 결계가 점차 깨져 가고, 그 위력은 테토가【신체 강화】에 실은 투석에 필적한다.

또한 연이은 대전으로 인한 마력 감소로 결계를 유지하기가 어렵다고 판단해──.

"──남은 마력이 얼마 없어서 기권하겠어."

"어? 설마, 나…… 이긴 거야? 아니, 잠깐만, 치세! 너,【마정석】에 저장해 둔 마력이 있잖아!"

한번, 알사스 씨의 성검을【창조 마법】으로 창조할 때, 부족한 마력을【마정석】에서 끌어온 것을 본 적이 있어서 지적하는 라필리아.

이 승급 시험에서는 도구 지참도 가능하기에【마정석】도 써도 되기는 하지만…….

"그래도 피곤하단 말이야. 그리고 결계가 몇 장이나 깨진 건, 나름대로 충격이라고."

테토 말고는 단 한 번도 손상된 적이 없는 결계인데, 오늘 하루에만 라필리아와 창잡이 모험가 두 사람이 깨트린 탓에 정신적 충격이 커서 의욕이 솟지 않는다.

게다가 마력을 너무 많이 써서 좀 피곤하다.

평소에는【마정석】에 조금이라도 마력을 채우기 위해서 방출하지만, 그것과 마법을 쓰는 건 감각이 달라서 이제 그만 쉬고 싶다.

그 뒤에 남은 라필리아가 올킬전을 속행했고, 이리하여 나와 테토의 이스체어 왕국에서의 A등급 승급 시험이 끝났다.

A등급 승급 시험이 끝나고 심사를 시작했다.

내가 기권한 후, 엘프 라필리아가 다른 모험가와 올킬전을 이어 나갔다.

라필리아와 창잡이 모험가의 한판은 화려한 마법과 창술의 응수로 매우 볼 만한 가치가 있었다.

나와 테토의 전투 방식은 밋밋하고 담백한 작업 느낌이 강해서, 그런 의미에서는 상급 모험가다운 전투를 한 두 사람이었다.

1번과 2번 모험가가 전투를 속행하는 게 불가능한 가운데, 라필리아는 한 번 실력이 노출된 두 번째 바퀴를 도는 모험가를 상대로 선전하여 7연승을 거두었다.

그 후, 다른 모험가의 전투가 계속됐지만, 대부분 테토에게 막혀 연승을 거두지 못해서 정신을 차리니, 하루 만에 승급 시험이 끝나 버렸다.

셀레네는 이미 돌아갔지만, 길드에 있는 기사가 나중에 결과를 전해 줄지도 모른다.

그렇게 저녁쯤이 되어서야 결과 발표가 났다.

"이번 승급 시험의 A등급 승급자는, ──치세, 테토."

올킬전의 승리 횟수로 보면 타당한 결과다.

그리고 마지막 한 사람.

"——그리고, 라필리아."

"어? 거짓말! 나는, 테토한테 지고 치세는 양보해 줘서 거저 이긴 건데!"

라필리아의 말대로 테토에게는 지고 나와의 대결에서는 필살 공격을 막혔지만, 마력의 얼마 안 남아서 내가 기권했다.

"요 몇 년간의 능력치 향상 폭을 확인했어. 그리고 마지막에 치세 공에게 도전한 기개와 순간적인 능력은, A등급으로서도 해 나갈 수 있다고 판단했다. 좋은 동료를 만난다면, 어떠한 곤란도 이겨 낼 수 있으리라고 본다."

"……네. 치세와 테토처럼, 앞으로도 정진하겠습니다."

머리를 깊이 숙이는 라필리아는 A등급으로 승격하긴 했지만, 턱걸이로 통과 점수를 받았다고 한다.

목표로 해야 하는 건 A등급 내에서도 통하는 강인함인 듯하다.

그렇지만 그 정령 마법을 부여한 화살의 속사 공격은 이전에 싸운 A등급에 필적하는 머리 다섯 개 휴드라 상대로도 충분히 통할 위력이라고 본다.

"자, 그러면 돌아갈까."

"네."

길드 카드를 갱신한 나와 테토가 장을 본 뒤에 전이문으로 【허무의 황야】로 돌아오니, 셀레네가 먼저 와서 기다리고 있었다.

"엄마, 테토 언니, A등급으로 승격한 거, 축하해!"

"셀레네, 다녀왔어. 열심히 했어."

"다녀왔어요~."

먼저 돌아와 있던 셀레네에게 승격 축하를 받는데 집에는 셀레네 말고도 손님이 와 있었다.

"국왕? 거기다 재상에 기사단장까지."

"아버지가 엄마한테 할 이야기가 있으시대……."

"그래……."

무슨 이야기일까 생각하면서 앉으라고 한 뒤, 마주 앉는다.

"먼저, A등급으로 승격한 것을 축하하네. 우리나라에서도 쉰 명이 안 되는 귀중한 인재로군."

"그건, 많다고 봐야 할지 적다고 봐야 할지 생각이 많아지네."

쉰 명이라고 해도 실제로 모험가로서 활동하는 사람은 그 절반 정도다.

나머지는 은퇴해서 길드의 관리직으로 취임하거나 나라에 스카우트되어 기사를 하기도 하고 다양하다고 한다.

그 밖에도 실력은 A등급에 버금간다는 게 강함의 한 기준인 듯하다.

"기사와 궁정 마술사 중의 극소수도 A등급 모험가와 맞먹는 실력을 지니고 있고, 이스체어 왕국의 기사단장을 맡고 있는 롤랜드도 그중 한 명이지."

그렇게 생각하면 국가 최대의 전력이 집중되는 왕성에도 열 명에서 스무 명은 있으리라.

"그래서, 막 A등급이 된 우리에게 무슨 용건이야?"

"단도직입적으로 말하겠네. 나를 위해 일할 마음은 없나?"

A등급 모험가는 국가 전력에도 필적하기에 국가가 스카우트하는 이유도 모르는 건 아니다.

 "거절할게. 나는, 왕족에 대한 충성심 같은 게 없어."

 대놓고 솔직한 나의 거절에 재상과 기사단장이 난감한 듯한 표정을 짓는다.

 다만, 여지도 없는 내 대답이 마음에 들었는지 국왕이 웃는다.

 "아하하, 역시나. 바이에르, 롤랜드, 자네들이 졌네."

 "네. 폐하께서 말씀하신 그대로군요."

 듣자니, 재상과 기사단장과 내기를 했나 보다.

 우리가 왕가를 위해 일할지, 하지 않을지.

 뭐, 보아하니 결과는 일하지 않는다 쪽에 건 국왕이 이긴 것 같다.

 "그거 물어보려고 온 거야?"

 "그런 건 아니야. 국가로서는 유망한 인재를 확보하기 위해 한 번은 교섭해야 하거든. 본론과는 별개일세."

 말을 한 번 끊은 국왕이 우리를 똑바로 마주 본다.

 "A등급 모험가로 승격한 치세 공과 테토 공이, 셀레네의 호위로서 왕가의 묘에 동행하고 셀레네의 피로연을 겸한 사교계에도 은밀히 호위로 참가해 줬으면 하네."

 국왕의 제안에 나는 놀라 눈이 커지고, 조용히 묻는다.

 "무슨 일 있었어?"

 "실은, 악마 교단의 잔당이 움직이기 시작한 듯해."

 "……그 사람들, 셀레네의 엄마를 습격한 사람들이에요."

악마 교단이란, 악마를 몸에 빙의시켜 능력을 강화하는 주술을 쓰는 비밀 결사란다.

이미 국왕의 명령으로 괴멸되었다고 들었는데…….

"내가 교단의 괴멸을 지시했지만, 일부는 은신하여 셀레네를 다시 노리려 하고 있어. 게다가 녀석들은 대악마 소환과 함께 국왕인 내게 복수하는 게 목적일 거야."

"……엄마."

불안한 듯 망토를 쥐는 셀레네의 손에 내 손을 겹치고 안심시키듯이 말한다.

"괜찮아. 셀레네가 걱정하는 일은 일어나지 않아. 내가 무슨 일이 있어도 지킬 테니까."

"테토도 언니로서, 셀레네를 지킬 거예요!"

나와 테토가 달래자, 셀레네가 조금은 안정된다.

"그리고 셀레네가 예쁘게 차려입은 모습을 볼 수 있어서 좋은걸."

"엄마도 참……."

볼을 불룩 부풀리는 셀레네를 보고 나와 테토가 웃는데, 우리 사이에 끼지 못하는 국왕이 부러워하는 눈빛으로 쳐다본다.

"큼……. 그러면 호위를 맡아 주는 거로 알지. 치세 공과 테토 공은 10년도 더 전에 고아원을 구제하기 위해서 제약과 제지 사업을 교회에 전수한 모험가로서 사교계 초대장을 보내도록 하겠네. 거기다 A등급 모험가이니, 사교계에 참가할 자격은 충분해."

목을 가다듬은 국왕이 사교계에 초대하는 이유를 말한다.

우리가 구경거리가 되는 건 싫지만, 셀레네를 지키기 위해서니까 감수할 것이다.

또한 교회 일 관계로는 이미 추기경과도 사전 교섭을 한 모양이다.

하지만 나는 셀레네의 엄마이자, 그와 동시에 모험가이기도 하다.

"그래서 비밀 호위를 맡는 보수는?"

일단은 A등급 모험가에게 의뢰하는 것이니, 무상으로 움직일 수는 없다.

"자네들에게 지불할 보수는 대금화 열 닢이네. 결과에 따라서는 더 쳐주기로 하지. 그리고 전에 얘기한 토지 소유권에 관한 계약도 이행하도록 하고."

A등급 모험가의 호위 의뢰로서는 타당한 금액이리라.

성묘와 사교계 호위 의뢰를 요청하긴 했지만, 성묘 쪽은 오히려 우리와 셀레네의 사정을 고려한 배려이고 진짜 의뢰는 사교계 호위다.

게다가 셀레네가 왕족으로서 참가하는 피로연이 무사히 끝나면, 【허무의 황야】의 소유권을 인정받을 수 있다.

그렇게 셀레네의 호위 요청에 관한 이야기가 마무리되자, 셀레네는 나와 테토가 호위로서 옆에 있을 수 있다는 것에 기뻐한다.

"엄마와 테토 언니의 드레스 차림, 기대할게!"

"아, 그러네……. 드레스, 뭐 입을지 생각해야겠다……."

셀레네를 공개하는 사교계에 참가하기 위해 여러모로 준비해야 한다는 걸 깨닫는다.

먼저, 사교계에는 평소 쓰고 걸치던 삼각 모자와 검은 망토, 그리고 지팡이는 가지고 들어갈 수 없다.

그러니 사교계에 알맞은 복장을 마련해야 한다.

"어쩌지……."

"마녀님은 뭘 입어도 귀여워요~."

"나뿐만 아니라 테토도 입는 거야."

테토는 평소에 가죽 갑옷을 입지만, 이번에는 사교계용 드레스를 준비해야 한다.

예절은 왕도의 교회에서 신세를 졌을 때, 귀족 출신 수녀에게 임시변통이지만, 최저한의 예절은 배워 두었다.

나도, 테토도 사교계에서 잠자코 있으면 문제없을 테니까 모험가라며 눈감아 줄 수 있을 정도만 기대하기로 하자.

"평상시에는 셀레네의 호위를 기사들이 맡으니, 치세 공과 테토 공은 손님으로서 왕궁에 머물러 주게. 그때, 드레스를 맞춰 줄 의상 재봉사를 우리 쪽에서 준비하겠네."

물론 드레스를 맞추는 비용과 예절을 배울 강사의 임금은 의뢰 필요 경비로서 내 줄 셈인 듯하다.

국왕의 배려에 고마워하며 국왕 일행이 돌아간 뒤, 오늘의 반성회를 열었다.

"승급 시험 때 반성한 점도 보완해야지……."

내가 아무리 10만 마력을 가진 불로의 몸이라고 해도 그 마력을 완전히 사용하지 못하고, 순간적인 화력에 결계가 뚫려 다칠 가능성과 예상보다 더 많은 마력을 소비할 가능성이 있다는 것을 깨달았다.

"사교계에 갖고 갈 수 있는 대용량 【마정석】 액세서리를 마련해야겠어."

오늘 하루를 반성하면서도 이제 거리낌 없이 셀레네의 호위로서 곁에 있을 수 있음에 테토와 셀레네와 함께 기뻐했다.

SIDE: B등급 모험가 【절육】의 록

"아아, 빌어먹을! 짜증 나."

【절육】의 록이라 불리는 모험가가 술집에서 도수가 센 술을 단숨에 들이켜면서 욕지거리를 뱉는다.

욕지거리의 대상은 A등급 승급 시험에서 싸운 두 명의 여성 모험가다.

한 명은 테토인지 뭔지 하는 멍청해 보이는 여성 모험가다.

가볍게 해치울 수 있을 줄 알았던 록은 막상막하…… 아니, 완벽하게 힘이 달려서 졌다.

원래부터 【신체 강화】와 고유 스킬을 조합한 기술로 단련도 별로 하지 않고 B등급 모험가까지 올라온 터라 자신이 왜 졌는지 알지도 못한 채, 술집에서 주정을 부리고 있다.

그다음에 싸운 건 애 같은 마법사다.

새침한 얼굴로 결계를 쳐 공격을 막고, D등급 모험가나 쓸 법

한 물의 마법과 바람의 마법을 써서 저체온증으로 몰아넣었다.

록 본인은 저체온증 등의 지식이 없어, 저주 같은 비겁한 수를 썼다고 믿어 의심치 않았다. 그리고 정신을 차리고 보니, 기절하여 영문도 모르는 사이에 승급 시험이 끝나 있었다.

그 결과, 록은 올해도 승급 시험에서 낙방한 것도 모자라 머리에 피도 안 마른 여자애들에게 진, 겉만 번지르르한 놈이라며 비웃음당하는 처지가 되었다.

"아아, 열 받아. 몸도 가려워. 젠장! 술이나 마시자! 술!"

치세의 마법으로 동상에 걸려 몸이 가렵고 변색된 피부를 긁으며 더더욱 술을 퍼마신다.

설사 술에 취했어도 B등급 모험가가 날뛰면 맥도 못 쓰기에 점원은 마지못해 술을 내어 준다.

"어이쿠, 꽤나 속이 쓰리신가 봅니다. 【절육】의 록 씨."

"앙? 이 몸은 지금 기분이 매우 언짢다. 말 걸지 마, 형씨."

신사복을 입고 수상쩍은 미소를 짓는 남성을 흘끗 본 록은, 다시 술을 들이켰다.

그런데 그런 그에게 신사가 여전히 수상하게 미소 지으면서 말을 걸어 온다.

"당신에게 의뢰하고 싶습니다. 모쪼록, 협력해 주시지 않겠습니까?"

"하, 지금은 그럴 기분이 아니야."

"자, 자, 그런 말씀 마시고——."

"닥쳐! 죽여 버린다!"

록이 말보다 주먹이 먼저 나가 휘둘렀지만, 호리호리한 몸을 한 신사는, 수상쩍은 미소를 지은 채 록의 주먹을 가볍게 막았다.

"뭐야?!"

"멋진 주먹이군요. 하지만 그런데도 졌죠."

"쳇, 무슨 말이 하고 싶은 건데! 너 뭐 하는 놈이야?!"

"힘을, 갖고 싶지 않으십니까? 당신을 업신여긴 두 사람을 무릎 꿇릴 압도적인 힘이……."

씨익, 끈적거리게 웃는 신사가 꺼림칙해 술집 점원은 무서워 도망쳤지만, 록은 묘한 매력을 느꼈다.

"당신이 의뢰를 맡기만 하면, 원하는 걸 손에 넣을 수 있습니다. ──압도적인 힘과 복수할 기회를 말이지요."

"재미있군, 얘기를 들어 보지."

그렇게 수상스럽게 웃는 신사는 록을 데리고 밤의 어둠 속으로 사라졌다.

비밀리에 셀레네의 호위 임무 의뢰를 맡은 나와 테토는 손님으로 왕궁에 초대되었다.

그리고 우리를 위해 불려 온 의상실의 디자이너와 의논해서 드레스를 제작하게 되었는데——.

"엄마와 테토 언니하고 같이 드레스를 고를 수 있을 줄 알았는데……."

"이번 사교계는, 셀레네가 주인공이니까."

일개 모험가와 왕녀 셀레네가 같이 드레스를 고른다는 건 일반적으로 봤을 때 이상하기에 따로따로 결정하게 되었다.

게다가 셀레네와 함께 드레스를 골라 주는 건 이 나라의 왕비님들, 왕족 여성이다.

"셀레네? 왕비님들과 드레스 고르는 게, 즐겁지 않아?"

"즐거워. 그리고 아리아 왕비님이나 오라버니, 언니들이 나한테 되게 잘해 줘."

셀레네의 마음속에서 가족 관계가 변화하면서 갈피를 못 잡을 때도 많을 테지만, 조금씩 서로에게 다가서는 모양이다.

"같이 드레스는 못 고르지만, 당일에 셀레네의 모습을 기대할게."

"셀레네가 예쁘게 입은 모습이 기대돼요!"

"응! 좋았어! 열심히 고를게!"

셀레네와의 비밀 다과회를 마치고, 우리는 우리대로 의상실과 상담하여 드레스를 만들었다.

"마녀님, 귀여워요."

"테토도, 예뻐."

나는 연둣빛의 차분한 디자인의 드레스를 입었다.

검고 긴 생머리에 맞춰서 장신구는 은으로 통일했다.

그에 반해 테토는, 다갈색 피부에 맞춘 감색 드레스를 맞췄다.

동안에 아이 같은 테토치고는 어른스러운 배색과 소매가 없는 디자인이 눈길을 끈다.

테토의 피부색에 맞춰 금 액세서리도 준비해 달라고 하여 구매했다.

"그럼, 간다. ──《인챈트》!"

구매한 드레스와 액세서리에【부여 마법】으로 다양한 마법 효과를 부여한다.

나는 드레스에 방어 성능을 부여하고 액세서리의 보석 부분을 대용량【마정석】으로 바꾸었다.

테토의 드레스에는 방검 효과를 부여했고 준비한 팔찌에는 공간 마법을 부여하여 소형 마법 가방으로 만들었다.

평소에 쓰는 마법 가방과 달리 수납 용량은 작고 내부는 시간이 정상적으로 흐르지만, 언제든지 내 지팡이와 테토의 마검을 꺼낼 수 있도록 해 둔다.

우리 둘의 사교계용 의상에 부여 마법을 거는 데 50만 마력 정도를 소비했다.

그리고 사교계 준비가 얼추 끝나, 셀레네의 모친인 성녀 엘리제 님의 당월 기일을 겸해 예정되어 있던 왕가의 묘소를 국왕과 함께 방문하게 되었다.

"다들, 오늘 잘 부탁하네."

근엄한 표정의 국왕이 선두 마차에 타고 셀레네와 셀레네의 호위인 나와 테토가 후방 마차에 탔다. 그리고 그 주위를 말을 탄 기사들이 에워싸듯 호위한다.

이윽고 마차가 출발하고 왕도 교외에 지어진 왕가의 묘소로 향한다.

"지금 엘리제 어머니의 묘에 가는 거지."

그렇게 작게 중얼거린 셀레네가 마차의 창문으로 경치를 바라본다.

한 시간 정도 숲에 둘러싸인 길을 달려서 청결한 느낌이 물씬 풍기는 묘원에 도착했다.

잔디가 깔끔하게 밀려 있고 신분이 높은 사람들의 묘가 줄지어 있다.

정지한 마차에서 내려 묘원을 둘러보니, 신비한 분위기와 맑고 깨끗한 공기를 느낄 수 있었다.

마차에서 내린 국왕과 셀레네가 종자에게서 꽃다발을 건네받고는 뒤돌아 이야기한다.

"자네들은 여기서 기다리게. 나와 셀레네, 그리고 치세 공 일행만 조용히 가서 성묘하고 올 테니."

"하오나……."

"묘소가 소란스러우면 여기 잠들어 계시는 선조분들께 실례잖나. 게다가 이곳은 청정한 공간이야. 악마에 씐 자들이 들어올 틈 따위 없겠지."

"알겠습니다. 무슨 일 있으면, 바로 달려가겠습니다."

호위 기사의 말에 국왕이 고개를 끄덕한다.

오늘 호위를 맡은 기사들에게는 미리 우리와 셀레네의 사정을 설명해 뒀는지, 순순히 물러나 주었다.

"아버지……. 이 묘 전체가 왕가의 묘예요?"

"아니, 앞에 있는 묘에는 왕도에 사는 귀족들이 묘가 많아. 우리 왕족의 묘소는 좀 더 안쪽에 있지. 네 엄마도 거기에 잠들어 있단다."

"여기에 엄마가. 아니, 어머니께서……."

아직 말투 예절에 익숙지 않아서 정정하는 셀레네를 국왕이 사랑스럽다는 듯이 바라본다.

"지금은 다른 사람이 없으니, 셀레네가 편한 대로 말하려무나."

"네, 네……."

셀레네가 고개를 끄덕이고 손에 건네받은 꽃다발을 꽉 쥔다.

그리고 셀레네와 마찬가지로 꽃다발을 든 국왕이 셀레네 곁을 따르듯 걷고, 우리는 그 뒤를 따라갔다.

"마녀님. 여기는 아주 깨끗한 곳이에요."

"응. 아마 정화 마법이 상시 발동 중일 수도 있어."

망자의 육체와 감정은 고여 있는 마력에 쉽게 달라붙어서, 불사의 마물과 저주 등이 생겨난다.

그를 막기 위해 성직자가 영혼을 진정시키고 마력의 꿈과 부정을 정화 마법 등으로 정기적으로 제거하고 있으리라.

게다가 청정한 공간이 이렇게 넓다면 묘를 파헤쳐 망자의 신체 일부를 이용하려는 주술사나 악마 빙의자들은 본능적으로 접근할 수가 없을 것이다.

"셀레네, 이쪽이란다."

"네."

국왕과 나란히 걷는 셀레네의 뒷모습을 보니, 이미 내 키를 넘어서 있었다.

얼마 전까지는 자매처럼 보였는데 슬슬 외모 나이가 역전하는 것에 성장의 기쁨과 변하지 않는 나에게 쓸쓸함을 느낀다.

그렇게 국왕의 안내로 간 곳의 끝에는 세로로 기다란 석관 같은 묘가 있었다.

그 묘에 셀레네 모친의 이름이 새겨져 있는 걸 보아, 이 묘 속에 셀레네의 모친이 잠들어 있는 거겠지.

"여기에 엄마가……."

"당시에는 악마 교단이 엘리제의 시신까지 악마의 그릇으로 노리고 있었지. 시신이 이용당하지 않도록 화장했단다. 엘리제가 살아 있었다면, 자기에게는 너무 거창한 묘라고 불평했을 것 같구나."

자조하듯 하하 웃는 국왕의 모습에, 나도, 테토도, 셀레네도 분위기를 읽고 가만히 있는다.

"엘리제여, 오늘 날이 참 좋지. 그런 너를, 딸 셀레네와 셀레네를 길러 준 자들이 만나러 왔네."

"엄마, 안녕. 오늘은 날씨가 참 좋다. 그렇지?"

국왕이 묘 앞에 꽃다발을 놓자, 셀레네도 따라 하듯 꽃다발을 놓고 말을 건다.

"엘리제. 셀레네가 네 머리카락을 갖고 있으니 알고 있을지도 모르겠지만, 아주 많이 컸어."

"엄마, 오늘 있잖아. 치세 엄마하고 테토 언니도 함께 와 줬어. 그리고……."

철도 들기 전에 죽은 진짜 엄마의 묘를 향해서 밝은 목소리로 나와 테토에 관한 이야기와【허무의 황야】에서의 생활을 들려준다.

엘리제 님의 묘는 셀레네의 이야기를 듣듯이 고요하다.

한참 떠들던 셀레네가 갑자기 말이 없어지고 입을 닫고 만다.

"셀레네, 왜 그래?"

내가 뒤로 서 있는 셀레네에게 말을 걸자, 돌아본 셀레네가 난처한 듯 울상을 짓고 있다.

"역시, 나는 못된 아이야……."

"셀레네는 착한 아이야. 왜 못됐다고 생각해?"

"맞아요. 셀레네는, 못된 아이가 아니에요."

울먹거리는 셀레네가 고개를 붕붕 좌우로 저어서 부정한다.

"왜냐하면…… 엄마의 묘를 앞에 두고도 아무것도 안 느껴진단 말이야."

다른 사람에게 엘리제 님의 이야기를 들어도, 초상화로 얼굴을 보아도, 엄마의 머리카락과 엄마가 남겨 준 반지를 보아도 엄마라는 실감이 안 나는 모양이다.

셀레네가 쓸쓸하게 읊조린다.

"한 번만이라도 좋으니까, 엄마와 이야기하고 싶었어."

"……이해한다. 나도 엘리제를 한 번 더 만나서 얘기하고 싶구나."

셀레네의 말에 동의하며 국왕도 나지막이 말하는 와중, 내가 묘를 향해 한 발짝 내디딘다.

"셀레네, 정말로 엄마를 만나 보고 싶어?"

"어?"

"죽은 사람을 되살릴 수는 없지만, 아주 잠깐이라면 이야기를 나눌 수 있어."

내가 마법 가방에서 유령 수정 마도구와 엘리제 님의 머리카락을 꺼낸다.

"자네, 뭘 하는 건가. 그리고 그 도구들은 다 뭐지?"

"망자와의 교신에 쓰는 【잔혼(殘魂)의 수정】이란 마도구야. 이걸 쓰면, 셀레네의 모친과 아주 잠깐 대화할 수 있어."

"그런 일이 정말……. 아니, 그런 편리한 물건을 어디서……."

"이것도 【전이문】처럼 【허무의 황야】에서 발견한 마도구야."

사실은 【창조 마법】으로 창조한 마도구지만, 그렇게 말하니,

국왕이 납득하면서도 성능이 말도 안 된다는 듯 의심의 눈초리를 한다.

셀레네가 자신의 친엄마를 만나고 싶다고 할 날이 올 것 같아서 꽤 오래전에 만들어 두었다.

뭐, 망자와 대화할 수 있다고 해도 정확하게 말하면 시신과 유품에 남은 마력을 모아서 일시적으로 생전의 모습을 투영하는 게 이 마도구의 원리이다.

"머리카락에 남은 마력만을 매개로는 사용할 수 없지만, 묘라는 장소와 환경에서라면 어쩌면 아주 잠깐 이야기할 수 있을지도 몰라."

"만나고 싶어! 만나서 듣고 싶은 게 있어!"

"……나도 엘리제에게 하지 못한 말을 하고 싶네. 부탁해도 되겠나."

"응, 맡겨 줘."

셀레네와 국왕의 양보로 묘 앞에 서게 된 나는, 묘의 앞에 【잔혼의 수정】을 놓고 또 그 앞에 머리카락을 두었다.

"이 자리에 남은 성녀의 사념이여. 지금 여기, 유령 수정 아래로 모여, 일시적으로 모습을 얻으리라. ──《콜링》!"

마도구를 기동하기 위해 주문을 외고 【잔혼의 수정】에 마력을 담는다.

유령 수정에 마력을 얼마나 담느냐에 따라서 대상의 모습이 유지할 수 있는 시간이 바뀌기에 되도록 많은 마력을 주입한다.

그리고 하얀 빛을 발하기 시작한 유령 수정이 묘석과 머리카락에서 짙은 녹색 마력을 흡수하고 셀레네 모친의 영체가 나타났다.

「음……. 여긴, 나는 분명 죽었는데.」

묘 앞에서 눈뜬 셀레네의 모친이 자신의 반투명한 몸을 보고 눈앞에 있는 우리를 내려다보면서 의아한 듯 작게 고개를 갸웃한다.

내가 그런 셀레네의 모친에게서 거리를 두니, 나와 교대하듯 다가간 국왕이 중얼거린다.

"엘리제……. 엘리제!"

뜨는 몸으로 살짝 내려온 셀레네의 모친을 국왕이 끌어안으려 하지만, 몸을 통과하고 만다.

「알버드 님? 저, 아무래도 먼저 죽은 것 같아요. 미안해요.」

슬픈 듯 눈을 내리뜨는 셀레네의 모친에게 국왕이 눈물을 참으며 소리친다.

"미안해하지 마. 오히려 너를 못 지킨 나를 원망하도록 해!"

「원망하지 않을 거예요. 사랑해요. 그래서, 셀레네는 어디 있어요? 우리의 소중한 아이는 어떻게 됐죠?」

영체가 되어 존재하는 상황을 이해하고 생전의 기억을 조금씩 떠올리기 시작한 셀레네의 모친이 셀레네를 찾는다.

그리고 자신과 닮은 머리 색을 가진 소녀를 발견하고 눈이 휘둥그레진다.

"엄, 마?"

「……셀레네? 셀레네리르니? 아아, 정말 많이 컸구나!」

죽는 순간에는 갓난아기였던 아이가, 영체가 되어 눈뜨니 열한 살의 소녀가 되어 있던 것이다.

그리고 자기 딸임을 알아차린 셀레네의 모친이 셀레네에게 손을 뻗지만, 국왕이 끌어안으려 했을 때와 마찬가지로 만지지는 못하고 그대로 통과한다.

「셀레네. 다행이야, 무사해서. 나의 소중한 셀레네…….」

"저기 있는 치세 공과 테토 공이 보호하면서 키워 줬어."

「고마워요, 셀레네를 지켜 주어서. 그리고, 훌륭하게 자란 모습을 다시 한번 보여 줘서, 정말 고마워요.」

만질 수 없다는 걸 안 셀레네의 모친이 그래도 꽉 껴안듯이 셀레네 몸에 팔을 둘러 머리를 쓰다듬는 동작을 한다.

그리고 국왕이 우리를 소개하자, 셀레네 모친의 영체가 기쁜 듯이 웃는다.

「근데, 신기하네요. 제가 죽기 전에 셀레네를 맡긴 당신들은 모습이 안 변했는데, 셀레네는 성장하다니. 알버드 님도 차분하고 근사해졌어요. 꿈꾸는 것 같아요.」

사실, 셀레네 모친의 영체는 덧없는 꿈 같은 존재다.

내가 【잔혼의 수정】에 담은 마력으로 모친의 영체를 유지하고 있지만, 사망한 지 10년도 더 되어서 오래 존재할 수는 없다.

"엄마?! 몸이!"

「어머나…….」

막 재회해서 이야기하고 싶은 게 산더미처럼 있겠지.

하지만 마도구로 불러낸 셀레네 모친의 영체는 대화를 오래 나눌 시간이 남지 않은 모양이다.

「셀레네, 정말 많이 컸구나. 엄마는, 이제 명부신 로리엘 님의 곁으로 가야 할 것 같아.」

"안 돼! 엄마랑 더 얘기하고 싶은데!"

매달리는 셀레네를 사랑스럽게 쳐다본다.

「고마워. 하지만 엄마는 이미 이 세상에 사는 존재가 아니니까 여기 있으면 안 돼. 아리아 왕비님은 분명 셀레네와 사이좋게 지내 주실 거야. 알버드 님, 모쪼록 다른 왕비님들과 함께 셀레네를 부탁드릴게요.」

"그래, 나만 믿어! 아리아와 두 왕비도, 아이들도 셀레네를 잘 대해 줘!"

눈물을 흘리면서 밝게 웃는 얼굴로 말하는 국왕에게 셀레네의 모친이 웃긴 듯이 웃으니, 셀레네도 웃는 얼굴로 배웅하려고 따라 웃는다.

"엄마! 얼마 전에 아리아 님하고 사교계 드레스를 골랐어! 보여 주고 싶었는데!"

「아아, 셀레네가 드레스를 입은 모습을 보고 싶었어. 그리고 알버드 님은, 제가 죽고 난 뒤에도 비를 한 분 더 들이셨죠. 여전히, 사랑이 많으시네요.」

그리고 마지막으로——.

「셀레네, 그리고 알버드 님. ——사랑해요. 과거에도, 그리고 앞으로도…….」

공기에 녹아들 듯이 셀레네 모친의 영체가 사라지고 바람에

날아가듯 마력의 잔재가 퍼져 흘러간다.

묘소에 고요함만이 남은 가운데, 셀레네는 허리를 펴고 공중을 바라보고 국왕은 조용히 눈물을 흘린다.

"……셀레네, 더 오래 얘기하게 해 주고 싶었는데, 미안해. 모습을 조금밖에 못 보여 줘서."

"테토도 셀레네의 여러 가지를 전하고 싶었어요."

나와 테토가 셀레네를 뒤에서 껴안으면서 그렇게 말하는데 셀레네가 미소를 지으면서 고개를 젓는다.

"아니야. 엄마에게 듣고 싶었던 말을 들었는걸. 그러니까, 괜찮아."

셀레네가 듣고 싶은 것── 셀레네의 모친이 마지막으로 남긴 말은, 수천 마디를 주고받는 것보다 확실한 애정이 담겨 셀레네와 국왕의 마음에 깃들었으리라 생각한다.

그리고 눈물을 닦고 평상시의 모습으로 돌아온 국왕은, 셀레네와 우리를 데리고 호위들이 기다리는 마차로 돌아왔다.

그때의 두 사람의 뒷모습은, 성묘했을 때보다도 한 아름은 커진 듯하게 보였다.

이렇게 셀레네는 성묘를 마쳤다.

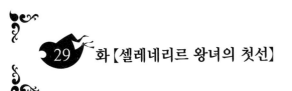

셀레네를 처음으로 선보일 사교계가 열릴 때까지, 나는 국왕의 재량으로 왕궁 서고에 틀어박혔고 테토는 왕궁 기사들의 훈련에 참여했다.

기사들의 훈련으로 테토는 국왕과 함께 있던 기사단장 롤랜드 씨와 고도의 연무를 펼치면서 다른 기사들의 눈길을 끌었다.

나는 왕궁 서고에 틀어박힌 궁정 마술사 할아버지와 마법 이야기를 하며 지냈다.

나를 손녀처럼 생각해 차와 과자를 들고 와 주는 게 조금 부끄럽지만, 마력이 많아서 명이 긴 궁정 마술사의 경험담을 듣는 건 재미있었다.

"악마란, 정령과 같은 마력 생명체의 일종이란다."

"그렇군요. 정령은 관장하는 것의 힘을 발휘하는데 악마는 무엇을 관장하나요?"

"그건 천차만별이야. 정령이 대자연의 마력으로부터 태어난다면 악마는 인간 세상에 태어나는 존재가 바탕이 되지."

인간의 선한 감정이 모이거나 신들이 첫눈에 반한 인간의 영혼이, 사후에 영령(英靈)이나 천사 등이 된다고 한다.

그에 반해 악한 인간의 영혼과 좋지 못한 감정이 모여 악마가 된다고.

"전문적인 이야기를 하자면 더 어렵지만, 대략적으로는 그런 느낌이지. 그리고【악마 빙의】란, 인간에게 악마가 깃든 상태를 말하는 거란다."

"그게 주술이라고 불리는 건 어째서죠? 같은 마력 생명체인 정령을 다루는 정령 마법하고는 뭐가 달라요?"

"근본부터가 다르지. 악마가 깃든 인간은, 본인의 마력에 악마의 마력이 덧붙어서 급격하게 강해진단다. 그 대신에 그 악마의 의지――악의에 의해서 본인의 의지가 침식되고, 비틀리고, 종국에는 악마에게 의지를 빼앗기고 말지."

【악마 빙의】는 악마와의 동화 현상이다.

처음에는 악마의 마력을 일부만 가져서 자아를 유지하지만, 악마의 유혹으로 더 큰 악마의 마력을 원하면 크기가 커지며 인간의 자아가 먹힌다고 한다.

그와 달리 정령 마법은, 정령에게 마력을 양도해 현상을 일으키거나 정령을 몸에 빙의하게 하여 자신을 강화할 수 있지만, 정령의 주체는 관장하는 것에 있으므로 임의로 해제할 수가 있단다.

"악마는 사람의 마음으로부터 태어나기에 쉽게 사람의 마음에 둥지를 틀 수 있는 거란다. 그렇게 해서 악마의 마력에 침식된 인간은, 최종적으로 악마에게 의식을 빼앗겨 육체가 변이해. 그게 바로 소위 말하는 마족으로서의 악마지."

"그렇군요……. 공부가 됐어요."

테토는, 골렘과 자아를 잃은 정령과의 동화로 탄생한 새로운 종족이기에, 마족의 정의에 가깝다.

할아버지 마법사의 이야기는 실전 마법사의 이야기라기보다는 연구자로서의 이야기가 많아서 매우 재미가 있었다.

"나도 백오십 살이 넘어서 이렇게 젊은 아이와 대화를 나눌 수 있는 게 기쁘단다. 자, 사탕이다, 받거라."

"감사합니다. 그리고 꽤 오래 사셨네요."

"너무 오래 살았지. 쉰이나 예순쯤 됐을 때 그냥 훌쩍 가고 싶었는데."

그렇게 말하며 웃는 궁정 마술사 할아버지.

이세계의 의료는, 회복 마법과 포션에 의지하고 있지만, 그런데도 이쪽 세계의 평균 수명은 쉰 살 전후다.

마력이 많은 사람은 그것보다 길어도 일흔 전후.

마법사와 모험가 등, 마력을 활성화한 사람은 여든에서 백 살 정도까지 산다.

그런 마력과 수명의 상관관계에 관한 연구 이야기도 들을 수 있었다.

"실은 말이다. 내가 연구하기로는 인간 중에는 수명의 연장 유형이 두 종류인 사람이 있단다."

"두 종류요?"

"그래. 인간의 최전성기를 유지하려 하는 수명 연장 유형과 마력을 일정량까지 늘리면 거기서 성장이 멈추고 마는 유형."

마력이 많을수록 수명이 늘어나지만, 계속 성장하는 셀레네가 전자이고 전혀 성장하지 않는 내가 후자가 아닐까 싶어서 묻는다.

"왜, 거기서 성장이 멈추는 사람이 있는 거죠?"

"이유는 몰라. 무엇보다 인간 대부분은 전자지만, 극히 일부, 원초 세계에서 신들이 만들어 낸 인간이 그러한 성질을 지닌다고들 하지. 구체적으로는 엘프 중의 하이 엘프와 드워프 중의 엘더 드워프 등이 있어."

'인간과 수인, 용인은요?'라고 물으니, 이들 종족의 역사에는 투쟁이 많아서 아무리 수명이 길어도 죽으면서 수가 줄었든가, 투쟁이 두려워 도망쳐 숨었다든가 둘 중 하나이지 않겠느냐고 할아버지가 씁쓸한 듯 말했다.

"늙지도 않고 일정 나이에서 멈춘 자는, 현자라 불리며 추앙받거나 때로는 마녀라 불리어 박해당하기도 했지. 개중에는 【악마 빙의】와 혼동된 자도 있겠지."

"그렇군요……."

"마력에 의한 장수 인자는 누구나 가지고 있지만, 불로 인자는 원초(原初)에서 오래도록 이어져, 현재는 극히 드물게 가진 사람이 있다는 가설을 나는 믿는단다."

"훌륭한 이야기를 들려주셔서 감사합니다."

"허허허. 별말씀을, 꼬마 아가씨."

신들이 만든 인간── 나는 여신 리리엘에게 전생당했지만, 원초의 인간에 가까운 성질인 거겠지.

드디어 영원히 어린 여자애로 사는 삶의 확정인 건가 생각하고, 만약 그게 맞는다면 단념할 수 있을 것 같다.

　그렇게 궁정 마술사 할아버지의 재미있는 마법 이야기를 들으며 지내다 보니 사교계 당일이 찾아왔다——.

　"마녀님~, 저쪽에 밥이 있어요! 맛있어 보여요!"

　"테토, 먹고 와도 돼."

　사교계에서는 사교댄스도 못 추기에 일단 벽 옆이나 음식이 있는 곳에 서서 시작하는 걸 기다렸다.

　음식을 수북이 쌓아 먹는 테토의 모습에 다른 사람들이 눈살을 찌푸려, 나는 쓴웃음을 지으면서도 경계는 게을리하지 않는다.

　그렇게 시작되기를 기다리는데 내 쪽을 힐끔거리는 시선이 느껴진다.

　'뭐지? 내 모습이 이상한가?'

　내 모습을 확인하려고 내려다보지만, 딱히 이상한 점은 없다.

　귀족 어용상인의 의상실에서 맞춘 드레스다.

　【부여 마법】으로 여러 효과를 주었지만, 무난하고 차분한 디자인인데 이목을 끄는 이유를 알 수가 없다.

　"너무, 주변 시선을 신경 써도 소용없어. 경계해야 해……."

　악마 교단이 습격해 올 가능성이 있기에 감각을 곤두세우는데 왕성의 홀에 모인 사람들에게서 어떠한 경향을 발견했다.

　"헤에, 마력이 큰 사람이 많네."

　혈통인 걸까.

　무공을 올린 사람은, 필연적으로 【신체 강화(強化)】와 마법 등이 뛰어나고 그를 받쳐 주는 마력도 많다.

평민과 비교하면 느껴지는 마력이 평균적으로 높은 것 같다.

선천적으로 마력이 큰 걸까, 귀족으로서 마법 교육을 받아서 그런 걸까.

그러던 중, 딱 한 명, 부자연스러운 사람을 발견했다.

고위 귀족다운 신사복을 몸에 두른 안색이 나쁜 남성이 눈에 띈다.

평균적으로 마력량이 높은 귀족 중에서 그 사람은 마력량이 낮았다. ……아니, 거의 느껴지지 않았다.

나처럼 높은 【마력 제어】 스킬로 마력을 숨기고 있는 마법사의 분위기가 아니라, 오른쪽 손목에 찬 금팔찌 마도구로 마력을 은폐하고 있는 듯하다.

어떤 고유 스킬을 지녀서 고유 스킬이 폭주하지 않도록 하려고 마력을 은폐했거나 혹은 억제하고 있을 가능성이 있다.

그런데 호위로서 국왕에게 초대받은 귀족의 프로필을 훑어봤지만, 그렇게 위험한 스킬을 가진 사람이 있었던 기억이 없다.

그렇다면 수상한 인물이라는 뜻이 된다.

일단, 근처에서 대기하고 있는 국왕과의 연락 요원 사용인에게 이 일을 전달하려는데 한 소년이 말을 건다.

"아, 안녕하세요. 저는 프라메아 백작가의 차남 올랑드라고 합니다. 어느 집안 자제분이세요? 처음 보는데 이번이 데뷔탕트이신가요?"

그렇게 떠들어 대서 당황한다.

겉보기에는 열두 살 소녀인 나를 보고 어느 귀족의 자제인지 궁금했나 보다.

유심히 관찰하니, 셀레네와 비슷한 또래 소년 소녀들이 많이 모여 있었다. 셀레네의 장래 약혼자 후보이거나 친구 후보이리라.

그리고 나도 그런 아이들로 오해했는지——.

"저는, 오대신 교회에서 온 치세입니다. 죄송하지만, 가문의 이름을 가지고 있지 않습니다."

"교회……. 그러시군요."

이번 사교계에서 어디서 왔느냐고 물어볼 때의 방편으로 추기경이 준비해 준 대사다.

교회에서 왔다고 하는 건, 교회에 입신하여 가문의 이름을 버린 사람이 사용하는 방편이지만, 이번에는 내가 빌려 쓰고 있다.

뭐, 교회에 들어간 수녀도, 필요하면 속세로 돌아오는 것도, 가문의 이름을 대는 것도 허락된다고 하니까 이른바 옛 시대의 잔재이리라.

"그건 그렇고, 머리칼과 눈이 매우 아름다우시네요. 마치 흑요석처럼 아름답습니다."

"그래요? 말솜씨가 좋으시네요."

사교계의 단골 대사인 걸까.

평소에는 삼각모를 깊숙이 쓰고 다녀서 머리칼과 눈이 예쁘다고 칭찬받을 일이 없기에 어쩐지 근질거려서 미소 짓게 된다.

소년한테는 미안하지만, 나는 수상한 남성 귀족에 관해 전달하러 가고 싶다.

내가 인사치레라고 생각해서 소년은 약간 낙담한 듯했지만, 기분을 가다듬고 또 말을 걸어 온다.

"어떠세요? 저쪽에서 좀 더 얘기라도 나누는 거."

"미안하지만, 사양할게요. 마음 안 쓰셔도 됩니다."

"그런 말씀 마시고요. 이렇게 아무것도 안 하고 있기에는 아까워요."

그렇게 말하며 나를 데려가려 하는데 옆에서 가벼운 마력의 위압이 들린다.

"뭐 하는 거예요?"

웃는 얼굴로 음식을 수북하게 담은 그릇을 든 테토가 소년을 마력으로 약하게 위압한다.

"시, 실례했습니다!"

소년보다도 연상인 테토가 노려보자, 황급히 떨어진다.

"테토, 고마워……."

테토가 돌아오면서 나를 향한 소년 소녀들의 시선이 누그러진 듯한 기분이 든다.

"익……."

"테토, 왜 그래? 음식이 맛이 없었어?"

"맛있었어요. 근데 마녀님을 이상한 눈빛으로 쳐다보는 사람이 많아요."

"이상한 눈빛……?"

테토가 순수한 소년에게 마력 위압을 가한 건 미안하게 생각한다.

내 모습은 별로 신경 쓰지 않았는데 소년들의 주목을 모으고 말았나 보다.

"마녀님, 자각해요. 마녀님은 귀엽고 예쁘다고요."

"그런, 가? 귀엽고 예쁜 건 테토 아니야?"

테토가 다가오면서 나를 향한 소년들의 시선이 누그러졌다.

그런데 그 대신에 테토 나이와 비슷한 귀족의 자제들로부터 뜨거운 시선이 쏟아진다.

건강미 넘치는 다갈색 피부에 앳되어 보이면서 몸매도 좋은 미소녀인 테토는, 피부색이 신기한 느낌도 있어서 꽤 열렬한 시선을 받고 있다.

그리고 테토 역시 본인이 미소녀라는 자각이 없어서 테토도 고개를 작게 갸웃한다.

귀족 소년에게 방해받았지만, 나는 국왕과의 연락 요원인 사용인에게 조금 전의 수상한 사람에 관해 보고하고 그 사람의 특징을 전달했다.

그렇지만 그는 이미 회장에서 사라지고 없었다.

"협조 감사합니다. 즉시 수색하겠습니다."

연락 요원 사용인들 몇 명이 황급히 움직였지만, 나는 회장을 경계하며 파티가 시작되기를 기다렸다.

"──국왕 폐하, 셀레네리르 왕녀 전하 납십니다!"

드디어 오늘의 주인공인 셀레네가 입장한다.

평소에는 【허무의 황야】에 있는 집에서 늘 우리에게 어리광을 부리는 셀레네지만, 왕궁에서 교육받아서 그런지 허리를 곧게

편 채 아름다운 드레스를 입고 미소 지으면서 걷고 있다.

갓난아기 때부터 성장을 지켜보면서 이제는 나보다도 커진 셀레네가 감격스러워서 눈물이 날 것 같다.

"오늘은 기쁜 날일세. 행방불명됐던 나의 딸, 셀레네리르가 돌아왔으니! 참혹한 사건에서 벗어난 셀레네리르는 교회에서 우수한 성녀에게 맡겨져 보호받으며 자랐다네! 셀레네리르의 귀환을 축하하며 오늘은 밤새 성대하게 술을 마시도록 하지!"

"──건배!"

"──건배!"

"──건배!"

국왕의 건배사로 사교계가 시작된다.

셀레네는 국왕과 함께 인사하러 오는 파티 참석자들을 웃으며 상대하고 있다.

"정말이지, 어디 내놓아도 부끄럽지 않을 만큼 훌륭하게 컸어."

"맞아요. 근데 힘들 것 같아요. 이렇게 맛있는 음식을 먹을 기회가 없다니."

접시 한가득 파티 음식을 먹는 테토의 모습에 나는 못 말린다는 듯 웃었다.

그리고 여러 귀족의 인사를 받고, 얼추 인사가 끝날 무렵, 일이 터졌다.

30화【악마 교단 잔당】

"피하십시오! 도적이 나타났습니다! 【악마 빙의자】로 보이는 도적입니다!"

왕성 소속 근위병이 사교장에 나타나 소리친다.

멀리서 검이 부딪히는 소리와 마법을 쏘는 폭발음이 울려 퍼지며 왕궁 벽과 복도가 진동하고 서서히 파괴음이 들리기 시작한다.

귀족들은 바로 피난 유도를 받았고, 국왕과 셀레네 같은 왕족 주변에도 정예 근위병사와 궁정 마술사들이 등장했다.

"하여간, 우리 딸을 처음 선보이는 화려한 무대를 감히 망치다니……."

'악마 교단 놈들, 절대 용서 안 해'라며 마음속으로 생각한다.

"녀석들이 어디서 나타난 거냐!"

"아무래도 왕궁에 초대된 귀족이 안내한 것 같습니다!"

"귀족 속에 파고든 악마 교단을 그렇게 숙청했는데, 아직도 남아 있었다니!"

분한 듯이 이를 가는 국왕과 겁먹은 셀레네.

그때 세 명의 남자가 나타났다.

"아니, 국왕 폐하 아니십니까. 평안하시지요?"

"레빈 경! 네 놈이 앞잡이였나! 어째서냐! 게다가 모습은 또 왜 그런가!"

국왕이 그렇게 물어본 사람은 아까 회장에서 본 신사복을 입은 수상한 귀족 남성이다.

그런데 안색이 조금 전보다 더 나빠지고 머리에 뿔 같은 게 나 있다.

마력을 억제하던 금팔찌를 뺀 듯하다. 그 팔찌로【악마 빙의】를 숨기고 있었나 보다.

"왜기는요. 우리 지니우스 후작 가문은 오랫동안 권력 투쟁에 전념하며 더 위를 목표했습니다. 언젠가는 공작, 아니, 섭정이 되어 이 나라를 장악하고 싶었답니다──."

'그런데 말이죠'라며 운을 띄우고는 씨익 악의를 담은 미소를 띤다.

"깨닫고 말았지 뭡니까. 공작도, 섭정이란 지위도 작다는 것을! 나는, 왕이 될 겁니다!"

"그래서, 앞잡이 노릇을 한 건가. 아니, 반역을 일으킨 거냐!"

"그렇습니다! 악마의 힘만 있으면, 왕을 살해하고 난 후에 무력으로 장악할 수 있겠다 싶었지요!"

"이보게나, 왕족은 나한테 양도하기로 약속했네만."

레빈 경이라 불리는 남성의 말을 가로막은 것은, 마른 나뭇가지 같은 가느다란 팔다리에 움푹 팬 눈을 하고 허리가 구부러진 노인이었다.

성직자의 검은 의복을 그 몸에 두르고, 취향이 의심되는 금장

해골 목걸이를 늘어뜨린 노인. 겉보기보다 꺼림칙한 마력이 느껴진다.

"왕족의 고귀한 피! 성녀의 깨끗한 고깃덩이를 제물로 바쳐 대악마의 마력을 내 몸에 깃들게 할 것이다! 10년간의 고된 나날도 숭배하는 악마들이 준 시련이었지! 복수를 완수하는 그 감미로운 기쁨! 그리고 악마의 방대한 마력을 깃들게 한 그날, 나는 불로불사의 몸을 손에 넣는 거다!"

이미 몸에 품은 악마에 의한 정신 침식이 말기까지 진행되어 불로불사를 향한 망집과 대악마를 소환하려는 악마의 목적이 혼재된 듯하다.

마력량도 세 사람 중에서 가장 큰 것으로 보아 악마의 마력을 몇 번이나 흡수했을지도 모른다.

그리고 마지막으로——.

"크하하하하! 힘이! 힘이 넘친다! 이 계집년들! 이번에야말로 내가 죽여 주마!"

"당신…… 누구야?"

"이런 사람 몰라요."

"엄마. 이 사람, 승급 시험 때 있던 사람이야……."

셀레네의 가냘픈 말소리를 듣고 유심히 보니, 거칠고 난폭한 말투가 인상 깊었던 A등급 승급 시험장에 있었던 모험가라는 게 기억난다.

"【정육】의 닉이었나?"

"【절육】의 록이다! 네 년들에게 굴욕적으로 패배한 이유는 힘이 부족했기 때문이다! 그래서 영감들한테 받은 악마의 힘이란 것으로 이 몸은 강해졌다!"

강해졌다는 말대로 전보다도 몸이 한 아름 정도 커지고 살색도 햇볕에 탄 듯이 검어졌다.

근데, 힘을 얻은 방법이 【악마 빙의】라니──.

"간단한 방법으로 강해져 봤자, 리스크만 큰 거 아니야?"

"흥! 악마에게 정신을 빼앗긴다고?! 이 몸은 그렇게 약하지 않아! 자, 죽이고 죽여 보자고! 아아앙?!"

이미, 자신의 의지로 복수하는 건지, 파괴 충동으로 덤비는 건지 판단이 안 되는 건지도 모른다.

"테토, 근육 멍청이는 네게 맡길게. 그래도──."

"알아요! 셀레네한테는 손가락 하나 못 대게 할게요!"

테토가 마법 가방화한 팔찌에서 마검을 꺼내 【악마 빙의】 상태인 된 상급 모험가 록에게 달려든다.

그리고 국왕은 기사들이 악마 후작을 상대로 싸우며 보호하는 중이다.

원래 힘이 세지는 않았겠지만, 마력이 큰 소질을 지닌 고위 귀족과 악마의 마력이 합쳐져 근위병들과도 충분히 싸울 수 있다.

그리고 가장 성가셔 보이는 교주 노인이 셀레네를 핥는 듯한 눈으로 보길래──.

"──《퓨리피케이션》!"

팔찌로 만든 마법 가방에서 꺼낸 지팡이를 들고 가장 귀찮아 보이는 악마 교단의 교주를 향해 전력으로 【정화】 마법을 시전

한다.

저주의 장비가 두른 마력과 【악마 빙의】로 흡수한 마력도 결국은, 부정적인 요소를 지닌 농밀한 마력이다.

그에 맞서려면 대상의 마력을 분해하는 정화 마법 《퓨리피케이션》이 잘 먹힌다.

"끄, 끄아아아아아아아아악! 내 불로불사의 꿈이이이이이이이익!"

성가실 듯한 상대에게 극대로 정화의 빛을 쏟아붓는다.

【악마 빙의】를 오랜 세월 해 와서 마력은커녕 몸 대부분이 께름칙한 마력으로 오염되어 있었는지 정화의 빛에 몸이 남김없이 타 버려 남은 거라고는 조금 쌓인 재와 고약한 취향의 해골 목걸이뿐이다.

"엄마⋯⋯. 너무 쉽게 해치운 거 아니야?"

"됐어. 셀레네를 넘보는 괴물 변태 영감 따위는 봐줄 수 없어."

눈대중으로 추정 마력량이 5만 마력이 넘어 보였다.

도서관에서 만난 궁정 마술사 할아버지도 마력량이 2만에서 3만 사이이므로 꽤 높은 마력량이다.

사실, 대악마의 마력을 끌어내서 마력량을 늘리면 더 성가셔질 것 같아서 속공으로 해치웠다.

"이럴 수가! 말도 안 돼! 교주님이!"

"뭐야. 영감은 뒈진 거야? 하하!"

【악마 빙의자】 후작은 우두머리인 교주가 죽은 것에 동요하고 B등급 모험가는 테토와 공방을 계속한다.

"그러면 악마 후작 쪽도 후딱 정리하자."

"큭……. 받아라!"

어둠의 마법인지 주위에 환영을 만드는 공격으로 공격해 오지만, 내가 《퓨리피케이션》의 정화 파동을 넓게 펼치자 사라져 간다.

"교주님의 의지는 내가 이어, 대악마는 내가 불러내겠다! 그리고 내가 왕이 되는 것이다!"

어둠의 마법은 나와 호위들의 눈을 속이려는 것이었고 다 타 버린 교주의 재 속에서 목걸이를 주운 악마 후작이 셀레네 뒤로 돌아가서 날카로운 손날로 셀레네의 몸을 낚아채려 했지만——.

"뭐야?! 끄아아아아악!"

"소중한 우리 딸에게 손댈 거라는 걸 알고 있었으니, 준비 정도는 했다고."

국왕에게도 사전에 의논하여 셀레네의 드레스와 장식품은 국보급 이상의 【부여 마법】이 걸린 방어 효과로 방어를 탄탄히 한 데다가 이미 습격 직후부터 결계로 셀레네를 보호하고 있었다.

그리고 다중 결계 중 몇 장을 깨트리긴 했지만, 기세가 죽었다. 쭉 뻗은 팔에 바람 날 마법을 날려 잘라 버린다.

"네, 네 이녀어어언! 이 나라의 왕이 될 나를 막는 거냐! 죽여 주마! 죽여 주마아아아아!"

"안심해. 여기서 죽든가, 반역죄로 처형당하든가 둘 중 하나일 테니. ——《퓨리피케이션》!"

"끄아아아아악!"

동화한 악마의 마력을 정화해 나가니, 몸을 쥐어뜯듯 고통스러워하기 시작한다.

그리고 안 좋았던 안색이 조금은 나아지고 변이로 생겨났던 뿔이 부스러져 떨어진다.

【감정】마법으로 후작의 상태를 확인하니, 【악마 빙의】로 생긴 스킬들이 소멸해 약해져 있다.

다만 인간에서 마족으로의 변이는 돌이킬 수가 없는지, 종족은 악마족 그대로이다.

"어디, 테토 쪽은——."

"으아아아아아아악! 팔이! 내 팔이이이이!"

"전보다 약해졌어요. 나중에 다시 와요!"

악마의 마력과 고유 스킬로 압도적인 공격력을 손에 넣었지만, 그만큼 움직임이 단조로워졌나 보다.

테토는 가진 기술로 공격을 받아쳤지만, 기술적으로 전혀 얻을 게 없다고 판단하고는 일찍이 두 팔을 잘라 버렸다.

"엑……. 팔에서 끈적거리는 뭔가가 나오고 있어요."

"여기서 끝날까 보냐아아악! 이런 곳에서 끝날 내가 아니야!"

피 대신, 팔의 절단면에서 넘쳐흐르는 건 악마의 마력인 걸까.

새카만 점성질의 마력이 흘러넘쳐, 그게 잘린 팔을 대신해 형체를 형성하려 하지만——.

"끝이야. ——《퓨리피케이션》!"

"끄아아아아아아아악"

실체화한 마력의 팔이 정화로 인해 사라지고, 깃들었던 악마의 마력도 정화되면서 통각이 돌아온 모양이다.

악마 후작과 교주와 비교하면, 【악마 빙의자】가 된 기간이 짧은지 인간으로서의 감각은 어느 정도 정상인가 보다.

"병사들이여, 저자들의 신병을 구속하라."

국왕의 지시에 병사들이 악마 후작과 양팔을 잃은 모험가를 포박하려고 움직인다.

악마 교단 잔당의 습격이 끝났다며 안도의 한숨을 내쉰 순간, 악마 후작이 주운 해골 목걸이에서 막대한 마력이 느껴진다.

"기다려! ——《배리어》!"

달려가는 병사들을 보호하는 결계를 친 직후, 해골 목걸이에서 장기(瘴氣)라고 불러도 될 정도로 침체된 불길한 마력이 흘러넘친다.

"뭐, 뭐야! 저리 가! 나한테 오지 마!"

"아아아. 힘이, 이 몸의 힘이 점점 흡수되고 있어! 빼앗기고 있어어!"

그리고 그 장기가 살아남은 악마 후작과 모험가의 몸에 엉겨붙어, 마력뿐만 아니라 생명력까지 흡수하기 시작하자, 두 사람의 몸이 급격하게 말라붙는다.

테토가 셀레네가 보지 못하도록 손으로 가려 준 가운데, 나와 국왕 일행은 실제화하기 시작하는 꺼림칙한 마력에 경계를 강화했다.

31화 【대악마의 강림】

「일부러 내 권속을 내어 빙의시켜 줬건만, 제물도 하나 마련하지 못하다니.」

나타난 건, 붉은 문양이 들어간 검은 인간의 형상이다.

손발은 예리한 모양을 하고 있고, 머리에는 뒤틀린 뿔, 박쥐 같은 날개와 끝에 갈고리가 달린 길고 가느다란 꼬리를 가지고 있다.

"악마 교단이 말하던 대악마야?"

「그러하다! 나는, 대악마──아크데몬이다!」

"아크데몬이라고?!"

국왕이 놀란 대악마는, 마력 생명체 중에서도 실체를 가지며 과거에 나라 하나를 멸망케 한, 혹은 멸망시킬 수 있을 정도로 무서운 존재다.

토벌 등급으로 말하자면, A+급 혹은 S급 수준의 괴물이다.

"대악마라면서 이름도 없다니, 위엄이 좀 부족하네."

「……계집, 네놈. 나의 무시무시함을 모르는 모양이군!」

꺼림칙한 마력의 파동을 보내지만, 나는 그 파동을 결계로 막는다.

대악마의 마력은, 【악마 빙의자】가 된 교주, 악마 후작, 모험가를 합산한 정도이겠지.

취향 고약한 금색 목걸이에 대악마의 자아를 담아 두고, 그를 통해 【악마 빙의자】들의 사고를 은밀히 유도하고 있었는지도 모른다.

드러난 대악마의 마력량은 거의 10만 마력으로 나와 비슷하다.

「흥, 완전한 모습이 아니라 이 정도 힘밖에 못 쓰는 건가. 뭐, 거기 있는 정결한 소녀를 제물로 본래의 힘을 지상에 내려야겠군.」

"테토, 적당히 하면서 마력을 깎아 줘. 나는 그동안 준비를 할 테니까."

"알겠어요!"

테토가 대악마를 향해 뛰기 시작하며 마검을 크게 휘둘러 올린다.

테토의 무거운 일격을 팔로 막은 대악마가, 반대쪽 팔로 반격하려 한다.

그러나 테토가 재빨리 피해, 이번에는 다른 각도에서 공격을 건다.

【신체 강화】의 충격과 마검에 담긴 마력이 악마의 마력을 상쇄하여, 조금씩 대악마의 마력량이 줄어드는 걸 느낀다.

"간다, 악마 퇴치의 비법, ──《홀리 샷》!"

후방에 대기하던 내가 지팡이로 빛나는 공을 발사한다.

정화의 파동을 담은 마법탄 수십 발을 부정한 존재를 향해 쏜다. 마법탄에 맞은 대악마의 몸에서 연기가 뿜어져 나왔다.

"크어어어어어, 네 이놈, 인간 주제에 감히이이이!"

"마력 생명체의 실체화는 마력의 합계치가 체력 같은 거지."

테토의 상태창에는 체력과 마력이 아니라, 두 가지를 포괄하는 마석의 마력량이 표시된다.

그것처럼 대악마도 방대한 마력이 곧 체력이자, 마력이다.

게다가 원래는 바친 제물로 소환되어야 했는데 불완전한 현현으로 인해 생각보다 제 실력이 나오지 않는 것이리라.

실체화가 완전했다면, 마력량이 지금의 다섯 배에서 열 배는 뛰어서 감당할 수 없었을지도 모른다.

「끄아아아악. 내가, 내가 밀리다니이이!」

"괴, 굉장해……. 이게 치세 엄마와 테토 언니의 실력……."

딱 보기에도 무시무시한 대악마가 밀리는 것에 셀레네도, 국왕도, 위병들도 놀라움을 금치 못하고 있다.

「내 마력이 사라진다! 몸이 유지가 안 돼! 그러나, 나는, 악마다! 나는 언젠가 다시 이 세상으로 돌아와 네 녀석들에게 복수해 줄 것이다아아아! 하하하하하핫!」

나와 테토의 공격으로 실체화를 유지할 수 없게 된 대악마가 소리 높여 웃는다.

마력 생명체는 예외를 제외하면 불멸에 가까운 존재다.

이 세상에 현현한 육체가 사라져도, 악마들이 있는 차원으로 돌아갈 뿐이리라.

하급 악마는 자아가 없지만, 상급인 대악마는 자아를 가지고 말 그대로 복수하러 올 것이다.

다만, 이 대악마가 현실에 간섭할 힘을 되찾을 무렵에는 국왕과 셀레네는 이미 죽고 없을 테니, 셀레네의 자손들이나 관계없는 국민을 대악마가 위협해 올지도 모른다.

"그런 짓을 하게 둘 리가 없잖아. ──《크리에이션》!"

"아니?! 그 마법은……."

국왕이 내가 마법을 발동하는 모습을 경악스러운 표정으로 바라보는 가운데, 방대한 마력이 하나의 보옥의 형태를 띠며【창조 마법】이 완성된다.

"──【봉인의 보옥】이여! 대악마를 봉인하라!"

「뭐, 뭐냐, 이게! 크, 크아아아아아앗! 빨려 들어간다아아악!」

나는, 가슴께의 목걸이에 심어 둔【마정석】의 마력을 이용하여, 대악마를 봉인하는 보옥을【창조 마법】으로 만들어 도망치려는 대악마를 보옥에 봉인했다.

수정처럼 투명한 구슬이, 악마가 깃들며 붉은빛을 띤다.

그리하여 주위에 정적이 돌아오고, 나는 그 자리에 털썩 주저앉는다.

"후, 끝났다~. 힘들어~."

"엄마!"

"앗……. 셀레네. 장하네, 무서웠을 텐데 잘 버텼어."

나는【봉인의 보옥】을 챙긴 뒤, 달려들어 안겨 오는 셀레네를 부드럽게 쓰다듬었다.

"마녀님~ 테토도 칭찬해 줘요."

"그래, 그래. 테토도 대악마를 잘 막아 줬어. 고마워."

"흐헤헤. 마녀님한테 칭찬받았어요~."

조금 전까지 무시무시한 존재가 있었는데 갑자기 훈훈해진 분위기에 근위병들은 당황해하고, 뒤이어 가세하러 급히 달려온 근위병도 싸울 적이 없어서 마찬가지로 당황스러워한다.

"폐하. 도적은 어떻게 됐습니까?"

"이제 괜찮다."

"네?"

"도적은 토벌했다. 경계 태세를 엄중히 유지하며 레빈 경의 저택으로 병사를 보내라! 이번 습격을 주도한 레빈 경과 악마 교단의 증거를 수집하여 이번에야말로 섬멸한다!"

악마 교단 잔당도, 대악마도 사라지고 모든 게 끝나고 진정되었다.

"치세 공. 조금 전의 악마는, 그 보옥 안에 있는 건가?"

"응, 일단은 봉인했어."

국왕이 묻기에 내가 그렇게 답했다.

정령과 악마 등의 마력 생명체를 포획하는 마도구는 예부터 존재했기에 갖고 있어도 이상하지 않을 것이다.

국왕이 뭔가 물으려는 표정을 지었다가 고개를 한 번 젓고는 다른 걸 묻는다.

"그래서, 그 보옥은 어찌할 텐가?"

"내가, 제대로 관리할 테니 신경 쓰지 마."

"……알겠네. 부탁하지."

아직 다 납득은 못 한 것 같은 국왕이 그렇게만 말하고는 그 자리를 뜬다.

그리고 우리 세 사람은 셀레네의 별궁으로 이동해서 셀레네가 별궁 침실에서 잠든 것을 확인하고, 【봉인의 보옥】을 든 나와 테토가 【전이문】을 통해 【허무의 황야】로 이동했다.

「크큭큭. 내 반드시 이 봉인에서 벗어나 온갖 수단을 동원해 그 계집을 능욕하고, 모욕을 주고, 파괴하고, 마지막에 껍데기만 남은 몸뚱이를 내 그릇으로 삼아 줄 테다!」

일단은 악마 등을 포박하는 마도구지만, 역시 대악마 정도 되니 완전히 봉인되지는 않은 듯하다.

시간 경과로 인해 변질되거나 보옥 내부에서 마력을 회복한 대악마가 자력으로 봉인을 깰 가능성도 있다.

「그 후에는 네 녀석들을 상상도 못 할 지옥에 빠뜨리고! 내게 반항한 것을 후회하게 해 주마!」

벌써부터 봉인의 보옥 내부에서 염화(念話)를 날릴 정도로 마력을 회복했다.

"입 다물어요. 솔직히, 불쾌해요. 저 구슬을 깨부숴 버리고 싶어요."

"테토, 깨부수면 악마가 튀어나올 거야."

"그러네요."

그런 농담을 하면서 나와 테토는 사교계용 드레스를 평상시 입던 옷으로 갈아입고 마법 가방에 부지런히 모은 【마정석】이 있는 것을 확인하고 【허무의 황야】 중심지로 이동한다.

중심지는 맨 처음에 셀레네와 함께 살았던 곳으로, 지금은 세계수를 중심으로 한 몇 그루의 나무들이 자라는 작은 숲이 되었다.

「계집들, 이런 곳에 나를 데려와서 뭘 할 셈이냐.」

"이쯤이면 되겠지. ──《크리에이션》!"

　나는 【마정석】에 저장한 100만 마력을 사용해 마력 변환 장치를 만들어 냈다.

　마석과 마정석을 분해하여 마력을 대기 중으로 방출하는 마도구이다.

「뭐냐, 그 장치는? 내 봉인을 강화하는 장치라면 소용없다! 시간이 얼마나 흐르든 나는 부활할 것이고 네놈들이 윤회하여 환생하여 다른 인생을 살더라도 그 영혼을 잡아먹을 것이다!」

　그렇게 말하며 아직까지도 소리높여 웃는 대악마에게──.

"그만 좀 닥쳐요."

"동감이야. 자, 세팅 완료. ──가동."

　장치에 대악마를 봉인한 보옥을 설치하고 기동 버튼을 누른다.

「으아아아아악! 내 마력이, 빨려 들어간다! 이래서는 부활도, 그아아아아악!」

"오, 마력으로 변환되면 고통을 느끼는구나. 뭐, 힘내. 자, 그러면 우리도 돌아가서 잘까?"

"네!"

「기다려, 그게 무슨 말이냐! 마력 변환이 뭐냔 말이다! 살려 줘라, 복수 같은 거 안 하마! 사라지기 싫다, 죽기 싫다! 안 돼애애애애애!」

　봉인의 보옥 내부에 봉인된 대악마는 한계까지 마력을 빨리기 시작했다.

　마력 생명체로서의 모든 구성 요소가 마력으로 변환되어 대기 중에 무해한 마력으로 방출된다.

　기본적으로 불멸의 몸인 악마를 없애면서도 마력 고갈 상태인 【허무의 황야】에 마력을 채우는 일거양득인 방법이다.

　그 후, 3년 만에 마력 변환의 고통으로 대악마의 자아가 붕괴하여 이제는 그저 마력을 토해 내기만 한다.

　약 100년 후에 장치가 멈췄을 때, 대악마는 완전히 소멸해 있었다.

　그야말로, 악마도 내뺄 듯한 지옥이었다.

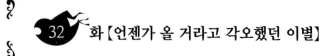

32화【언젠가 올 거라고 각오했던 이별】

"오랜만의 꿈속 신탁이네. 안녕, 리리엘."

「네, 안녕하세요. 후후후. 해냈네요, 치세.【허무의 황야】의 재생 완료 예측 시간이 또 줄었어요!」

깨닫고 보니, 꿈속 신탁 속이었다. 리리엘이 나타나 들떠서 말을 걸었다.

「설마 현세에 나타난 악마를 퇴치하기만 한 게 아니라, 마력을 분해해서 악마를 죽일 줄은 몰랐어요.」

"물리치기만 하면 성가셔질 것 같아서 그냥 철저하게 없애 버리자고 생각했을 뿐인데……."

「인간의 발상력은 정말 저를 놀라게 해요. 완전히 멸하는【불사살(不死殺)】검을 창조하기에는 마력이 부족해서 생각해 낸 방법이었겠지만, 그래도 악마를 없애는 길을 만들다니요.」

극구 칭찬하며 악마를 죽인 방법에 감탄하는 리리엘 때문에 약간 쑥스러움을 느낀다.

「그나저나, 이렇게까지 성과를 낼 줄은 몰랐어요.」

【허무의 황야】의 마력 생성 시스템은 순조롭게 돌아가고 있고, 식림 작업과 세계수, 결계 마도구까지 3종 세트를 세팅해 둬서 정기적으로 순찰하는 것 말고는 당분간 할 일이 없다.

마력 치트인 마녀가 되었습니다~창조 마법으로 자유로운 이세계 생활~ 3

「게다가 이제 딸을 노리는 악마 교단도 없어졌나 보더군요.」

"……응. 셀레네도 사교계에서의 데뷔가 끝났으니, 본격적으로 왕족으로서 활동하겠지."

그러면【허무의 황야】를 오가면서 셀레네가 성인이 될 때까지 지켜보는 생활을 하는 것도 좋을 것 같다.

그 후, 아무것도 없는 공간에【창조 마법】으로 테이블을 만들고 차와 과자들도 준비해 리리엘과 느긋한 다과회를 연다.

셀레네의 첫선이 일단락된 위로회 같은 것이다.

그리고 마지막으로──.

「그럼, 또 한가해지면 올게요. 앞으로도 어떻게 발전할지 기대할게요.」

여신과의 다과회가 끝나고 눈을 뜨니, 꿈속 신탁 탓에 마력이 쑥 줄어서, 그날은 하루 쉬었다.

그리고 며칠 뒤, 사교계 습격 사건의 뒤처리가 끝나고 셀레네 없이 국왕과 면회 시간을 가졌다.

리리엘이 가르쳐 준 대로, 악마 교단이 괴멸했다는 걸 국왕이 또 한 번 확인시켜 주고, 셀레네 호위 의뢰의 보수를 정산하였다.

사전에 계약한 대로, 아니, 그보다 더 나아가 대악마까지 봉인한 나와 테토에게, 보수로서【허무의 황야】소유권과는 별개로 진은화 쉰 닢을 건넸다.

"있지, 좀 많지 않아?"

"아니, 맞는 금액이네. 궁정 마술사들과 어림잡아 계산한 결

295

과, A등급 모험가 열 명이 대악마를 토벌하고, 봉인한 경우의 평가액이다. 물론 봉인 마도구 값도 쳤네."

오히려 대악마 토벌에 A등급 모험가가 열 명 이상이 필요하고 봉인 준비 등까지 가산하면 저렴한 거라고 한다.

"그렇구나……. 고맙게 받을게."

현금과 토지 소유권을 건네받은 나는, 후 하고 긴 한숨을 내쉬었다.

그리고 잠시 국왕과 나 사이에 무언의 공기가 흐른 뒤, 국왕이 먼저 말문을 열었다.

"괜찮다면 말인데. 두 사람만 좋다면, 치세 공은 궁정 마술사가, 테토 공은 근위 기사가 되어 주면 안 될까."

"폐하……."

그렇게 말한 국왕에게 재상과 기사단장이 뒷말을 재촉하는 듯한 시선으로 호소한다.

"그리고 말이지. 장래에 자네들이 내 측실, 측실이 싫다면 내 아들과 약혼하는 걸 고려해 주지 않겠나?"

우리의 전력이 A등급 모험가 이상이라고 판단하고 회유하러 온 듯하다.

하지만 그것과 별개로, 국왕의 눈빛에서 색정 같은 것도 엿보인다.

"셀레네를 길러 준 부모로서 입장을 배려해 준 거라면, 필요 없어. 그리고 우리는 자유로운 모험가라 측실이 되어 구속되는 것도 바라지 않아. 혹시 뭔가 다른 이유가 있는 거야?"

마력 치트인 마녀가 되었습니다~창조 마법으로 자유로운 이세계 생활~ 3

내가 그렇게 되묻자, 국왕이 자조하듯 웃는다.

"……자네 말대로 그런 이유도 있지만, 나는 '이 여성이다'라고 생각한 사람에게는 진심으로 붙잡는 편이야. 두 사람이 대악마와 대치하던 아름다움에 마음을 뺏기고 말았지 뭔가."

"그건…… 뭐라고 하면 좋지. 근데 왕비님과 측실들은 사랑하지 않아?"

"아니, 물론 사랑하지. 내 사랑은 평등하고 무한해!"

뭐지, 멋있는 듯하면서도 뭔가 좀 아닌 것 같다.

그리고 그 무한한 애정 끝에 나도 있는 건가…….

"나는, 진심일세."

"…………미안. 거절할게."

"테토도 관심 없어요."

나와 테토가 거절하자, 국왕이 한숨을 후 쉬며 맥이 빠진 듯이 소파에 등을 기댄다.

"하하하, 차여 버렸네."

그렇게 웃지만, 슬퍼하는 기색도 없다.

역시 사랑이 많은 사람은, 그만큼 실연 횟수도 많은 걸까.

나는, 사랑을 잘 모르겠다.

"하는 수 없군. 오늘 밤은 아리아에게 위로해 달라고 해야지."

아리아 님──왕비님이었나.

셀레네가 이쪽에 올 때마다 자주 이야기하는 새로운 양어머니다.

아리아에게서 셀레네의 모친 엘리제 님의 생전 이야기를 듣거나 하면서 따르는 모양이다.

"흠. 원만하게 이야기를 끝낼 수 있을까 싶었는데…… 아쉽게 됐군."

친근감이 넘쳤던 분위기에서 돌변하여 국왕의 입이 위엄과 위압이 담긴 말을 자아낸다.

"──【창조 마법】을 가지고 있지?"

셀레네를 지키고 대악마를 봉인하기 위해 【봉인의 보옥】을 창조할 때 마법을 쓰는 모습을 보였다.

혹시나 했는데 역시 눈치챈 모양이다.

"【전이문】과 【잔혼의 수정】을 포함해서 【허무의 황야】에서 마도구를 발굴했다는 건, 거짓말이야. 그 【창조 마법】을 숨기기 위한 위장인가?"

"……그래, 맞아."

침묵해도, 부정해도 이미 확신하고 있는 국왕에게는 무의미하다고 생각해, 진지하게 수긍한다.

"마녀님……"

"괜찮아, 테토."

불안해하는 테토에게 내가 그렇게 답하자, 국왕이 매우 복잡한 듯한 표정을 짓는다.

"그냥 원만하게 궁정 마술사로서, 혹은 왕족의 아내 중 한 사람으로서 평생 【창조 마법】을 쓰지 않고 지내게 한다면 모른 척하고 살려 했어."

조금 전까지의 대화는 국왕 나름의 다정한 배려였던 거겠지.

하지만──.

"문헌에 따르면, 【창조 마법】은 매우 위험한 스킬이라더군."

"그래, 맞아."

【창조 마법】을 지닌 자가 악의에 차 있다면, 사람을, 사회를 얼마든지 파괴할 수 있다.

화폐를 대량으로 창조하면 경제를 파괴할 수 있고, 무기나 식재료를 대량으로 암흑 조직이나 혁명군에게 제공하면, 나라를 쉽게 무너뜨릴 수 있다.

마력량이 일반인 정도면 【창조 마법】으로 만들 수 있는 게 뻔하지만, 이미 【전이문】이나 【잔혼의 수정】, 【봉인의 보옥】 등 희소한 마도구를 창조한 걸 알고 있다.

내 경력을 조사하면, 알사스 씨에게 준 성검 【여명의 검】도 나의 【창조 마법】으로 만들었을 수도 있다는 가능성에 도달할 것이다.

"나는, 딸의 은인을 죽이고 싶지 않아. 그리고 【창조 마법】의 존재가 타국과 여타 조직에게 알려지면, 다음에는 다른 이유로 셀레네가 목숨을 위협받게 될 거야."

【창조 마법】을 가진 인간을 확보해, 조종하기 위해서 친밀한 관계에 있는 사람을 인질로 잡는다.

그 친밀한 사람이라는 선상에 오르는 게 셀레네가 될 것이다.

이제야 【악마 교단】에 위협받을 일이 없어졌는데 이번에는 나의 【창조 마법】 때문에 셀레네를 노릴 가능성이 있다.

이 이세계에서 살아남기 위해서 전생할 때 고른 【창조 마법】

이, 소중한 양딸 셀레네와 헤어지는 원인이 된 것이다.

"……알겠어. 나와 테토는, 이대로 떠날게."

"……정말, 미안하네."

나는 어떤 물건을 국왕에게 맡기고【전이문】의 기능을 정지한 후, 이스체어 왕국의 왕도를 뒤로했다.

SIDE: 셀레네

나의 왕족으로서의 첫인사. 그리고 악마 교단의 습격. 그 뒤처리를 끝내고 일상으로 돌아왔다.

내가 공주라고 공개한 날부터 하루하루가 정신없이 지나간다.

'셀레네, 돈과 힘을 가져도 휘둘리면 안 돼. 그것들을 쓸 때는 왜, 어떻게, 어떤 영향을 끼칠지 생각해야 해'

치세 엄마가 해 준 말── 그건 마법의 힘 말고도 왕족으로서의 권력에 대해서도 마찬가지였다.

왕후 귀족으로서 배워야 하는 공부와 예절.

갑자기 갖게 된 권력의 영향을 모르는 나는, 신중하게 하나하나 확인하면서 이해해 왔다.

평민처럼 살았던 점에서는 일반적인 공주가 아니다.

하지만 치세 엄마가 가르쳐 준 고도의 회복 마법과 공부는, 매우 도움이 되었다.

그리고 나는 본래의 시간을 되찾듯이 조금씩 왕족 생활에 익숙해졌다.

아버지와 이야기를 나누고, 어머니를 아는 왕비님과 차도 마시고, 성묘하러 갔을 때 처음으로 엘리제 엄마와 만났다.

이복형제자매와도 친해지고 내가 왕족으로서 이곳에 있어도 된다는 걸 실감할 때마다 치세 엄마와 테토 언니와 보내는 시간이 줄어들었다.

쓸쓸함은 있었다.

왕족으로서의 생활이 익숙해지지 않아 힘들기도 했다.

그래도 【전이문】이 있어서, 엄마와 테토 언니와 함께 살았던 집과 연결되어 있다며 안심할 수 있었다.

가능하면 치세 엄마와 테토 언니도 함께——.

그러기를 바랐다.

그리고 치세 엄마와 아버지가 이야기를 나눈 그날, 【전이문】이 정지했다.

"어? 왜…… 왜 돌아갈 수가 없지?"

여느 때처럼 【전이문】으로 손을 뻗지만, 그 황야에 있는 우리 집으로 돌아가지지 않는다.

"……셀레네. 치세 공이 쓴 편지란다."

떨리는 손으로 엄마가 쓴 편지를 펼치고, 읽다가 눈물이 흘렀다.

『셀레네에게.

악마 교단의 위협도 사라지고 왕족으로서의 첫선도 끝났구나.

마음 같아서는 네가 성인이 될 때까지 지켜보고 싶었는데 사정이 생겨서 조금 이르지만, 그 역할은 국왕에게 맡길까 해.

셀레네의 주변에는 여러 사람이 있어.

국왕과 왕비님, 이복형제자매들, 호위하고 시중을 드는 기사와 메이드. 그리고 마을로 내려가면 치료원의 수녀들.

앞으로도 그들이 너를 키우고, 이끌어 줄 거야.

게다가 왕족이 된 너의 뒤에 출생이 불분명한 모험가인 나와 테토가 있으면 분명 앞으로 너의 눈부시게 빛나는 미래에 그림자가 지게 할 테니, 우리가 없는 편이 나으리라 생각해.

그래서 【전이문】을 닫았어.』

"그런, 이제 못 돌아가는 거야? 엄마와 테토 언니와 살았던 그 집에! 두 사람에게!"

나는 갑작스러운 이별에 눈물이 멈추지 않았다.

그리고 다음 편지를 보았다.

『셀레네. 나와 테토는 너와 함께한 12년간 아주 즐거웠어.

엄마라는 걸 처음 겪어 봐서 별로 엄마답지 않았던 것 같아.

게다가 모험가로서도 일했기 때문에, 자신 있게 좋은 엄마 대신이었다고 말하기도 그렇고 셀레네에게 여러 가지를 가르친 게 옳은 일이었는지는 지금도 고민하고 있어.』

"엄마, 그런 생각을 했어? ……나한테 엄마는 엄마 한 사람밖

마력 치트인 마녀가 되었습니다~창조 마법으로 자유로운 이세계 생활~ 3

에 없는데."

나는 편지를 계속 읽어 나갔다.

『국왕에게 셀레네에게 줄 선물을 맡겨 뒀어. 하나는 【위기 감
지 목걸이】야. 이건 예전에 던전에서 발견한 저주받은 장신구였
는데 저주를 풀어 놨어. 만약 셀레네에게 위험이 닥친다면 색이
바뀔 거야. 그걸 기준으로 주위 사람들에게 의지하도록 해.』

"엄마……"

내가 편지를 읽는 것에 맞춰서 재상 아저씨가 엄마가 맡긴 선
물을 꺼내어 준다.

한 가지는 엄마가 편지에 쓴 목걸이이리라.

그리고 또 한 가지는 심플한 반지 모양 마도구이다.

『그리고 또 하나는 반지인데 내가 만든 마도구야. 효과는 자세
하게 가르쳐 줄 수 없지만, 정당한 소유자가 정말로 손쓸 도리가
없는 사태에 맞닥뜨리게 되면 도와주는 물건이야. 만약 정말 그
런 일이 생기면 셀레네가 어디에 있든 내가 달려갈게.』

다시는 못 만난다고 그렇게 생각했는데 이 반지만 있으면 엄
마와 이어져 있을 수 있다.

『마지막으로, 셀레네. 사랑해. 행복해.』

그 한마디에 갑자기 만날 수 없게 된 슬픔과 엄마에게 받은, 대가 없는 사랑의 크기에 눈물이 멈추지 않는다.

그런 나를 아버지 일행은 그저 조용히 지켜봐 주었다.

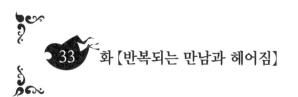

나와 테토는 셀레네가 사는 별궁과 이어지는【전이문】의 기능을 정지하고 왕도의 민가에 설치한【전이문】을 회수한 후에 집을 나왔다.

A등급 승급 시험도 끝나고 셀레네도 진짜 부모 곁에서 살기 시작했다.

【창조 마법】을 가진 내가 셀레네 옆에 있으면 또 다른 위험을 불러들일 것 같아, 왕도 곳곳에 인사한 뒤에 왕도를 나선다.

"마녀님. 셀레네에게 준 반지는, 어떤 거예요?"

왕도에서 떠난 내게, 테토가 물었다.

"아아, 그거?【창조 마법】으로 창조한 수호 반지야."

구체적인 효과는 주변의 마력을 조금씩 흡수하고 저장해, 위해가 가해졌을 때 저장한 마력을 이용해 해독이나 결계 구축, 치료 등이 이루어지는 고성능 마도구다.

그리고 정말로 절체절명의 위기에 닥치면【허무의 황야】에 있는 집으로 강제로 전이되고, 내게 연락이 오도록 하는 힘을 반지에 담아 두었다.

까놓고 말해 한마디로, 긴급 탈출 장치다.

"뭐, 셀레네가 위험할 때 도움이 되는 도구야."

"익, 셀레네만 마녀님한테 그런 거 받고, 부러워요."

"테토하고 나는 항상 같이 있으니까 필요 없잖아."

아이처럼 부러워하는 테토를 달래지만, 그래도 셀레네가 내가 만든 무언가를 받은 게 영 부러운 모양이다.

"그래도, 왠지 부러워요."

"그러면 다음에 테토를 위해서 뭔가 만들어 줄게."

"정말요?! 신난다, 예요!"

【창조 마법】의 존재를 들켰다.

당분간은 【허무의 황야】에서 얌전히 지내는 게 좋겠지.

"쓸쓸하겠어요."

테토가 문득 왕도를 뒤돌아보며 나지막이 말한다.

"응, 그래도 우리는 인생에서 앞으로 이런 일을 많이 겪겠지. 뭐, 일단은 【허무의 황야】로 돌아가자. ──《텔레포트》!"

나도 울적한 마음으로 말을 삼키고 왕도 밖으로 나가, 잠시 걸어 인적이 드문 곳에서 전이 마법을 사용했다.

살짝 붕 뜨는 느낌과 함께 주변이 나무들로 둘러싸인 집 앞에 도착한다.

"왕도에서 【허무의 황야】까지의 편도 전이는 내 마력으로도 부족해서 【마정석】의 마력까지 끌어다 썼는데, 꽤 힘드네."

그 자리에 쭈그려 앉아, 오랜만에 마력 대량 소실로 인하여 축 늘어진다.

편도로 약 30만 마력이려나. 선뜻 사용하기 어렵다.

그리고 제한이 있어서 한 번 가 본 적이 있는 장소나 전이하는 장소의 좌표나 지표가 될 만한 게 필요하다.

예를 들어서 익숙한 장소나 셀레네에 준 반지 같은 거 말이다.

"보자, 돌아왔는데, 왠지 느낌이 이상하네."

매일 쉬고 있지만, 【전이문】을 통해 돌아오는 게 아니라, 집 앞으로 전이하여 문을 열고 돌아오는 건 뭔가 또 다르게 느껴진다.

"다녀왔어."

"다녀왔어요!"

우리의 목소리에 뒤뜰에서 농사일을 하던 곰 골렘들이 다가와, 의아해하며 우리를 보는 그 모습에 '후훗' 웃음이 새어 나오고 만다.

"…………마녀님?"

테토가 나를 부르지만, 무시한 채 집 뒤편으로 나가니, 텃밭과 빨래터가 있다.

눈을 감으니, 여기서 셀레네와 채소를 수확하거나 빨래를 널었던 기억이 떠오른다.

다음으로 집 안으로 들어가, 함께 요리를 만들었던 부엌과 생일을 축하한 식탁을 손끝으로 어루만진다.

그리고 창가 선반에는 셀레네에게 선물한 마도 사진기와 셋이 소풍 가서 찍은 사진, 그리고 셀레네가 소중히 여겼던 강아지 인형 해리가 놓여 있었다.

"아아, 셀레네의 소중한 물건들인데……. 여기에 놔뒀네. 전해 줘야지."

색이 바랜 해리와 사진을 쥐고, 왕궁과 이어져 있던 【전이문】

으로 한 발짝 내디뎠다가 우뚝 멈춘다.

【창조 마법】을 가진 나와 관련된 증거가 있으면, 셀레네를 위험에 빠트릴지도 모른다.

그래서 나는, 셀레네와 헤어지는 게 셀레네가 행복해지는 길이라고 판단했다.

그 판단은 틀리지 않았을 터다.

그래서 별궁과 연결된【전이문】을 원격 조작으로 파괴했다.

그런데 이제야, 이제야 후회가 밀려온다.

셀레네와 이별하는 건…… 쓸쓸하다, 슬프다.

사실은 좀 더 셀레네와 함께하고 싶었다, 좀 더 셀레네의 성장을 지켜보고 싶었다, 이런 식으로 헤어지고 싶지 않았다는 마음이 멈추지 않는다.

셀레네와의 추억이 가득한 집, 그리고 추억의 물건들을 품에 안고 오열하는 나를 테토가 지탱해 주었다.

"마녀님, 울어도 돼요. 마음껏 울어요."

"읍, 흐으으읍."

내 선택에 밀려드는 후회와 함께 울음소리를 억누른다.

그런 나를 위로해 주는 테토의 품속에서 기절하듯 잠들었다.

그리고 하룻밤이 지나서야 깨어난 나는, 셀레네와의 추억이 가득한 집 전체에 상태 보존 마법을 걸었다.

셀레네와의 이별은, 쓸쓸해.

불로의 몸이 되고 만 나와 수명을 알 수 없는 골렘 소녀 테토.

앞으로 다양한 만남과 헤어짐, 그리고 변화가 있겠지.

그 변화를 즐기고, 또 쓸쓸해하고 슬퍼하겠지.

그러니 나의 의지가 되는 추억은 소중히 남겨도, 우리는 기분을 재정비해야 한다.

"자, 겨울이 왔으니까 초봄까지 쉬고 내년부터 힘내자!"

"오──, 네!"

우리는 추억에 의지하며 멈춰 설지도 모른다.

그렇지만 앞으로도 긴 인생을 계속해서 걸어 나가야 한다.

．．．．．．．．．．．．．

．．．．．．．

．．．.

그리고 6년 후, ──나는 이스체어 왕국의 왕도에 있는 교회의 종탑에서 그 모습을 내려다보고 있다.

사람들이 '축하해!'라는 축복의 말을 전하는 광경.

그날, 한 쌍의 신랑 신부의 결혼식이 열리고 있었다.

"예쁘다, 그렇지? 테토."

"네! 셀레네, 정말 아름다워졌어요!"

오늘 열리는 결혼식은 우리의 딸 셀레네의 결혼식이다.

6년간, 셀레네는 무사히 지냈다.

많은 이들 덕분에 반지의 효과가 발휘되지 않고 오늘을 맞이했다.

신랑은, 【허무의 황야】에 가까운 변경의 영지를 다스리는 리베르 변경백의 아들이다.

변경은 마물이 많고, 또 수인국과의 국경이 인접한 지역이기도 하다.

셀레네의 성장 과정을 생각하면, 셀레네는 수인을 차별하지 않는 가치관의 소유자다.

또 마물과의 마찰이 많은 변경이라는 토지 특성상 고도의 회복 마법 사용자가 필요하다.

게다가 우리의 거점인 【허무의 황야】와 거리가 가깝다.

그런 이유로 셀레네는, 리베르 변경백 가문으로 시집가게 되었다.

"멋진 숙녀가 되어서, 기뻐."

아름다운 웨딩드레스를 입고 예쁘게 차려입은 성인이 된 셀레네를 볼 수 있어서 기쁘다.

그와 동시에 여자로서 가장 꽃 같은 시기를 가까이서 보지 못하고, 키와 가슴 크기를 추월당하고 만 섭섭함이 있다.

"근사하다. 그럼, 나도 선물을 하나 해 줄까. ──《일루전》!"

환영과 변장을 만드는 빛의 마법을 결혼식이 열리는 이곳에 비춘다.

흩날리는 환상의 플라워 샤워다.

퇴장하는 신랑 신부의 머리 위로 쏟아지는 대량의 꽃보라의 축복에, 많은 사람이 감탄을 자아낸다.

"……엄마? 테토 언니?"

그리고 그 환상의 플라워 샤워가 어디서 날아오는지 하늘을 올려다본 셀레네와 신랑인 리베르 변경백의 아들이 종탑에서 내려다보는 나와 테토를 발견했다.

"셀레네, 결혼 축하해."

"축하해요."

나는 셀레네의 귓가에만 살포시 축복의 말을 전했다.

"와 줘서 고마워, 엄마, 언니."

그리고 셀레네의 말을 마법으로 들은 뒤에 나와 테토는 그 자리에서 전이로 사라졌다.

훗날, 수많은 사람에게 축복받는 근사한 신랑 신부의 결혼식이었다.

마력 치트인 마녀가 되었습니다

a Witch with Magical Cheat

창조 마법으로 자유로운 이세계 생활

Extra

왕족으로서 처음 인사한 날 이후, 치세 엄마와 테토 언니가 내 앞에서 모습을 감췄다.

아버지에게 편지를 맡기고 내가 자란 그 집과 연결된【전이문】을 막아 버렸다.

"엄마…… 언니……."

언젠가 이런 날이 오리라는 건 알고 있었다.

하지만 그게 너무 갑작스럽고, 슬프고, 쓸쓸해서 사흘 밤낮을 방에 틀어박혀 울었다.

그런 나를 걱정해서 내 사정을 아는 메이드와 호위 기사가 말을 걸어 주고, 아버지와 새로운 어머니가 되시는 아리아 왕비님이 내 방까지 친히 걸음 하셔서 위로해 주셨다.

울다 지쳐 잠들었다가 다시 깨어서는 엄마와 언니가 없다는 사실에 또 울었다.

그리고 나흘째 아침에 눈을 떴을 때 깨달았다, ……배가 고프다는 것을.

"아아, 그래. 내일은 오는 거야……."

나지막이 중얼거린 나는 어렸을 때의 일을 떠올렸다.

가르드 수인국의 보육원을 다닐 때, 친구와 싸운 적이 있었다.

보육원에는 아이를 아침부터 저녁까지 맡기기 때문에 매번 같은 아이들과 함께 놀고 그랬다.

그런 보육원에서 친하게 지냈던 친구와 싸우고 그대로 엄마와 언니가 데리러 와서 헤어진 적이 있었다.

싸워서 슬프고, 그와 동시에 싸운 게 미안하고, 친구를 다시 볼 낯이 없고, 입맛도 없고.

한밤중에 울면서 이제 보육원에 가기 싫다고 얘기한 적이 있었다.

"엄마, 배고파……."

"그래. 그럼. 밥 먹자."

"마녀님~. 테토는 부드럽고 폭신하고 달콤한 빵을 먹고 싶어요!"

"그래, 그래. 그럼 프렌치토스트를 먹을까. 꿀을 듬뿍 뿌려서."

그 무렵에는 올려다봤던 엄마의 뒷모습을 보면서 아침밥이 차려지기를 기다렸다가 셋이 부드럽고 폭신하고 달콤한 빵을 먹었다.

"셀레네. 아무리 슬퍼도, 괴로워도 내일은 꼭 와. 그러니까, 해님 앞에서 제대로 가슴을 펼 수 있게, 후회 없이 지내."

엄마는 빵을 필사적으로 먹는 내게, 상냥하게 그런 말을 해 주었다.

그때는 의미를 몰랐는데 그냥 싸운 거로 계속 고민하면 안 된다는 건 이해했기에 다음에 친구와 만났을 때 미안하다고 제대로 사과했다.

그랬더니 친구도 사과해 주어서 서로를 용서하고 화해할 수 있었다.

만약 그때 사과하지 않았다면 친구가 사과해 줬을까.

"'해님 앞에서 후회 없이 지낸다'."

지금은 엄마가 한 말을 조금은 알 것 같은 기분이 든다.

슬픈 건 어쩔 수 없다. 하지만 엄마와 테토 언니를 이유로 언제까지나 틀어박혀 있어서는 안 된다.

"밥을 먹자. 그리고 걱정해 주신 분들에게 사과하고, 힘내자."

계속 고개를 숙이고 있으면 엄마와 테토 언니, 그리고 엘리제 어머니도 볼 낯이 안 선다.

벌게진 눈가를 회복 마법으로 낫게 하고 방에서 나와 걱정해 준 사람들을 찾아가 제대로 사과했다.

그리고 왕족으로서 배워야 할 것을 배우고 교회에서 하는 봉사 활동도 계속했다.

여성 왕족으로서 다과회와 사교계, 화술, 유행 등에 관해서 왕비님과 교육 담당자들에게 배웠지만, 치세 엄마와 테토 언니와 살아서 그런지, 아무리 해도 그런 것에 능숙해지지는 못했다.

고르자면, 치세 엄마에게 배운 학문이 더 재미있었기에 아버지에게 그쪽 강사를 붙여 달라고 해, 더 전문적으로 배우는 게 많았다.

다만, 엄마가 일상생활에서 가르쳐 준 것을 전문 강사들에게 얘기하니, 전문가들이 뭔가 깨달은 표정을 지으며 그 내용에 관해서 검토하기 시작하는 모습을 보는 건 놀랍고 재미있었다.

"정말, 엄마의 지식은 어디서 온 걸까……."

다시금 치세 엄마의 대단함을 느끼면서도 서민들 사이에서 자란 왕족이기에 다과회와 사교계는 최저한으로 다니고, 교회 봉사 활동을 주로 했다.

그때, 내 또래인 신참 수녀와 친구가 되어, 그 친구에게 회복 마법을 가르쳐 주고 함께 치료원에서 일하기도 했다.

그러던 중, 그 친구에게 충격적인 일이 있었다. 바로 사람의 죽음이었다.

나는 되도록 죽지 않게, 그리고 죽음을 면치 못할 때는 가급적 고통스럽지 않고 편해질 수 있도록 회복 마법을 사용하고 있다.

그 친구가 담당한 환자는 상처는 치료됐지만, 치료 후의 경과가 좋지 않아서 사망했다.

그 일이 있고 우리 치료원 수녀들은 무엇이 원인이었는지, 다음에 같은 일이 발생했을 때 어떻게 대처해야 할지 고민했다.

때로는 인체에 대한 조예가 깊은 의사나 해부학자 등을 불러, 공동 연구를 의뢰했다.

"왕족으로서, 입장과 권력을 부끄럽지 않게 사용하는 법."

그때가 적극적으로 내 지위를 쓴 때인지도 모른다.

왕녀로서, 특정 누군가를 불렀다.

그건 개인적인 욕심을 채우기 위해서가 아니라, 누군가를 구할 확률을 높이는 데 필요한 일이었다.

내가 하지 않으면 아무도 하지 않을 일이기에 나는 내 권력을 사용했다.

또한 우리의 활동을 지켜봐 주신 마리우스 추기경이 우리를 위해서 교회의 마법서를 열람할 수 있게 해 주셨다.

그리고 우리는 그 마법서에 적혀 있던 타인의 신체 능력을 강화하는 《블레스》라는 마법에 주목했다.

전에 마차에서 멀미하는 내 등을 엄마가 쓰다듬어 줬을 때, 기분이 상쾌해졌던 일이 있었다.

그건 멀미를 일으키는 부위를 외부에서 강화했기 때문이라고 했는데 그걸 감각적으로 쓰는 엄마가 대단했다.

그래서 우리는 누구에게도 쓸 수 있는 획일적인 마법을 구사하는 걸 목표로 삼았다.

맨 처음에는 《블레스》 마법의 성능을 낮춰 누구나 다룰 수 있게 개량하는 데 고전했다.

《블레스》 마법은 타인을 강화하는 전투용 마법이라서 마력을 꽤 소비한다.

하지만 효과를 약하게 하여 발동하는 부위를 한정함으로써 1회 소비 마력을 500마력까지 줄일 수 있게 되어——《레서 블레스》 마법을 완성할 수가 있었다.

그로 인해 《레서 블레스》 마법으로 다치거나 병으로 내장이 약한 환자의 소화기관을 부분적으로 강화하여, 효율적으로 음식의 영양소를 흡수시켜 치료 후에 회복을 촉진할 수가 있게 됐다.

개발한 《레서 블레스》와 그를 사용한 치료법은 신체 기능이 약해진 고령자나 선천적으로 내장이 약한 사람들의 구원이 되었다.

그 마법 개발의 중심에 있던 나는, 열네 살 때 오대신 교회에서 새로운 성녀로 인정받아서 교회의 마법서를 받았다.

그때, 새로운 성녀의 탄생을 보러 온 어떤 사람과 면회를 했다.

"처음 뵙겠습니다, 셀레네리르 왕녀님. 저는, 신부 파울루라고 합니다."

"반갑습니다, 파울루 신부님. 오늘, 만나 주셔서 감사합니다."

엄마가 나를 키우기 전에, 엄마가 깊이 관여한 던전 도시의 고아원 구제에 관해서 알고 싶었다.

그때 마침, 던전 도시 아파네미스의 교회를 관리하는 파울루 신부가 자신의 후계자를 마리우스 추기경에게 소개하려고 왕도까지 온 것이다.

그래서 마리우스 추기경에게 부탁해, 파울루 신부와 그의 후계자인 체격 좋은 남성과 이야기할 기회를 얻게 되었다.

나는 그때, 내가 몰랐던 엄마의 일면과 엄마다운 면을 알게 되었다.

고아들에게 일자리를 만들어 주겠다니, 엄마답다는 생각에 피식 웃고, 아이들에게 둘러싸여 뛰어다니는 테토 언니의 모습을 상상하며 부러워했다.

그리고 파울루 신부의 후계자인 남성은 원래 모험가였는데 치세 엄마와 테토 언니가 싸우는 모습을 봤다면서 해 준 박진감 있는 이야기에는 흥분하지 않을 수가 없었다.

무엇보다 엄마가 던전 스탬피드에 참여했었다는 건 처음 들었다.

일주일이나 계속되는 던전 안에서의 첫 방어전에서는 담담하게 마법을 쏘아 마물을 쓰러뜨리는 마력의 지구력과 화력—— 강력한 마물이 나타나도 도망치지 않는 담력은 굉장했다고 한다.

그렇게 즐거운 이야기를 듣는 한편, 아버지와 오라버니들은 내 약혼자를 선정하고 있었다.

열네 살에 약혼자를 고르는 건 왕족으로서는 조금 늦지만, 거기에는 내 어린 시절의 사정이 얽혀 있다.

게다가 우량한 귀족 남성들은 일찍이 약혼자를 정해 두었다고 한다.

"뭐, 결혼 못 해도 괜찮을 것 같기도……."

교회에서 하는 봉사 활동도 즐겁고 어느 정도 나이가 차면 교회에 들어가는 것도 괜찮지 않을까…… 하는 생각이 들었다.

마력량도 3만 정도로 궁정 마술사 할아버지의 마력량과 비슷하니, 백 살 이상은 살겠다 싶어서 결혼은 반쯤 포기했다고 말했다가 내 시중을 드는 메이드를 울려 버렸다.

"저는, 공주님의 아이를 이 팔에 안는 걸 꿈꾸고 있습니다! 그러니 그런 말씀은 하지 말아 주세요!"

"미, 미안해."

그리고 교회 봉사 활동이나 학문, 그리고 마법 개량에 정신없이 임했더니, 내 약혼자가 정해졌다.

리베르 변경백의 적자, 바이스 님이다.

변경백은 변경이라는 토지 특성상 독자적인 권력과 무력을 가지고 있다.

북쪽의 무버드 제국과 마물의 영역, 북서쪽의 소국들을 견제하는 데도 중요한 귀족 가문이지만, 타국과의 교역품도 들어오기 때문에 우량 가문이라고도 할 수 있다.

"어쩐지, 바이스 님과 재미있게 살 수 있을 듯한 기분이 들어."

어린 시절에 치세 엄마한테는 마법을, 테토 언니한테는【신체 강화(剛化)】호신술을 배웠는데 지금도 실력이 무뎌지지 않게 다루고 있다.

그런 공주님답지 않은 말괄량이인 나지만, 무가 집안인 변경백 가문에서는 상당한 환영을 받았다.

그때 환영해 준 모습을 떠올리다가 좀 기분이 복잡해졌다.

치세 엄마, 테토 언니. 어렸을 때 좀 더 여자아이답게 키워 주지 그랬어.

가끔 이런 말괄량이 약혼자인 내게 정나미가 떨어질까 불안해져.

그렇게 약혼이 정해졌지만, 그때도 신기한 인연을 만났다.

"어, 셀레네 님의 양모님이 그 오거잡이 치세 일행이었어?! 그럼, 예전에 치세와 테토가 돌보던 갓난아기가 우리 도련님의 약혼자가 되는 거야?!"

바이스 님의 호위인 전 모험가 라일 씨는 엄마가 아직 신참 모험가였을 적을 알고 있는 듯하다.

그 무렵에는 숲에 출몰한 오거들을 순식간에 박살 냈다든가 하는, 그런 거친 이야기를 듣고 놀랐다.

그리고 모험가 길드에서 다시 엄마 일행을 만난 라일 씨 일행은 아직 갓난아기였던 나와도 만난 적이 있다고 했다.

게다가 바이스 님 소개로 만난, 어떤 마을의 특산품을 판매하러 온 어용상인은——.

"네? 치세 씨 밑에서 자라셨다고요?! 그러면 덤을 많이 드려야겠네요!"

예전에 의뢰를 맡은 마을의 개척 사업이 치세 엄마와 테토 언니 덕분에 성공한 데다 엄마 일행이 가지고 있던 사방 리프로 만든 고급 비누가 마을의 귀중한 특산품이 되었다고 한다.

그 고급 비누의 향기는 그 메마른 황야에서 생활했을 때 썼던 목욕 비누의 향기를 떠오르게 했다.

그렇게 개척촌에서의 엄마들 얘기도 듣고, 그날 밤은 사방 리프의 향기에 파묻혀 잤다.

마지막으로 내 결혼식 전야 사교계에서는——.

"셀레네리르 왕녀, 오랜만이야."

"오랜만이에요, 귄튼 전하."

나와 약혼자 바이스 님이 함께 즐겁게 이야기를 나누는데 가르드 수인국의 제3 왕자이자 외교관이기도 한 귄튼 전하가 찾아왔다.

"그때의 어린 소녀가 어엿한 숙녀가 됐다니, 기쁘군."

"감사합니다."

"게다가 수인들에게 거리를 두지 않는 여성이 리베르 변경백에게 시집와 주어서 기뻐."

그렇게 말하며 약간 무서운 귄튼 전하가 부드러운 표정으로 우리를 보고 있다.

"그리고 치세 공 말인데……."

살짝 소리를 낮춘 퀸튼 전하의 말에 내가 가슴께에서 손을 꽉 쥐었더니, 약혼자 바이스 님이 부드럽게 손을 잡아 주었다.

나를 아버지에게 맡긴 치세 엄마에 대해서 알아보는 건, 안 된다고 생각해서 지금 엄마와 언니가 뭘 하는지 듣지 않으려 하고 있었는데 그래도 역시 궁금해지고 만다.

"셀레네리르 왕녀를 맡긴 뒤, 1년 정도 황야에 틀어박혔다가 지금은 의뢰를 맡아 수인국 국내를 돌아다니고 있어. 가는 곳곳마다 여러모로 쓸데없이 참견하고 있다는군."

그렇게 말하며 못 말린다는 듯 웃는 퀸튼 전하를 보고 나도 모르게 힘이 빠져서 엄마와 언니답다고 생각해 웃었다.

그리고 가르드 수인국에 있다는 건, 내일 있을 결혼식에 엄마와 언니는 올 수 없겠지.

한밤중, 결혼식을 앞두고 잠이 오지 않는 밤에 나는, 그【전이문】앞까지 가 보았다.

별궁의【전이문】은 그 후로 부서진 채로 그대로 있고 왕도의 민가에 설치한【전이문】은 회수되었다.

가끔 연결되어 있지 않은【전이문】이 연결되어 어린 시절 살았던 집에서 엄마와 언니가 기다리는 꿈을 꾼다.

"치세 엄마, 테토 언니, 보고 싶어……."

결혼식은 치세 엄마와 테토 언니한테도 보여 주고 싶다.

그런 생각을 하면서 연결이 끊긴【전이문】을 향해 약한 소리를 흘린다.

오른손에 낀 엘리제 어머니의 유품인 미스릴과 유니콘의 반지와 치세 엄마가 내게 남겨 준 반지를 왼손으로 감싸고 기도한다.

가능하다면, 엄마와 언니를 보고 싶어.

하지만 어디에 있는지도 모르는 엄마와 언니를 부를 방법이 없고 또 나의 입장상, 편하게 엄마와 언니를 만날 수 없다.

그렇게 결혼식 당일을 맞이했다.

"알버드 아버지, 아리아 양어머니. 저, 오늘 결혼해요."

결혼식 회장에서 나는, 아버지와 양어머니께 인사를 올렸다.

나는 많은 이에게 축하받으면서도 어딘가 마음속에서 허전함이 느껴졌다.

엄마와 언니를 한 번만 더 만나고 싶어.

그 마음에 뚜껑을 닫은 채, 결혼식은 순조롭게 진행되었다.

그리고 마지막으로 교회에서 나올 때, 머리 위에서 수많은 꽃이 떨어져 내렸다.

"꽃?"

이런 연출이 있었나 하면서 꽃으로 손을 뻗었는데 알고 보니 손을 통과하는 환영이었다.

그게 어디서 오는 건지 눈으로 좇았는데 종탑에 낯익은 검은 삼각 모자를 쓰고 망토를 입은 여자아이가 치켜든 지팡이에서 꽃의 환영이 쏟아지고, 그 옆에는 건강미 넘치는 다갈색 피부의 미소녀가 바싹 붙어 있었다.

"……엄마? 테토 언니?"

내가 그렇게 중얼거리자, 약혼자…… 아니, 이제는 남편이 된 바이스 님이 내 허리를 안고 함께 종탑을 올려다본 그때, 귓가에 바람이 한바탕 불었다.

「셀레네, 결혼 축하해.」

「축하해요.」

엄마가 내 귓가에만 축하한다는 말을 전해 주었다.

"와 줘서 고마워, 엄마, 언니."

내 말이 닿은 거겠지. 미소 짓고 있는 엄마와 언니가 그 자리에서 전이하여 돌아갔다.

마지막까지 지켜봐 줬으면 하는 마음이 있었지만, 그와 동시에 어리광 부리면 안 된다는 마음도 들었다.

이 이상 바랄 수 없을 만큼, 오늘은 인생에서 가장 행복한 날이다.

"엄마, 언니, 사랑해."

후기

처음 뵙는 분들께, 오랜만에 뵙는 분들께, 안녕하세요. 아로하자초입니다.

이 책을 손에 들어 주신 분들, 담당 편집자 I씨, 작품에 근사한 일러스트를 그려 주신 테츠부타 님, 또 출판 전부터 인터넷에서 제 작품을 봐 주신 분들께 대단히 감사하는 말씀을 올립니다.

오랜만에 후기를 쓰니, 전권의 이야기를 살짝 해 볼까 합니다.

웹 버전의 2장에 쓴 내용은 분량이 적어서 큰 폭으로 내용을 더하기도 수정하기도 했습니다.

작가 본인이 신나게 살을 붙인 결과, 쪽수가 아슬아슬해져서 후기를 쓸 쪽수가 부족해서 할 수 없이 보내 주기로 했습니다.

후기를 기대한 분이 계셨다면, 정말 죄송합니다.

계속해서 이번 3권에 관해서는 웹 버전으로도 평가가 좋았던 이야기였던 동시에 이 전개가 약간 납득이 가지 않는다는 감상도 꽤 있었습니다.

개인적으로도 지적당하여 알고 있었던 부분이기도 해서 그 감상을 피드백하여 담당 편집자 I씨에게 의견을 받아서 납득하실 수 있게끔 고쳤습니다.

또 3권에 등장한 곰 골렘들은 테츠부타 님이 테토의 캐릭터 디자인을 만들 때, 빠지게 된 것을 갖다 썼습니다.

테토의 초기 캐릭터 디자인 안에는 몇 가지 머리 모양 패턴이 있었습니다.

그걸 골렘 머리에도 반영하자는 설정으로, 경단 머리 모양을 반영한 귀 달린 골렘의 캐릭터 디자인을 봤을 때, 솔직히 '아깝다'라고 생각했습니다.

테토의 캐릭터를 생각해서 머리 모양은 경단이 아니라, 골든 리트리버처럼 활기찬 개의 처진 귀를 연상케 하는 삐져나온 머리카락+짧은 트윈 테일이 되었습니다만, 애교 있는 곰 골렘의 디자인을 보고 언젠가 꼭 작품 안에 등장시키리라고 마음먹고 있었습니다. 이번에 쓸 수 있어서 다행입니다.

이 『마력 치트인 마녀』는 불로의 마녀 치세의 이야기를 그린 작품이며, 이번 3권에서 만남과 헤어짐을 겪은 후에도 치세의 이야기는 계속됩니다.

여러분께서 부디 치세와 테토의 여정이 끝날 때까지 지켜봐 주셨으면 좋겠습니다.

앞으로도 저, 아로하자초를 잘 부탁드립니다.

마지막으로 이 책을 손에 들어 주신 독자 여러분께 다시 한번 감사 인사를 올립니다.

마력 치트인 마녀가 되었습니다 3

2024년 4월 15일 1판 1쇄 발행

저 자	아로하자초
일 러 스 트	테츠부타
옮 긴 이	변성은
발 행 인	유재옥
담 당 편 집	정지원

이 사	조병권
출판본부장	박광운
편 집 1 팀	최서영
편 집 2 팀	정영길 조찬희 박치우 정지원
편 집 3 팀	오준영 이소의 권진영
디자인랩팀	김보라 박민솔
디지털사업팀	박상섭 김지연 윤희진
라이츠사업팀	김정미 맹미영 이윤서
영업마케팅팀	최원석 박수진 이다은
물 류 팀	허석용 백철기
경영지원팀	최정연
발 행 처	(주)소미미디어
인쇄제작처	코리아피앤피
등 록	제2015-000008호
주 소	서울시 마포구 토정로 222, 502호(신수동, 한국출판콘텐츠센터)
판 매	(주)소미미디어
전 화	편집부 (070)4164-3962, 3963 기획실 (02)567-3388
	판매 및 마케팅 (070)8822-2301, Fax (02)322-7665

ISBN 979-11-384-8229-5
ISBN 979-11-384-8083-3 (세트)